鼎丛书第一辑

DINGCONGSHUDIYIJI

虚有

XUYOU

刁斗 / 著

贵州出版集团

贵州人民出版社

图书在版编目（CIP）数据

虚有 / 刁斗著. -- 贵阳 : 贵州人民出版社,
2018.8
　（鼎丛书 ; 第一辑）
　ISBN 978-7-221-14747-9

Ⅰ.①虚… Ⅱ.①刁… Ⅲ.①散文集－中国－当代
Ⅳ.①I267

中国版本图书馆CIP数据核字(2018)第195588号

书　名	虚　有
丛书名	鼎丛书·第一辑
著　者	刁　斗

选题策划	黄　冰
责任编辑	黄　冰
封面作品	李　革
装帧设计	黄　冰　丹　丽
出版发行	贵州出版集团　贵州人民出版社
社　址	贵州省贵阳市观山湖区中天会展城会展东路SOHO办公区
	贵州出版集团大楼（邮编：550081）
印　刷	深圳市和谐印刷有限公司
开　本	880×1230mm　32开
印　张	10.75
字　数	180千字
版　次	2018年8月第1版
印　次	2018年8月第1次印刷
书　号	ISBN 978-7-221-14747-9
定　价	34.00元

目录

下卷 · 想象中的生活

上卷 生活中的想象

紫荆书话

零 对话前的独语

前些天，沈阳的供暖季尚未结束，春寒中，就有南方友人前来做客，并连续两晚下榻于我刚迁入半年的紫荆花书房。与我相识多年的南方友人，供职于一家文化媒体，以前来沈阳，也曾把我书房当过驿站。自二十世纪九十年代初，许多家庭还三代同堂呢，我就有了自己的独立书房。这二十多年里，尤其早期，既因为大家多半囊中羞涩，更因为聊天喝酒下棋玩牌都自如方便，在外地来沈的朋友眼里，那分别庇护了我十年半和十一年半的北陵书房与汇宝书房，便是五星级酒店的山寨版了。但这回，友人留宿紫荆花，倒并非因为与北陵汇宝两书房比，新书房的五星级程度高了一截，而是因为，我和我越来越宽敞舒适的三任书房，将作为备选材料，为他还未动笔的一篇文章充当砖瓦。在那构思中的长文章里，友人想结合日常的生活环境，对读书人的思想自由精神独立问题加以剖解。于是，围绕着书、读书、书房以及自由独立话题，我们聊了五个小时。友人的录音笔，从我们坐稳的第一分钟起就开始了工作；而我，是聊天进行到三分之一时，才让录音笔也参与交流的。如今，夏意正翩然降临沈阳，我不知道，早已返归南国的友人是否对他录音笔里的内容做了整理，我只觉得，若把我录音笔里的漫谈公示出来，请爱书的读者分享我与友人的《紫荆书话》，也许是个不坏的选择。

一　"欧美五魅娘"

客：人家孟浩然"把酒话桑麻"，咱也就——"执茶谈读书"呗。

主：好呀，可从哪入手呢？读书的话题，既没边没沿又具体而微。

客：咱从具体开头。眼下，你正在沈阳图书馆搞讲座，分五讲，介绍五个二十世纪思想史上的欧美女人，而能像你这样自如地，比较着参照着呼应着讨论五个至少在物理意义上并不搭界的女界精英，这本身，就是博览群书的一项副产品，其间不乏美妙的寓意。可是，我不明白，为什么你给这讲座的命名，偏向了轻浮甚至恶俗：欧美五魅娘。

主：是挺具体，开板就批评我，不过这意见我虚心接受。那就正好借这机会，对弗吉尼亚·伍尔夫，对安·兰德，对汉娜·阿伦特，对西蒙娜·德·波伏瓦和苏珊·桑塔格，我表示个歉意。其实我不敢轻薄她们，可这讲座，听众并非专业人士，而我们文化环境中的女性角色，又只流行"甄嬛""芈月""杜拉拉"，我便担心，听众对我推荐的五位"最强大脑"因为隔膜而没有兴趣。可她们，都是有能力影响全人类的文明瑰宝呀，假如你自视为读书之人，那最低限度，也该知道她们的名字，哪怕，对她们思想你不认同。所以，为了能"中国特色"地把她们引见给我的听众，我就玩了个小小的文字游戏，拿人们更熟悉的"武媚娘"武则天当钓饵，帮我的"五魅娘"登堂入室。

客：你这意思是，听众庸俗——公众都庸俗，要启蒙他们得先迎合他们？

主：哈，也许。但不论你是否同意我的观点，庸俗，还真就是我对人的心理模式与情感状态的基本判断。只是在我这里，庸俗不仅仅是大众的标签，人人，包括你我，包括我的"五魅娘"，包括所有被神化圣化偶像化的人，都有一个庸俗的底子，只不过表现时，种类不同形式有异而已。

客：既然这样，大家都是庸俗这锅烂炖里的茄子土豆大白菜，凭什么你又非要推销"五魅娘"呢？对公众来说，精致的她们可是"细菜"。

主：唔，好，这样一说，问题就出来了。我说人人都有个庸俗的底子，就是说，我承认它是必不可免的生命"原罪"，看它时愿意用理解的眼光。可是，在或漫长或短暂的生命过程中，怎么整饬那底子打理那底子，往那底子上涂什么抹什么栽什么种什么，则是每个人后天能左右的。像"五魅娘"这种自由独立的人格，就是庸俗——也是所有丑陋、愚昧、狭隘、狂傲、暴虐、阴暗、苟且……等等吧，是人的所有庸行俗念的解毒剂，所以，我以为，一个人只要肯靠拢她们，对她们哪怕只一知半解，只盲人摸象，只是得其门而未能入内，没关系，那也是朝向文明的迈进，是比不肯文明而自甘"原生态"好上不知多少倍的——哦，我这样说时，我的"五魅娘"也就成象征了，成了所有智者、所有理性、所有有启迪意义的人与事、所有适宜的书籍以及其他精神产品、所有文明成果的，共同的象征。那我除了要为"五魅娘"这种说法的轻浮道一声歉，也想，就我们这个时代的粗鄙发几句牢骚……

客：哎，"牢骚太盛防肠断"，咱还是剪除枝蔓具体说书吧。刚才你用了句：适宜的书籍。我倒想问问，什么叫"适宜"？这可像给舞者戴镣铐啦。你不一向主张读书无禁区吗，怎么岁数大了变保守了？

二　鞋子大与小，唯有脚知道

主：呵呵，岁数大了不假，但说我保守我不同意。我觉得我是更严密了，等于是在"阅读不可设禁区"后边，又加了句"随遇而读最惬意"。

客：这么解释还是太口号化。

主：那咱极端点举个例子。比如电子阅读，以手机电脑为文字载体，在我看来，它不光有种怪怪的感觉，还容易给某些文本带来形式上的局限甚至破坏，是阅读美学上的一块瑕疵，并且，由于网上容纳了海量文字，垃圾就会相应地多，要沙里淘金无比麻烦。所以我自己，对手机电脑的浏览器功能，只最低限度地加以利用，只通过它们粗浅地了解新闻性信息，而日常阅读，一定在线下，躺床上或窝沙发里，手中一卷身旁数本，再时不时地涂标号记随感和透过书页想入非非。可当别人诋毁"低头族"反对电子书时，我却一直为网络阅读大唱赞歌，认为它是为读书人这只老虎添加的翅膀，而从没因个人习惯便放言訾议。

客：的确，互联网太重要了，对于一切，它都有为虎添翼的巨大功用。可我还是觉得，你的"适宜"话里有话，是附加给读书的一个限制条件。

主：那——你要一定认为它春秋笔法了，我也就过度阐释一下，大概，我是想利用它正本清源。

客：正本清源？这跟适宜有什么关系？适宜是合适，是符合，是规矩，是规范，怎么理解它都有强加于人的味道。可是，凭什么你就有资格确定，读什么书适宜或不适宜呢？

主：这一问好。但请你注意，我并没说过，是我，或某个所谓的权威专家，或其他什么自以为是好为人师的人，有资格代为读者确定书目。"随遇而读"的主体是读者自己……

客：那你意思是——

主：我的"适宜"，强调的是自主阅读，是鼓励从阅读主体的趣味出发，是对号令他人的抗议和反拨，是那句俗语的准确写照：鞋子大与小，唯有脚知道。一个读者读什么书，不必别人指手画脚，凭喜好为自己的"合适""符合"制订"规矩""规范"，是最对得起自己的内心骚动和所耗时间以及购书款的。这么多年，好多人觉得我读书多，愿意找我开书单子。可我极少推荐具体的书，一般都只提个建议：你去开架售书的书店瞎翻几天，或在网上随意浏览书讯，然后，凭直觉挑对心思的买十本八本，基本上，其中的三分之二就是你的菜了。只有某人确切地知道他喜欢什么，但书目仍然不完备时，我才会做具体提醒。比如，有人对英国文学家弗吉尼亚·伍尔夫的意识流手法有兴趣，但对威廉·詹姆斯与亨利·柏格森一无所知，我便有可能，把那两位分别发明和阐释了"意识流"一说的美国心理学家与法国哲学家介绍给他。

客：你的正本清源，是想进一步强调阅读上的自我中心？

主：正是。套句挺不伦不类的广告语就是：我的阅读我做主。

客：这对成熟的读者当然不成问题，可现实情形是，不论纸质本还是电子本，垃圾图书都太多了，若较少阅读经验的读者自行遴选，弄不好，不是很容易误入歧途与误食禁果吗。

主：哇，连你都这么想法伪善说法蛮横啦！可见呀，通行的读书观多么可怕。请问，《君主论》或《厚黑学》是"歧途"吗？《金瓶梅》或《十日谈》是"禁果"吗？假设在读书无禁区的前提下也有"歧途"和"禁果"，那我得说，探索"歧途"与品尝"禁果"，正是我们求知问学过程中最有价值的一个部分……

客：对不起对不起，我走嘴了。我是想说，一本书是否"适宜"我们，别人的判断也可能准确，但最准确的，无疑还是我们自己，发自内心的自主选择是唯一真实的选择。可是，如果我的阅读爱好刚培养起来，还没能力判断书的好坏，若没人帮我把握一下，我很可能会把乌鸡当成凤凰，那样的话，至少会耽误我宝贵的阅读时间。所以，若从这个意义上说，我觉得我愿意接受，适当地通过外力为读书设立"规矩""规范"。

主：我不接受！无论从哪种意义上说，读书的自主选择性都得绝对。

客：可是，若因为无知而没能力分辨垃圾读物……

三　乌鸡与凤凰

主：除非是垃圾，否则，被垃圾埋上了也能脱身出来——某种意义上，无知就是最大的垃圾，而阅读，正是为了发现并战胜无知，一如只有认识了垃圾，才可能最终清除垃圾。没错，开蒙之初的孩子，乍一入道的读者，的确可能误把乌鸡当成凤凰或者相反。但这没什么了不起的，绝不该以此为由剥夺读书人的自由选择权。一个个体，不论在读书这件事上还是在其他什么事上，只要害不着别人，尽可以拒绝高尚与完美而接纳低俗与残疾。事实是，很多人读了一辈子书，还是经常把握不好书的品质，由这种人荐书难免谬种流传。而某些有能力把握书籍品质的所谓高人，往往也只管得了自己的亲疏好恶，帮别人取舍同样力不从心。也就是说，有读书需要的人，自然找得到心仪的对象，否则，便没法解释，为什么不论如何矫正，永远萝卜白菜各有所爱。读书为的是愉悦身心，而身心愉悦，不同的人有不同的抵达方式，同一人也有无数条抵达的途径。一般来说，芭蕾舞比二人转"品位"更高，但如果你一瞅见野台子就眉开眼笑，一走进大剧院就昏昏欲睡，那也不必难为自己，还是那句话，只要害不着别人，你尽可以对前者不屑一顾而对后者情有独钟。当然了，这只是事情的一个面向，另一个面向，则如同水涨船高或根深叶茂，即，任何读者在持续的阅读训练中，都有可能提高欣赏水平与接受能力，可能或大或小地演进与变化自己的审美趣味，在这种时候，只要条件允许，即使只为附庸风雅，也会尽量去提高享受的"品位"。阅读的本质当然是消遣，是投身特殊的智力游戏，与诸多其他类型的个人嗜好没什么不同；但你若持续地与它为伍，恋爱般地与它日久生情，或许又能发现，在那本质之中，还有一个晶体般的核心闪闪发光：阅读可以最有效地催生自由，自由又能源源不断地分泌想象，而想象给予生命的刺激，是我们身心愉悦的坚实保障。至于有些人甘心于阅读上的小富即安与浅尝辄止，比如，在接受心灵鸡汤风格作品的安抚慰藉时，明知考门妇人的《荒漠甘泉》是山涧水，而于丹女士的《论语心得》只是自来水，但喝后者时仍津津有味却对前者无动于衷，我认为，这主要源于人性中那种得过且过的懒惰特质：读《荒漠甘泉》得动心动肺，甚至要让灵魂接受鞭笞；可读《论语心得》，或许比读许多似是而非的俗词套话广告语还无须走脑——哦，在我这里，"心灵鸡汤"不含贬义，是中性概念，我不鄙薄每一颗对文明浆汁甘之如饴的枯涩心灵。前边我以芭蕾舞二人转做过比喻，若进一步分析，也能推导出相同的结论：欣赏前者，需要更多的情感储备知识储备观念储备，认同后者，光有本能储备就可以了。我尊重本能，但必须以推崇理性作为补充，而理性，表征的是广度、深度以及难度，是人之为人，比之于一般动物丰富与复杂的那些东西。一个人有能力欣赏凤凰当然很好，但他若只看乌鸡顺眼，没法做到喜欢凤凰，那也没什么可羞愧的。打量乌鸡与品鉴凤凰，都是为了补给与自己对症的精神营养，而只要是营养，总会有益于生命的强健。

客：哈，这一番夸夸其谈。

主：跑题了吗？

四　开卷有益

客：以前说读书，你总喜欢用"开卷有益"强调读书之妙，可今天，它好像一直没露过面。

主：哦？啊，你这一说倒好像是，可"总会有益于生命的强健"不算吗？

客：牵强——你是恰好没用它呢，还是对它有了成见？

主：没成见，是恰好——可能也不准确。应该是呀，我心里的审查机制，基于本能绕开了它，觉得它出现在咱们以上的对话中略有不妥。

客：哪里不妥？为何不妥？

主：这只是我一时的直觉。以前说读书，总要落脚在我的专业上，指的是小说，可这回，似乎不应该仅止于文学阅读。

客：文学阅读与非文学阅读，区别很大吗？

主：唔……一般来讲，多数时候，文学阅读是非功利的，是没用的，是完全服务于好奇心的；非文学阅读则不是这样，至少许多情况下不是这样，像为了高考读《英语语法三十讲》，为了炒股票读《解读庄家》，为了写评职称的论文读《城乡一体化体制对策研究》……对，也许叫功利阅读与非功利阅读更准确些。对非功利阅读，我相信开卷必然有益，可功利阅读，是否必然有益是说不好的。

客：你这逻辑，好像在添乱。

主：我意思是，出之于兴趣需要，最起码，身心愉悦之益是有的；可只为满足某种功利需要，若在知识上用项上未有收获，那可就，一点益处也没有啦。

客：那，像培根当年那段话，在你看来，是不是一种功利主义的自供状呢：读史使人明智，读诗使人灵秀，数学使人周密，科学使人深刻，伦理学使人庄重，逻辑修辞之学使人善辩，凡有所学，皆成性格。

主：这话说的是结果，等于是事后对某种规律的概貌式归纳，只有精妙，没有毛病。如果，你说我得"庄重"，然后对着一堆伦理学摇头晃脑，那就胡扯了。

客：那宋朝真宗皇帝赵恒的概貌式归纳呢：书中自有千钟粟，书中自有黄金屋，书中自有颜如玉……

主：这话一副贪婪的赌徒嘴脸，我从听到它那天起就觉得恶心。这要是文人间的笑谈私语，也可一笑而过，顶多算它格调不高。可这赵恒的劝学诗，更是促销的条款价目的表格，是为了喝奶而喊出的卖身投靠的那一声娘，它的目的是给赵家招徕打手，读书恰好成了打手的技能标志。如果他们赵家更需要文盲打手，他也会说，书外才有千钟粟黄金屋颜如玉。当然这个背景可以忽略不计，要计较的，是一个读书人，假设真的只为这种有形的物质目标眼睛发红，并照此钻营，那他再博学、再有知识、学问再好，也只算个两脚书橱，甚至就是个空心之人。

客: 你太刻薄了。有私欲甚至私欲膨胀,对谁来说都是常情,读书人并不天然免疫。

主: 可能吧,主要是,我特别反感这类蛊惑模式。为了升官发财讨老婆而读书,和为了解放天下三分之二受苦人而读书,和为了评职称攒论文而读书,和为了提高修养净化心灵而读书……等等吧,这些堂皇的理由,越"高大上"就越扭曲异化读书这件纯粹而又好玩的事情。如果那些"理想""愿景"都实现了,阅读就可以终止了吗?人不是实现任何"理想""愿景"的工具和手段,那么,包括读书在内的人的全部精神活动,就也不是工具手段。

客: 嗯,照你这么往下推,有一类读书,可能就不该叫读书了。

主: 怎么讲?

客: 比方说吧,现在有些学生,一毕业就把课本一把火烧了,这足以表明,他们对目的性读书是何等反感,那么,此前他们基于被动和无奈的课本学习,也叫读书就不准确了。

主: 也是哈,比如你看这本《吕教授刮痧疏经祛病大法》,或这本《领导干部自律手册》,然后对别人说你读书呢,是不是自己都觉得像撒谎……

客：就是，有些书它算不上书，只能算——材料、工具、文本、读物……

主：对，读物！应该从感觉上，把书和读物区分一下，就像，区分功利阅读和非功利阅读一样，这有助于我们思考和汲取开卷的益处。

客：但这种区分的杠杠，该画在哪呢？

主：倒很难画一条明晰的杠杠，或者说，那条杠杠是变动的、飘忽的、难以指认和无法确定的，它藏在每个人的心里，是因人而异的直觉，是每个读者依据各自不同的教养、学识、认知能力、价值标准所生成的直觉。

客：对，通过这种直觉的解析，或许可以发现，再烂的书也意涵相对丰富，而再精彩的读物也取向相对单一——这里的"丰富"与"单一"不是价值判断，只是性状说明。不过，一"读物"，恐怕也就没了精彩可言。

主：也可以有，只是少，或者，主要得看你目光投射的角度与焦点。比如，同一本书，像我最近读的《上帝掷骰子吗——量子物理史话》，至少一看副书名你会感觉它比较"读物"，可对我来说，它太"书"了。这不在于它让我对量子力学明白了还是仍然糊涂，而在于，它那种写法，那种对笔下人事的叙述方式和理解态度，不仅传递了知识信息，更传递了灵魂信息，它通过表象史实所揭示的内在价值，呈现出了一本好书典型的全部特质。还有，像《金光大道》或《钢铁是怎样炼成的》这种书，文学性与思想性都乏善可陈，虽然因为时代原因曾经对我影响甚大，但无疑，它们现在只能归入我心目中的读物区域，连文学都算不上了。不过我悔其少年所爱，不是要站在今天的立场去修改或否定昨天的感受，我只是想说，在阅读这种独特的私密生活里徜徉寻觅，不论区分书与读物，还是区分功利与非功利，抑或区分别的什么，诸如善良、正义、幸福、快乐……衡量的尺度都只有一个，那就是阅读主体的个人感受。

客：对，有了这种言人人殊的不同感受，至少能厘清自己需要什么，知道自己有限的阅读时间该耗在哪里。

主：其实，它的意义，更表现在认知观念的建立和发育上，而远不止阅读行为的导向指引。这么说吧，我们可以吃糠咽菜，但得知道什么是美味佳肴，我们可以穿着褴褛，但得明白什么叫锦衣华服，我们可以闭目塞听，但得清楚，眼睛是可以观六路的，耳朵是应该听八方的……

五　总结

客：嘿，这么一拢就不乱套了，抽象的也变具体了。那你索性结合今晚的长聊，顺便把为何读、读什么、怎样读这三个ABC级别的基础问题也总结一下。

主：结论这东西，总有漏洞没法完备，我可不擅长做归纳下断语。我写小说，只会通过比喻象征去言此而及彼。

客：这我理解，但有时候你的话吧，可能过于及彼了，言此反倒略显不足，我是希望你提纯一下。

主：唔，读书这事吧，一切的一切，全部的全部，所有的所有，说白了，就是为了帮我们开阔视野、自由思考、质疑"真理"——为何读呢？我以为，就是心智有这需要，"朝闻道夕死可矣"，这应该是生命的本能。人有大量的闲暇时间，可以超越本能地塑造自己，这样，那种消遣性的自我养成便会伴随始终。读书是消遣性自我养成的重要手段，它有助于我们补充间接经验，提升判断能力，训练生命直觉，以使我们活得更身心愉悦。而读什么，我认为就是读缘分和读自我。所读之书，不必刻意求取，只要它恰好能与我们的情感产生共鸣，又恰好，能分别地或同步地刺激我们的感官和思想，哪怕它只属于"读物"档次，也不妨视它为良师益友。至于怎样读，大概，即使面对《时间简史》《野兽之美》这样的书，也以信中有疑与崇智重趣的态度，将自己化为时间和野兽进行审视，加以检点，才能让自己的精神世界里生成神奇的生化反应。信能帮人守住当下，疑能助人开辟未来，智是生命的阳光和空气，趣是生活的色彩与乐音。

客：哈，这么诗意，挺好挺好。

主："执茶谈读书"——茶都没色了。

客：是得打住了，天都亮了。

还是先人吧

　　有一段时间了，关于女权的话题风起云涌，让我这热爱女人的男人都跟着扬眉吐气。但恕我孤陋，由于并非业内之人，捉摸了半天，对女权的概念还是一知半解，始终没搞准确它指称的都是怎样的权利抑或权力。也许这是因为我尚不清楚男权是什么吧。若无男权，何来女权？

　　以我的理解，一个巴掌拍不响，女权只有针对男权才能成立，这就好比有大才有小（反之亦然），有黑才有白（反之亦然），有了丈夫情夫才有妻子情妇（同样反之亦然）一样。在中国，过去有君权父权夫权一说。可君权是针对臣民的，臣民也有男人；父权是针对子女的，子女也包括了儿子；只有夫权是针对女人的。但若说夫权就是女权唯一的绊脚石，那争取女权可就不是所有妇女的共同使命了。在如今的社会里，无夫女人已经越来越多，女大不一定非要当嫁，离婚也不是什么复杂的事情。另外针对女人，还是在中国，还是在过去，也有在家从父父死从兄婚后从夫的说法。但这照样不能管着所有的女人。如果一个无兄无弟的女人在父亲死后仍未出嫁，岂不也就万事大吉了。况且，都好几十年了，报纸广播后来再加上电视这些强势喉舌，一直在拍着胸脯子告诉我们，中国已经男女平等了，男人能做的事情女人也能做，女人都顶起半边天了。那还女权个什么劲呢？

但毕竟女权的说法能日趋激烈，就说明它并非空穴来风。我说过，我是一个热爱女人的男人，同时我更是一个热爱人类的人，所以对关于女权的话题我不能充耳不闻，不应该持事不关己高高挂起的狭隘态度。

据说，女权主义滥觞于发达的外国，西风东渐才来到了发展中的中国。这足以证明，发达不仅不能解决所有问题，还要凭空生出些是是非非。想想吧，如果发达的女人们不吃饱了撑的去计较什么权利的多少，发展的女人又怎么会刚有了裤子穿就鹦鹉学舌地去问津权利的有无呢？男女有别，这可是天经地义的事，生理差异能够导致心理差异行为差异也都不证自明。当然我也知道，固守男权的人不是要学猪八戒怀孕生孩子，争夺女权的人也并非为了生大喉结长粗胡须。男权女权，图的都是个在政治地位经济基础文化习俗婚恋生活中不遭歧视不受委屈不被压迫。

可事情真的如此简单吗？

显然，事情要是如此简单，那些丰衣足食的发达女人也就不必喋喋不休地把朝不保夕的发展女人鼓动起来搞人海战术了，她们只需设计好程序拿出成品，让别人下载回去如法炮制也就行了。事情的症结在于，男权女权是个棘手问题，它关乎的更是每个人的精神指向而并非仅仅是行为方式与言说话语。据正史载，江青当初嫁给毛泽东时，由清一色男人组成的中共领导层曾明令禁止江青参政。可这是因为害怕传统的男权势力受威胁吗？又据正史载，若干年后，江青终于跃升到了中共政治权力的顶峰区域。可这能标志女权主义已经大获全胜了吗？我想这样的例子虽属个案，但一滴水能反映出太阳的光辉。

我是男人，我对男人的了解远胜于女人。我知道，大部分男人其实并不男权，连大男子主义也不，他们都渴望能与女人和平相处举案齐眉投桃报李，只是由于他们当不上领导还要受领导的欺侮，挣不来工资以外的钱却又需要工资以外的钱来解决温饱，才满肚子怒气，一脑门子官司。这个时候，他们调节情绪的渠道已经非常有限，要么去干掉领导或抢劫银行，要么去卧轨上吊一死了之，要么就是打老婆了（前提是比老婆劲大又有二两白酒壮胆）。但这些男人，偏偏又都懂法律惜性命，既不敢杀人越货更舍不得自我了断，于是，他们虽然只有一个老婆（而领导光情人就有三个），可还是只能做出打老婆这一条最于事无补的无奈选择（打老婆也犯法，但老婆不举就没有人究）。这种行径固然可恨，不过绝不属于在男权旗帜导引下的冲锋陷阵。相比较而言，在我这男人看来，常常倒是女人在命运的险阻面前能好活一些。比如女人也当不上领导，但一般来讲，她们也不至于受到领导的欺侮。有个叫琼斯的美国女人觉得她受到欺侮了，便留个心眼抓点把柄，结果克林顿那么大个领导也得乖乖地给她签支票赔不是，当然这种办法只适用法治国家。但中国的国情也可以生成中国的办法，中国的办法还更容易一箭双雕一石二鸟呢。只要女人稍用心计，往往能挺方便地把与领导的关系搞得水乳交融，而与领导水乳交融了，就完全可以像法律那样去指挥领导：这回分房子／评职称／发奖金……自然一揽子问题都能迎刃而解。退一万步说，女人也像男人一样，房子职称奖金全都捞不到手，实在活不下去了，也还可以通过卖身的方法苟且偷生；而男人，即使勇于卖身也鲜有买主，若活不下去，那可是真的活不下去呀。只是这也与男权女权没什么关系，有关系的，大约只是男人女人性欲类型的取向差异。

我这样说话，好像我真不知道这男人主宰的世界多么粗糙丑陋，似乎我一味地只想替男人开脱。我没这意思。熟悉我的人都能作证，我的三五亲人全是女人，我尊敬她们爱戴她们，为她们甘愿当牛做马，若她们能够权（利／力）倾天下，我第一个举双手赞成。还有就是，我想问题做事情的唯一标准，从来都只是自我需要，而我在生活中的最大需要，就是看到我那三五亲人能欢天喜地，所以，我绝不会愚蠢地站在男权那边，抱着个屁用没有（对我而言）的男权去打击她们。我一向认为，即使女人真的曾经是男人的肋条骨，可当她有了眼口鼻耳后，她也是人了，更别说女人从来就是女人，就像男人从来就是男人一样。我在这里当和事佬，并不是我不讲原则，我的意思只是要劝劝大伙：别争了吧，男权女权的，怎么看上去就像鹬蚌在渔人面前自相残杀。我不能不负责任地指责那些发达女人们生出来的是是非非没有道理，但在咱这发展的地界上，我看它的确不特别像当务之急。我的想法是，世界上就一男一女这孤单的俩人，凑到一起挺不容易，现在趁彼此尚未不共戴天，不妨还是先人吧，然后再男女。不是有一个更属于"关键词"的说法叫人权吗？在它面前，女权也好，男权也罢，取的应该是攘外必先安内的合作策略。

"杀死"十年记

　　生逢一个健忘的时代，我却喜欢回望过去，尤其喜欢反刍沮丧和灾厄。这不够与时俱进。但没办法，我一直认为，过去可以隐迹遁形，但从来不会完结和消逝，今天的一切，都是乔装打扮过的过去的不断返场，所谓的新鲜，只能是更换了的外包装与重编撰的广告词。我看世界总角度倾斜，再明媚的今天呈现给我，首先也是一片混沌。显然，生活这把盲目的锉刀，已把我打磨成了一个忧虑天塌的悲观的杞人。这几天，我的眼前又混沌了，行走在沈阳云霾笼罩的大街上，听朋友在电话里讲述北京更加可怕的雾霾弥漫，我几乎无意识地，就回到了十年以前，回到了十年前那场同样以北京为主战场的 SARS 之霾的沐浴洗礼中——我不懂外文，但一直觉得，把 SARS 汉译为"杀死"更信达些，雅不雅我说不太好。

　　十年前的春天我去北京，得以从旁门左道的角度目睹"杀死"，与我对新闻媒体的轻信有部分关系。本来，我学过几年大众传播，又做过几年时政记者，对新闻媒体是有警惕的，或者说，寄予的信任相当有限。我这样说并不奇怪，这就好比，生完孩子才更容易明白，孩子未必是爱情的结晶，许多时候还恰恰相反。但就像没爱情的人也生孩子一样，在如今这个信息时代，媒体迷信不仅普遍，还交叉传染，即使如我这种免疫能力不低的人，感染媒体病毒的情况也时有发生。打住，我回首往事不为谈媒体迷信，只为借此把我的北京之行牵引出来。

十年前，春天去北京学习的日程，寒冬未残时就定好了。可偏偏临行之前那段时间，有民间消息称，"杀死"病毒正肆虐广州，其危其害大得惊人——当然了，那时"杀死"尚无学名。紧接着，几乎随着"杀死"得名，民间消息又称，"杀死"已经长驱北上，正气势汹汹直取北京。这让我一时忧心忡忡。多解释一句，我为"杀死"忧心忡忡，绝不因为它已把战火烧到了北京，很有可能波及北京以北的沈阳和我。我还没狭隘到那种程度，凡事只看自己的利害。事实上，即使它只占领广州，或在中国找不到适宜的土壤，只去伊拉克那边神出鬼没，我心里边也不好受——那时，我最关心的，是萨达姆的独裁统治何时垮台。当然另一点我也无须否认，我这人天生胆小惜命，从来没有英雄的潜质，若上了战场，不当逃兵也不是勇敢，而是害怕督战的枪口。所以，就这场"杀死"之役来讲，既然我侥幸远离了火线，是万无道理再主动赴死的。可恰好这时，在我努力分辨那些被指斥为谣言的民间消息哪真哪假，犹豫着要不要放弃北京之行时，有关心我的媒体迷信者让我快看电视，说北京没事了——原来，电视这一以收罗新闻为己任的重要媒体，在连续多日对"杀死"的存在视而不见后，终于发现了它，把它认作了新闻事件。我打开电视，见一儒雅长者，正以医学专家和政府官员的双重身份，在"负责任"地向全世界保证……

就这么着，我兴冲冲地来到了北京。

我得实事求是，不能把自己"杀死"北伐般兴冲冲地南下北京归罪于电视。放松警惕去相信媒体会"负责任"，那只能证明我还幼稚，没能负起对自己的责任。事实上，我没信任那儒雅长者，我只信任了自己的思考，儒雅长者"保证"的作用，只为我的思考推了点小波助了点小澜。

我的思考相当复杂，但简化起来也容易表述：如果"杀死"真到了风卷残云那么个程度，那我在沈阳也难幸免；否则的话，它就等于车祸，有人开一辈子车毫发无损，有人却只坐一回就翻沟里了。抽烟的人不一定都得癌呀。所以，到北京后，虽然身在疫区，可经过一番观察了解以及分析推理，我的恐惧倒没有了。我以为，只要遇着发烧干咳四肢乏力那种人躲着点走，北京就和南极一样安全。是的，"杀死"传染能力强，其强度不下于媒体宣传对媒体迷信者的精神控制，但正如有了媒体才有媒体迷信者一样，得"杀死"，也总得与"杀死"病人有接触呀；而且，"杀死"病人拉别人下水，基本上是发病之后才十拿九稳，因为我注意到，许多与病人朝夕相处的家人没挨冷枪，倒是抢救病人的医护人员频遭暗算。许多医院并不比垃圾场干净多少，许多医护人员并不比我卫生习惯更好，这些客观原因肯定存在，但这种现象却更能证明：传染有规律，"杀死"可预防。若真的随便什么人冲我咳一嗓子就能把我杀死，不是我唯心主义，那我大概也命太薄了，没准坐家里都能赶上楼塌。果然，后来，循着规律防治结合，据媒体说，"杀死"就仓皇逃遁到果子狸或其他动物身上去了。

回头还说我到北京后，正为民间消息没能毁掉我的北京之行而扬扬得意呢，却听官方消息称，"杀死"的确正涂毒北京，且北京疫情比广州还重。不过对我来说，对我们那几十个封闭在校园之中的成人学生来说，"杀死"倒没那么穷凶极恶，除了外出活动时感到气氛压抑，其他方面一切如常。但到了四月的最后几天，虽然学校太平无事，可校方还是担心出现问题，就果断做出停课决定，要求我们这些来自五湖四海的学员尽量离京回家，若不便回去想滞留学校，必须安于软禁，别出校门。

当时我对形势估计不足，很想利用停课的机会，去五湖四海的随便哪里游逛一番，就对着同学名录反复琢磨，游走哪里骚扰谁人，人家可能不会烦我。可这时的我，再不敏感也发现了，就在我琢磨同学名录的那一两天，有几个同学垂头丧气，好像"杀死"吻了他们。很快，我就知道哪出了问题，是他们与家人电话联系时，家人不希望他们回家。因为各地媒体都在宣传，要"拒非典于本×之外"，还"不许一个来自北京的人成为漏网之鱼"，给人的感觉是，来自北京的人全是"杀死"疑犯，而能把"杀死"疑犯拒于本省本市本宅之外，也就相当于抗日救亡或抗美援朝了。家人的态度倒大多委婉，没真把我那几个同学当成日本鬼子或美国大兵，毕竟，日美侵略者没中国户口，而我的那几个处长级同学，没准都是自家房证上的产权人呢。所以，那几个欲将丈夫或妻子拒之门外的妻子或丈夫，都像中日或中美签署联合公报那样，在电话里措辞用字十分得体：你若一定回来，为防万一，下飞机后，先找个宾馆或租个房子住一段吧。那意思似乎是，假如我那几个同学真是"杀死"杀手，也应该去杀戮宾馆服务员或房屋租赁者，而不可以六亲不认地回家行凶。

那一瞬间，我不仅打消了游逛他乡的念头，还一下子想到了小时候的事情。我小时候，到处都是政治疫区，而爸爸的几个朋友熟人，恰好就被组织上判定成了政治"杀死"的确诊病例。

于是，他们家人就做出了与我那几个同学家人类似的反应——当然程度上差别巨大，他们干脆与政治"杀死"患者断绝了关系，导致爸爸那几个朋友熟人中的个别人，毁了婚姻或寻了短见。想来，当初爸爸他们与我和我同学们现在的年龄不相上下，这个年龄的人，那根最脆弱的神经与家庭相连。这样一想，我转而又为我那几个同学庆幸起来，庆幸他们中连个咳嗽发烧四肢乏力的都没有，就更谈不上疑似或确诊了。

当然了，更值得庆幸的是时间的流逝。到六月上旬，媒体就通知了我那几个同学的家人，"杀死"基本控制住了，来自北京的人已不再代表死神。这样，感谢疾病没政治残酷，寻短见的事便没出现在我同学身上，而他们的家人，也终于允许他们离开首都火线重返外省家园了。我估计，很可能，那几个久疏家门的壮年男女，到家后的第一件事就是和家人过一场久旱逢甘露的夫妻生活。真该"漫卷诗书喜欲狂"呀，我替他们高兴！只是有一点，我想了好久也没想好，又没法问，在生活时，我那几个同学戴口罩吗？

这几天，听说口罩又脱销了，还听说，有人在办公室甚至家里也戴口罩。但这回，那个老旧的问题没困扰我。倒不是与十年前比我不无聊了，而是，这回的阴霾只肆虐一周，至多十天，不像十年前的"杀死"缠缠绵绵，生生让我这杞人忧了半年的天。

半年不生活是个问题，而十天八天不生活，对再壮年的夫妻来说也算不了什么。在比较中，我混沌的眼睛与时俱进地亮了一下，有海市蜃楼般的明媚浮现出来。

一张自己的床

　　看到我的文章题目，你首先想到的，一定是英国女作家弗吉尼亚·伍尔夫和她那本著名小书的著名题目：一间自己的屋子。是的，我的题目，正是对她的模仿化用。

　　一天早上，醒来以后，依习惯，我仍然赖在床上胡思乱想，天马行空地做白日梦，结果，我脑子里，"一张自己的床"作为一篇文章的题目，就气球似的膨胀起来，一直膨胀到与我身下的大号双人床体积相当。我急忙提速我的思维，琢磨着，应该把怎样的内容摆到"床"上——这同样是我的习惯，常常不是为文章选拟题目，而是为题目炮制文章。当然了，在许多的非睡眠时刻，我纷纭的脑海里，都会有五花八门的文章题目蹦跳出来，而一般情况下，我总是严苛地把它们中的数十上百个过滤掉以后，才让其中的三两个成为合适的帽子，戴到我为它们订制的文章的头上。所以，此刻，一意识到我脑子里的"床"

可能气质不俗，可能有资格，在那三两顶合适的帽子中找到位置，我的精神立马一振，立马就开始了为它找寻脑袋。也是在这时，在那与帽子匹配的脑袋尚面目含混嘴脸模糊时，我的眼前，浮现出了弗吉尼亚·伍尔夫的清晰影像，而且，除了她标志性的苍白消瘦，她那间标志性更强的"自己的屋子"，也悠然向我敞开了门户。我的心里一下有底了。倒不是弗吉尼亚·伍尔夫的门户之内，某种成为我文章内容的可能性现身了出来——我很清楚，如果写她，"一张自己的床"恰恰是最俗鄙的文章题目；我心里有底，是因为我看到了她欲以"屋子"庇护我"床"的善良意愿，而她那意愿一经显露，我按帽子索脑袋的找寻之旅也就等于有了保障。果然，忙忙叨叨的我，很快就幻化成了一只蜘蛛，以我的"床"为基点，吐出了一张漂亮的蛛网，它黏性好又面积大，能将一个个让我有感觉的人、一本本让我有感觉的书、一件件让我有感觉的事……都粘在一起，粘贴成了这篇文章。自然了，这篇文章并非一蹴而就，而是我利用无数段床榻之外的写作时间在书桌前写的，至于这篇文章的开头部分，也就是眼下你读到的这些文字，则是全文完成后，我由原来那个三言两语的简略引子扩出来的。

声明一句，那个早上，我脑海里"一张自己的床"和"一间自己的屋子"的出场顺序，的确前者先于后者，至少它领先它一分半钟。但我不能就此便强词夺理，否认后者对前者有引领之劳与化育之功。对精神分析学说中的潜意识理论我深信不疑。

再声明一句，为了遇事做选择时，能快些判断出轻重缓急，我曾排名不分先后地，对生活中最值得我耗神费力的好玩之事做过拣选：舞文弄墨，胡思乱想，谈情说爱，东游西逛。如此，此时，我缠绵在"一张自己的床"上，一下子就享受到了二分之一，乃至四分之三的好玩之最，真是开心。

再再声明一句，也许，经由我的"床"，你会生出一些含有暧昧意味的隐喻性联想，进而对这篇文章的内容，做出愉快或者厌恶的预期。对此我没什么可解释的。隐喻是我喜欢的修辞手段，它恰好长于制造暧昧。

好多年里，并非因为身体残疾或过分懒惰，我的大部分时间在床上度过，这使我对床有很深的感情。每天，除了在电脑前坐几个小时，除了必须的出行，除了吃饭或者接待来客，其他时间，我一般都待在床上。待在床上，不意味着一定就得睡觉，一天二十四小时，睡八小时完全够用，写做出行吃饭待客再八小时，也还剩余八个小时。那么，仍然富裕出来的八个小时咋打发呢？我不知道别人有什么高招，我的方式，就是看书和胡思乱想。我意思是，看书和胡思乱想的那个地点，我选在床上。待在床上感觉很好，柔软的被褥包裹着光裸的身体，肉欲的气息充满在布纹间棉絮里，使人能真切地意识到，自己是一具有着皮肤骨骼器官毛发的鲜活生命。光裸的身体一旦除去衣饰的约束与藏匿，能充分地松弛舒展放纵起来，而松弛舒展放纵，则是解放心灵的先决条件，心灵解放了，挣脱拘囿的思想才能飞翔得自由自在。

古希腊有个哲学家，名字叫——叫什么我就不说了吧，反正，此公长期寄寓木桶，穷困潦倒还全无斯文，被别人骂作狗了他不光不抗议，还不识好赖地以狗自况。有一天，他正躺在野地里闭目遐思，忽然感到脸上遮了道阴影，一睁眼，发现皇帝站在他的身旁。那皇帝叫什么我也不想说了，只想强调，像历朝历代各种族各国家的领导人一样，他也嗜好通过追星，以之附庸雅或者不雅；而古希腊那年头，一个哲学家名气大了，其地位就等同于当今的歌星影星，领导请吃饭，百姓求签名，都是题中的应有之义。这一天，做礼贤下士秀的皇帝是专程来看望哲学家的，见哲学家闭目养神就没吭声，直到哲学家睁眼了才开口询问，有什么需要帮忙的没有。其意思是，你要华宅还是高薪，我都能给你，即使你不会外语却要高级职称，没干过科长却直接想当厅长局长，我也都会帮你解决。可那个哲学家只认死理，自命为狗了就要一狗到底，不像而今的哲学家，可以今天尊孔明天反孔，而态度的转变，只以皇帝老儿的意志作为依凭。"请不要挡住我的阳光"，那哲学家对皇帝，只提了一个这样的要求。

我无从考证这节名人逸事是真是假，另外，由于我不知道那哲学家是否素无礼貌，或总喜欢把日常生活矫情成后世那种"诗意的栖居"，同时我对后来的事也全然不知，比如，在"反右"或"文革"那类忽而阴谋忽而阳谋的翻云覆雨中，皇帝有没有顺手拧断他的脖子，因此，我也就没想从这节逸事中引申什么微言大义，诸如学问家的蔑视权贵或统治者的宽宏大度，也没想提醒今天的学人雅士要讲点独立意志或今天的官员领导要有点胸怀肚量。我只想说，对那哲学家当时的心态，我多少能理解一些。古希腊那年头，较之现在，人与自然的关系更友好亲近，除开饥寒交迫的贫下中农，识文断字的知识分子，也有甘于以天当被以地为床的，而一个喜欢躺在床上瞎琢磨的人，忽然被人打断了琢磨，梦飞了，念断了，思绪一下子接不上捻了，那简直像性生活只进行了一半便戛然而止，实在是别扭加不爽呀。所以，那哲学家没好脾气地拒绝皇帝追星情有可原。

说到这里，我又想起一个中国故事，只是说不太好，它是否能表征中国精神或中国气派或中国特色——恕我愚钝，啥是中国精神中国气派中国特色，我也一直没弄清楚。当时是魏晋之际，有个文人团伙被称作"竹林七贤"，其中有位仁兄叫——他叫什么我也不说了吧，反正，是个才华横溢却郁郁不得志的主儿，性情狷介有点佯狂。一般在家时，只要气温适宜，他都喜欢光着屁股，来了客人也不掩饰。某日，某人来到他家做客，见他的样子，批评他不该赤身裸体，说他作为知识分子，应当学会道貌岸然，得时刻把西服汉服中山服之类的会议正装披挂在身上。这老兄当然嗤之以鼻，翻愣着眼珠子振振有词：天地是我家，房子是我被窝，现在你钻进我被窝了，怎么倒怪我不穿衣服。这样的段子让人受用，至少让我受用，虽然，此公的表现有做秀之嫌，可我仍然满心喜欢。在我看来，所有人的所有行为，都有秀的成分，问题只是，谁的秀能做得漂亮：那些能秀出特点秀出水平秀出魅力的人，肯定都有智慧而不仅仅是聪明垫底。智慧与聪明，本质上分属两重境界。我了解魏晋，最早是通过我心中的智者鲁迅，他那篇题目拗口的演讲《魏晋风度及文章与药及酒之关系》，让我除了不再反感曹操，除了开始反感忠孝那一类礼教的东西，还学会并喜欢上了"通脱"一词。"通脱"不是把衣服通通脱光的缩略写法，但它给我的启发，倒还真就与上床之事能牵强到一起——正常情况下，脱衣服是上床的题中应有之义。一个人若不想活得凄凄惶惶憋憋屈屈窝窝囊囊，或许办法之一，正是通过解放床来解放自己：扩大床的范围，丰富床的功能，对床做出全新的定义。

喜欢把自己交给床的人，多半攻击性不会太强。一般来说，床榻总与舒适、温暖、平和、安闲、私密以及性感和肉欲相关相连，过多流连它的人，自然也更柔软、宁静、懂尊重、讲关爱、自怜自恋、耽于幻想、热衷于关注前世来生而眼里不光只有鼻子尖底下的鸡零狗碎。我不知道这样的推断有无道理。我希望有。

床是人类的亲密伙伴，其功用是多方面的，几乎所有人的一生，在床上打发掉的寸寸光阴，都远远超过在沙发、汽车、课堂、浴室、车间、商店、厕所、酒馆、庄稼地、运动场、歌舞厅、会议室、美容院、拘留所、棋牌社、阅览室、门诊部、信访接待站或股票交易厅或老干部活动中心……所度过的时光。不过我这么说，没将某些特例统计在内，比如，读初中时，我一个同学那长期失眠的奇葩爸爸。那位目光呆滞的瘦小男子，所有的晚上都睡不着觉，只能一夜夜在户外徘徊，而白天，不论在办公室与人说话还是去食堂吃饭，他又能一觉一觉地睡个不停，一天能入眠百次以上，短暂时只需十秒八秒。他身上最为神奇的一点，并非走路时也能瞌睡，而是骑自行车时，他仍会间或地潜入梦乡。想必，我这个同学的爸爸，对床榻的需求会少于常人。但讨论特例没有意思，包括讨论我这种，把床与看书和胡思乱想联系得过于紧密的个案也没意思，要论及人类与床榻之亲缘程度，最好只沿着三条线索去生发阐释：睡觉、做爱、死亡。有一份最新出炉的统计学数据告诉我们：在某国，经过对一万名男女各占一半的来自不同地域和从事不同职业的二十至五十岁健康成年人的抽样调查，二〇一六年第四季度，他们中，百分之九十七点六的睡眠和百分之八十九点一的做爱都发生在床上，而他们所耳闻目睹的死亡，也有百分之七十三点三在床上发生；至于他们在床上所做的其他事情，即使比例很高的养病，占用床榻的时间也远远低于以上三项。

说明一下，这份调查你可以不信。倒不在于这种数据难以统计，或者像 GDP 与 CPI 一样，统计出来也未必准确，而在于，以上的调查，只完成于我项上那颗无厘头脑袋的胡乱猜测，是我与喜欢玩民调游戏的国家开的一个玩笑。

睡觉即休息，做爱为生育的前奏，而死亡，是一系列求生努力归于失败的最终结局。从这样的角度看，睡觉、做爱、死亡，即使不去引申这床上三重奏的象征意义，事情的线条也足够明晰：它们仨，几乎有资格涵盖一个人的从生到死，即一个人的一生，差不多被床全囊括了。

也有些事情床无法囊括，比如人类所从事的大部分游戏与大部分工作。但游戏与工作，属于人生长旅中的必然项目吗？

我没想抬杠，只是为人生做解剖时，希望能从必需的骨头棒上，把非必需的肉先剔下来，然后，再该炒菜的炒菜该煲汤的煲汤。我喜欢游戏，尤其喜欢那种功利色彩尽量低于奥林匹克运动会或诺贝尔奖颁奖礼的自嗨游戏，所以，对它们的远离床榻，我无话可说还很支持。但许多工作，特别是某些令人厌烦又不得不做的工作，我则希望经营它们的场所能挪到床上，那样一来，至少在感觉上，务工者的躁动乖戾乃至凶邪，或许可以得到缓解。

把与医疗、与性服务、与搓澡按摩等行当无关的工作挪到床上，这当然是我的调侃玩笑，其实，我是想借此引出另一个话题：如果一个成年人健康地活着却不必工作，那将是一种什么情况，会是以床榻为象征的某种活法的总胜利吗？这回我可没想玩笑，我知道包括我在内的许多人的确反感工作，而这又跟工作的单位如何或性质怎样没有关系，就是纯粹地讨厌工作这件事情。但讨厌工作，又未必就是讨厌劳动，而只是讨厌劳动与货币，以及其他有价或无价的利益好处间，那种将劳动异化为工作的交换关系。记得小时候，一听说共产主义将按需分配，我立刻就找到了信仰；而稍大以后，知道有些国家那福利好的，连懒汉笨蛋都能活得体面，我又从资本主义那里看到了方向；是再再后来，我才接受了胡适的建议，学会了面对问题时不妨绕过主义。"舞文弄墨，胡思乱想，谈情说爱，东游西逛"，我心目中的这四项好玩之最里，不乏劳动的元素，却未包括工作的因子。劳动与工作，经常被理解为同一样事情，许多时候，它们也的确浑然一体，但你因为住在一楼有个园子而腰酸背痛地莳弄菜地，和你作为受聘的菜农，在塑料大棚里泥一把水一把地捱磨工时，那种辛苦与快乐能一样吗？我有个朋友，旧体诗词写得漂亮，常常夙兴夜寐地忙活几天，只为三五好友聚会时，可以摇头摆尾地《诉衷情》几句或《点绛唇》一番。但有些日子，他却鄙薄和嫌恶"衷情"与"绛唇"，原来，是他那喜欢写顺口溜的领导欲出版旧体诗词集，责成他帮忙疗治"硬伤"。领导的作品遍体鳞伤，还全都致命，我朋友的"疗治"等于重写，他那自娱自乐的劳动，一下子就变成了得好处换报偿的工作——朋友说，把这活干好，坐上处长的交椅就有指望了。

工作之事不大好玩，可大部分人又不能没它，还视失业为灭顶之灾，那是因为——哦，即使抛开社会性的需要不说，这里边也有多重原因，涉及人的动物性与精神性的多个侧面，是这一切，导致了人类既好逸恶劳，又疯狂地投身行动而惧怕静止。于是，流水不腐户枢不蠹便成了理由，它越来越多地，把人们生命中与生活里的额外需求诱导出来，等于变相地，逼着人们离开了床榻。不过在这里，我只想议论床上，不欲评骘榻下。

刚才我说过，睡觉、做爱、死亡这床上三重奏，能把人生的一切都囊括起来，其实，其间还有一个现象更耐人寻味，那就是这三重奏本身，又从来都有一种交汇融合的自洽能力，可以通过彼此的暗示或替代，对床做出绝对化的肯定与认可：人们既把做爱叫作"上床"、"睡觉"，也把死亡称为"长眠"、"不醒"，同时，说睡觉又有"睡死了"的形容，指称做爱则不乏"欲仙欲死"以及"爽／美／痛快／过瘾……死了"等种种感喟，另外，据说，未必准确的科学还曾证明，有些男性在突兀的死亡中，比如突然窒息时，会出现勃起，就好像，他正准备投身一场有可能创造生命的酣畅的性爱。

事实上，在人们的思维惯性中，不仅我那"活着却不必工作"的想法纯属妄念，连床，这一也可以不去象征任何活法的最为普通的居家必备物，都经常与懒惰、笨拙、逃避、萎靡、无所事事、不知所终、消极厌世之类贬义的概念更关系密切，而奥勃洛莫夫，那个出产自十九世纪俄国文学的、不喜作为只恋睡榻的年轻地主，大约便是这方面的代表人物。

中国的文学爱好者，不论说消遣还是谈审美，基本上都没个人意志，我启智开蒙的那个时代尤其如此。因为中国官方一向亲近苏俄，于是，在许多年龄偏大的读者眼里，苏俄文学便等同于世界文学，即使在中苏两党吵得狗血淋头一嘴毛时，即使在中苏军人白刀子捅成了红刀子时，苏俄文学"修"的反动性，比之于欧美文学"帝"的腐蚀力也差一大截。这样的结果便是，影响力不大的伊万·冈察洛夫和他那部影响力稍大的《奥勃洛莫夫》，在中国读者中，一度走俏得有点过分。那部长篇小说让我印象最深的是，在五百多页的汉译本里，已经翻过了一百五十多页，时间也从早上滑到了中午，好脾气的奥勃洛莫夫却与往常一样，刚开始不情不愿地起床穿衣——需要说明的是，此前的他，并非昏昏沉沉地置身梦乡。不论对谁来说，熬夜都不算反常的事，所以，通宵玩乐或通宵开会或通宵失眠之后的上午补觉，就没什么新鲜之处。奥勃洛莫夫不是这样，他虽然始终睡眼惺忪，却未曾熬夜，也早醒了，一个上午，还在床上接待了好几拨客人。他之所以迟迟不出被窝，可以说，是类同于某些人面对灾难与麻烦时，所做出的应激反应：要么倒头大睡、要么灌醉自己、要么干脆昏厥过去……从而避免投身行动：不去参加社交、不去做关于是否搬家的决定、不去回复一封他已十二年未曾涉足的自家庄园里农民代表写来的信……日常生活中的大事小情，在奥勃洛莫夫看来都是需"应"之"激"，而他采取的应激办法，便是赖在床上假扮鸵鸟，在被子的庇护下掩耳盗铃。

一个人活着就得行动，或者说，行动是活着的重要标志。记得小时候，我一拒绝行动，一表现出懒散松懈不积极来，奥勃洛莫夫就会成为我爸敲打我的醒脑棒与掌手板。其实，我的所谓拒绝行动，并不是拒绝踢球游泳打架泡妞，我拒绝的，只是没时没响地伏案看书。可我爸认为，物理性的行动简单粗浅，精神性的行动才高级美妙。于是，在全民族都以简单粗浅表征自己为活物时，我在我爸的逼迫与诱惑下，至少学会了辨识和欣赏生命的何以高级美妙。可是，反对我成为奥勃洛莫夫的我爸，本人却又特别奥勃洛莫夫，他上班迟到，动辄旷工，在那个传布毛泽东最新指令不许过夜的大时代里，他既不致力于超英赶美，又不热衷于斗私批修，只像一粒走投无路的浪淘之沙那样，把落伍认作占了便宜。但他的自我淘汰并不成功，不论他如何事事拖拉又时时磨蹭，奥勃洛莫夫那种做个生活局外人的福分，也不肯降临到他的头上。这不仅因为他得自己劳作养家糊口，没资格役使三百多佃农，更在于，他即使不为官家打工，也不敢不与其他万众去心心相印。如是，我的困惑因之生成，我爸明知爱智有风险，无知才安全，自己也视奥勃洛莫夫为榜样了，却为什么，要反对我与他投身同一师门，难道，他介意以后我喊他师兄而不叫爹吗？过了很久，我才理解一些他曲折的苦心；但当时，跟他辩论时，我只以"马列主义口朝外"作为敲打他的醒脑棒与掌手板——说明两点：第一，我生长在一个中国社会里并不多有的民主家庭，我和我爸，以及我们家的其他成员，说话时都可以指名道姓，也不忌讳互相敲打；第二，我爸一生吃哲学饭，而好多年里，在中国，马列主义取代了哲学，他的别称便是"搞马列的"。

我上大学时，我爸还差一两个月五十周岁，在"搞马列"的同时，"搞哲学"也被允许了，据有的大人物说，那会的中国，哲学的包括文学的或科学的或什么学的春天已经到来。我爸秉持哲学的怀疑精神，对各种学的"春天"都信任度不高，顶好的态度也是溜边观望。他照样"马列主义口朝外"，自己浑浑噩噩，却鼓励我饕餮五花八门的精神食粮，不光给我提供读书的种种方便，还反复校正我的求知观念。他说读书的目的不是高考，恰恰上大学的意义，在于为更好地读书创造条件。那时候，我的"读瘾"已长进身体，我爸已经不再以奥勃洛莫夫敲打我了。但有一次，我批评他不应该都"春天"了还奥勃洛莫夫时，他似乎是下意识地，把我以前看过的他"冬天"时自况的一首打油小诗，抄在了我当时那本热情洋溢地呼应"春天"的读书笔记上：

人生糊涂识字始，

皓首穷经直到死。

昏花老眼救一命,

不再读书翻报纸。

我爸总说他花眼比别人早,刚四十出头,读书就是一件困难的事了。当时,我忘了考证他有无撒谎。

当时,我其实也没空操心,我爸何以要把"读书"与"翻报纸"对立起来。我爸的说法让我产生的联想只是,早在"昏花老眼"救他命的"冬天"时节,我就也开始视"读书"与"翻报纸"为两码事了。

那时候我十岁出头,连续好几年,每隔两三周至多一个月,便会利用节日或假日,去我爸办公室浏览报纸,看副刊上的诗歌散文短篇小说。那时我爸办公室的一个角落,常年有一副报架子叉腿站着,它瘦高的身上,至少穿戴了二十份每天的头版基本雷同的各种报纸,很像那个可笑的、以锈迹斑斑的祖传盔甲武装自己的堂吉诃德。我不喜欢塞万提斯养育的《堂吉诃德》。也不是喜不喜欢的事,而是对它没什么兴趣,虽然,我那时已初恋文学,已知道它是赫赫有名的世界名著。同样,那时我也已初解风情,更感兴趣的,是《俊友》(莫泊桑)或者《苔丝》(哈代）那种声望偏低的世界名著，原因很简单，它们会笔涉男女之事，还偶有"床戏"令我流连。《堂吉诃德》倒也有作为骑士意中人的杜尔西内娅，可她不光不上床，还面都不露。所以，我把可以在办公室公开捧读的报纸与乏味的《堂吉诃德》归于一类，而需要猫在被窝里偷窥私赏的"好看"之书则另备一档，比如"贾宝玉初试云雨情"（曹雪芹《红楼梦》）或"乡间一夜"（司汤达《红与黑》）或"'燕子'：监视与诱骗"（约翰·巴伦《克格勃——苏联秘密警察全貌》）……当然了，那时的书，只要涉及人的，不论虚构小说还是纪实报道，包括《堂吉诃德》那种不为"床戏"耗笔墨的，基本上都算"黄书"或"毒草"，也就是说，读《红楼梦》或《红与黑》或《克格勃——苏联秘密警察全貌》，难度大不说，风险也大，只有鲁迅浩然等寥寥几个人的书，才像报纸一样又"红"又"香"。读丰腴的书有罪，只允许翻干瘪的报纸，这对喜欢阅读的我来说无异于折磨，所幸的是，从小就以读书种子自命的我，有本事把干瘪化为丰腴，即使从最无懈可击的地方，也能发掘出并享受到犯忌的快感。例如在《湖南农民运动考察报告》里，"土豪劣绅的小姐少奶奶的牙床上，也可以踏上去滚一滚"这样的文字，在别人看来，也许与"向土豪劣绅罚款捐款"，押着他们"戴高帽子游乡"，然后"打翻在地，再踏上一只脚"并无区别，可我却能读得春心荡漾,乃至产生生理的反应:"翻滚"在小姐少奶奶的"牙床"上,我那缺少直接经验支持的性幻想,居然能发育得有模有样。另外,读《阿 Q 正传》或《艳阳天》,我也能迅速从阿 Q 对吴妈的赤裸裸里,从焦淑红对萧长春的羞答答中,找到我对生命的直觉,于是,被成人视为大逆不道——同样也被成人所大肆演绎和津津乐道——的"床戏",帮助着我,也把目光投向了别处,投向了手边的书桌、身旁的窗口、近在咫尺的街路与遥不可及的星辰……

肯定与少年时代那种被动的训练有关,成人以后,我对色情特别敏感,也特别擅长从哪怕《宇宙的最后三分钟》(保尔·戴维斯)或《寻找时间的边缘》(约翰·格里宾)这类书的字里行间,发现"黄"与"毒"的蛛丝马迹,并且为之如醉如痴,尽管,宇宙和时间都不上床,只为一切生物的欢愉充任床榻。在宇宙和时间的欢愉之榻上,我最大的满足,除了可以经常享受春心荡漾的那种感觉,还在于,我也能经常性地找到自己确认自己,从而建立自己完成自己,其表现是,比如,仅就对待经典的色情小说淫秽作品的态度而言,《肉蒲团》(李笠翁)虽然更家喻户晓,可在我的个人榜单中,名不见经传的《姑妄言》(曹去晶)却要排位靠前,同样,萨德侯爵的《朱斯蒂娜》再深入人心,我也敢说,只有多米尼克·奥利的《O 的故事》

才堪称完美，才当之无愧地可以荣膺色情的极品、虐恋的顶峰、淫秽的至尊这一类称号。

本来，若不含杂念地排列黄书的英雄座次，很可能，我会为同好提供一份客观的清单，可是，那些"黄书"，也就是某个领导、或某几位街道大妈、或某一些朝阳区群众，在不同形势下以不同评判标准代替法律认定的罪愆，却总要对我的客观性构成破坏干扰，让我变成一个蠢笨的读者，不负责任并鉴赏力低下。我觉得，这不论对色情对淫秽还是对书籍对作家，都是亵渎与不尊重。记得一九八〇年代中期，我疯狂饕餮欧美译作，一边透过它们去了解世界的真相与做人的道理，一边请它们修正和完善我的价值观念。有天早上，去北陵公园的划船湖野浴之后，我顺路去朋友家借来《情场赌徒》。朋友是晚报的读书版编辑，希望我为这部译自美国的"情色"小说歌功颂德——许多嘴脸涂抹伪善时，方法之一，就是把堂堂正正的"色情"更名为扭扭捏捏的"情色"。和我一样，编辑朋友也钟情色情，但与我相比，他青春早期的发育更为不良：我在家看多黄的书爸妈都只睁眼闭眼，可他爸妈，对他们的宝贝儿子，却一直施以精神的宫刑。记得那天游过晨泳的我，一口气就读完了《情场赌徒》的前十几页，不过，对它那笔墨只停留在感官上的通俗描写我好感不多，而之所以没立刻将它丢开，只是男主人公卧房里，那张引无数女人竟折腰的豪奢大床吸引了我：那床的周围，包括头顶天花板上，镶嵌了许多面造型不一的大小镜子，即使它们一片空白时，仿佛残留其间的生猛和香艳，也能让我心跳脸热……我适时地合上了《情场赌徒》，它倾情奉献的"镜床"已足堪我玩味，这就够了。可恰在这时，收音机里，突然有"新闻和报纸摘要节目"斜刺里杀出，舞动着语言的拳脚，把我周边晶莹的镜子全打碎了，让我那七零八落的镜中影像，变得渺小而又轻飘。我听到一个毫无性感的女声正在宣布，我手头这本《情场赌徒》，和另一本叫《玫瑰梦》的翻译小说，刚被指定为黄书。那时候，属于中央人民广播电台的早六点半，与后来属于中央电视台的晚七点一样，都是缺少读书习惯的中国人的"翻报纸"时间。可那时的我，生理逆反已然进化为精神现象，已经知道怎么与渺小化和轻飘化我的任何行径进行抗争。于是，那天，我把已经放下的"钦定的黄书"又捧起来，不仅真为它花去了两天的阅读时间，还真写了篇注定无处发表的评介短文，赞美它一番……

但我一直没真正想好，我以如此的方式精神逆反，是吃了亏还是受了益呢？又是吃了什么亏或受了什么益呢？而我的朋友，还有《情场赌徒》这一类书，以及那些有资格以黄色或毒草之理由凌驾于阅读之上的金口玉言……其亏损或收益都该咋计算呢？

打住，凡事只论吃亏与受益，小气。

"读书"与"翻报纸"，应该是心态的分野趣味的分野观念的分野，但会不会也是兴废乃至生死的分野呢？我没想耸人听闻，一度，我订制自己时，还真就是把废乃至死当标准的。比如，当初装修汇宝书房，我不去商店省心省力地挑一款床，而是麻麻烦烦地，请木匠专门打了张比例尺寸十分荒谬的、整体镶死在卧室窗台旁与两侧墙壁上的、连合适的床单都无处可配的、号称有多种功能的"窗床"，就是为"不再读书翻报纸"的余生之衰败而感伤思虑的一个结果。

一九六四年年初，还在"文革"爆发的两年多前，早已目盲的陈寅恪就看清了他身处的时代对他以及他的满身学问所持的态度，在甲辰春节的贺岁七律里，他以"一榻萧然了此身"这样的句子，终结了自己与时代的关系。而四十年后，即二〇〇四年我装修汇宝书房前读到它时，立刻认定，它写的也是我的心声。当然我是小人物，不敢想时代，只敢想我的身体对我的健康持什么态度。那时候我初患腰疾，病痛常常突如其来，不由我不悲观地推想，瘫痪将很快成我的常态，而一旦瘫了，我活动的天地便只能是床榻。这种悲观的想象让人绝望。

若在过去的乡下，我大约就得张罗着打棺材了，可我不仅支持火化，还早有遗嘱，希望我骨灰被洒进水里，而非埋入土中。所以，当时，我的最高指示，只能是要求汇宝书房的装修尤其是床的装修，必须以服务瘫子为第一要务。我的"窗床"，便是在这种情形下设计施工的。我就不照相写实主义地描述它了，反正，假设我真成了腰病的人质，仅凭"窗床"的帮助，一时半会，撕票的命运还找不上我，因为它不光可以为我的看书写作与吃喝拉撒提供大体的方便，还能大体方便我通过窗户与外界接触：吹外边的风、晒外边的太阳、听外边的嘈杂市声、看外边的善举恶行……尽管，平常不出门东游西逛时，我宅在屋里下楼都少，连夏季的白天，都喜欢关着窗户挡着窗帘，好像我书房是人工的地窖或天然的洞窟。哈，只能说这就叫此一时也彼一时也了。

好了，我终于可以"一榻萧然了此身"了。

可直到现在，十多年过去了，我告别汇宝书房搬入紫荆花书房也快两年了，瘫痪却还没降临到我的头上——我这么说，可没有对我的依然挺拔遗憾的意思。即使不挺拔，宁可佝偻，我也不愿意缠绵病榻。我意思是，虽然腰病已成宿疾，隔三差五就折腾我一回，但毕竟，它没把我活动的天地只局限在床上，这使我半自主创新半参考《情场赌徒》中"镜床"发明的"窗床"，便没什么机会炫示功能。可这么讲又不够公平，因为十多年里，那"窗床"的馈赠，亦是我于不经意间所每每领受的。所以，再喜欢紫荆花的面积大设备全，也不影响我怀念汇宝的"窗床"时感情深挚，而假设我的第一条怀念理由是它结实，那第二条，就是它床窗一体的独特结构，能让我半偎在被窝里，就舒舒服服地实现另一重意义上的东游西逛——"窗床"给我限定的位置与角度，刚好是我与外界建立关系时，可以接受的距离尺码。我那意义多重的东游西逛不拘一格，各式各样，但即使以眼睛和心唱主角而让双腿双脚演配角时，我信守的原则也仍然恒一：以在场的方式游离，以游离的方式在场。对世间的一切，我都程度不同地心怀好奇，但不论那好奇的程度多么强烈，我还是愿意节制自己的介入欲望，对那"一切"，只距离适当地打量、琢磨、猜测、判断，然后再喜欢或厌恶或没有感觉，而绝不会凑得太近挨得太紧，尤其不会取消彼此的界限。

解释一下"窗床"提供给我的位置与角度吧。当年，作为汇宝花园最早的入住者，只要我偎在"窗床"旁看向外边，那一大片由建筑垃圾和生活垃圾堆叠而成的凹凸丘陵，就会允满我的视野。直到差不多一年以后，为了抄近道，有越来越多的人从垃圾上走过，才如鲁迅所说，丘陵上诞生了蜿蜒的路。有路以后的事鲁迅没说，我可以补上：有关部门体恤生民，把那条肮脏的脚踩之路，变成了漂亮的机轧之路。真是好事呀，大部分居民，随之也就不再乱扔垃圾，少数还逮哪把哪当垃圾场的，则会受到其他居民文明的或不文明的劝告与谩骂。

那条距我书房约五六十米的马路细窄曲折，但和许多通衢大道一样，它两边也有人行小道，人行道上，也铺设了花纹地砖，并且每隔四到五米，还留有特殊镶嵌过的别致树坑。那些天里，我总是既实际又文学地想，以后树坑里的树如荫如盖了，那条小马路的葱郁清幽，定然如同连通着普罗旺斯与阿尔卑斯——我不是幻想它与汇宝附近的普罗旺斯和阿尔卑斯这两处住宅小区连什么通，我向往的，是那"二斯"所代表的欧洲风光。倘若以后我真瘫了，只能通过窗口接触世界，那也没什么，优美的自然环境会让我胸臆舒畅。但春天一晃就过去了，却迟迟无人往坑里种树。是树种或工期出了问题吗？

树坑便派上了别的用场。

在所有不下大雨不刮大风的白天，那条马路旁的人行道上，总会有一长串商贩依次排开，他们以树坑为界，或蹲或坐，各抱地势，自成一体，互不相扰地做些针头线脑的小本买卖——当然了，生意清淡时，他们也不介意互相干扰，四五米的距离，恰好方便家长里短和打情骂俏。他们栉风沐雨的生活充满了情趣，除非穿灰制服的城管人员出来骚扰。城管的白色货车一般周一至周五的下午两点左右，只是检阅般地在小马路上逡巡一圈，给人的感觉是，他们喝完中午酒睡完中午觉，活动腰腿的方式是质检马路，检验铺就它的是沥青还是豆腐渣。小商贩们大多识趣，知道城管人员例行的公事与马路无关，只关他们，所以，当城管车远远驶过来时，他们会迅速包裹起自己的货物，站到距人行道远些的地方，好像那些地方有长途车站，而他们，是进城讨生活的农民正准备返乡。小马路不通长途客车，连公交都不走。也有个别不识趣的摊主以身试法，硬撑着不打包自己的货物，这会惹来城管的斥骂。于是，那些似乎有受虐倾向的二皮脸们，会于眨眼之间强悍扫地，一举退化为以讨人嫌为职业的顽皮孩子，看大人真的被惹火了，立刻嬉皮笑脸地作揖求饶。白色货车离去以后，一般情况下，针头线脑的主人们不用再担心有回马枪杀来。

不知一年两年还是三年以后，终于有一天，那些徒具形状的人行道上的预留树坑，被整饬一番后栽进了树苗。是细弱的杨树，要如荫如盖得不少年。小商贩们提前了对它们的开发利用，他们在它们的两两之间拴系绳子，再在绳子上悬挂衬布，将原本席地摆放的货物中，那些可以挂绳子上别布上的，安置在空中。这样的好处是货物醒目，方便路人在行进中观察比较和做出选择；坏处是，城管出现时，收拢悬空的货物费时麻烦。

树太瘦弱，即使它们托举的货物都很单薄，也能显现出力不胜任，渐渐地，它们中有的就折了倒了，就被孩子们夹在胯下当马骑和挥在手里当剑舞了。但坏死的小树挺有规律，总是隔一个树坑消失一棵，使得每个商贩都再没有了拉绳子的可能。我不禁怀疑，是否有商贩看自己的货物不宜悬空，便嫉妒那些挂衬布的人，趁着夜色或者雨天，把有些没折没倒的小树也踹趴下，让每个人地盘里成双的小树，都变成了难鸣的孤掌。

连续多年，以上的情节反复上演，那些辛劳的绿化工人，对每年都来这里栽种一回用于拴绳子挂货物和迅速夭折的小杨树，似乎并无怨言。或许，他们都系市政单位园林部门的临时雇工，只要小杨树活不下去，他们的工作就有保障，而他们也就能活得容易一些。于是，也与我始终没瘫有关，我想象中的如荫如盖，不论从实际的意义上还是文学的意义上，同样渐渐地萎谢凋零了。

在我看来，文学的卷帙里，有两本书离不开床，甚至可以说，没床也就没有它们。它们风貌趣味迥然有别，共同的特点是体量都大：一部译成中文后浩浩荡荡八十万字，而另一部，比浩浩荡荡更壮阔漫长，译文的汉字竟接近了两百五十万。后一本人人都猜得出，是法国人马塞尔·普鲁斯特的长篇小说《追忆似水年华》，而前一本，则是阿拉伯民间故事集《一千零一夜》，尽管，它没有一个确定的作者，最终定型前，历经的又是数百年的口口相传，但在我眼里，它同样是长篇小说。在《一千零一夜》里，山鲁佐德的故事是在床上讲的，且一口气讲了将近三年；而建造《追忆似水年华》这座时间大厦的普鲁斯特，给我的感觉是，他那未免短促的一生，整个就是卧床等死的一生，至少最后二十年，他似乎就是蜷曲和匍匐在被窝里，通过他书中那个同名叙述人马塞尔，娓娓地给我们唠叨他的所见所闻与所历所想。

其实，若论文学之床，还有一张也很著名，它被詹姆斯·乔伊斯摆放在《尤利西斯》的最后一章，供女主人公莫莉辗转反侧。最初，这张莫莉之床，我没想搬到我文章里来展览亮相，原因之一是它体量太小，比之于山鲁佐德的婚床和普鲁斯特的病榻未免寒酸——《尤利西斯》译文倒也有汉字一百多万，可支撑莫莉之床的，却不足其间的二十分之一，并且，就那标新立异的四万多字，我当年随之意识流时，也是一目十行地跳着通关的，所以，肯定的，欲歪批莫莉，我的曲解误读难免令人发指。

不好意思，你猜对了，对这个著名的第十八章，我跳过去的那些文字，正是与性幻想，严格地说，是与关于私通偷情的想象无关的描述。而这，也便是我想拒绝莫莉之床来我这里登堂入室的原因之二——我担心某些仇视春梦的正人君子会受到冒犯。

可是，一方面，这世界上，偏偏又有不少我这类非正人君子需要春梦，喜欢以那些所谓不洁不雅不伦之春梦自我抚慰自我滋养。另一方面，莫莉之床虽然狭小，在我的曲解误读下也多有破损，可它哺育的一波波比性幻想更难萌芽的私偷想象，却苗壮得那么生机勃勃，我若不堂堂正正地将其显形于光天化日，倒好像是我对文学的表现力没有信心。

不，我有，我知道文学的表现力可以多么强大，只要它肯负责任地释放它身处的世界，而不是因为恐惧或伪善，去遮蔽、涂改、甚至阉割这个世界。那么，所以，对文学床榻上性的主题，尤其是私偷，这一性主题中的华彩部分，又尤其是，私偷部分中那些溢出脚本即兴上演的唱念做打，愿意诚恳地做出揭橥的，我敢断言，便一定是负责任的文学释放。也正是在这个意义上我才认为，比之于山鲁佐德之床和普鲁斯特之床，莫莉之床更可圈可点，它所承载的那种只能一个人感受体验的臆想梦悟与骨骚肉痒，恰好可以最完全化地，把对于床的所指与能指公示出来。普鲁斯特之床过于斯文，有点像理性的书案，而山鲁佐德之床则太恐怖，像玩命的赌具，与卡夫卡《在流放地》里那架也可以被称之为"床"的杀人机器仿佛一母所生。在世人眼里，主要横陈着女性文学人物的私偷床榻上，最大名鼎鼎者，当属托尔斯泰的安娜·卡列尼娜，或福楼拜的爱玛·包法利，或霍桑的海丝特·白兰……可在我看来，她们的私偷纯粹度都逊色于莫莉，那些为她们所熟练演绎的经典桥段，诸如相见恨晚、忠贞不渝、山盟海誓、托付终身、一见钟情、白头偕老、枕前发尽千般愿、情人眼里出西施……与其说是保鲜爱情的标准答案，不如说是自欺欺人的刻板教条，只适用于勾兑琼瑶品牌的心灵鸡汤。我倒不是说，上男人床时，把情感依附作为以身相许的前提条件就不可以；我只想强调，不论情感还是身体，首先属于的都是自己，若太将其看作"许"的礼物，待价而沽也好果断馈赠也罢，都容易迷失于遇人不淑的困局窘境，或搁浅在始乱终弃的悲局绝境。莫莉则与她们不同。在这个男人主导的世界上，她本能地懂得拒绝依附，能从根子上提早做到以自己为先对自己负责。她只专注于自己的性，如果也有意外的惊喜附加其中，她当然不会矫情地剔除，但是，那些附加物再丰美新异，也只配辅助而不是操控她的感受，而她那过于官能化和动物性的自主意识，哪怕只寡淡单纯如一杯冰水，她饮啜它也甘之如饴。也正因为这样，她上的才永远都是自己的床，即使她上的是过去的马尔维、当下的博伊兰、未来的斯蒂芬的床，甚至是她与丈夫布卢姆共同拥有的床，其实她上的，也是只属于她自己的床。

与安娜爱玛海丝特比，与其他无数的女人相比，莫莉看似混沌却最清醒，她充分尊重肉身的欲望，而不会让欲望脱离肉身朝别处异化。她相信性事是一切动物的快乐之源，她相信，如果人之外的动物也能发表意见，肯定同意她的意见。人是高级动物。这她知道。但她更知道，人首先是动物，人就是动物。所以，就两性关系来说，她不会拒绝无爱的性，却一定要拒绝无性的爱——因为这一伪命题其实暗藏杀机，允许它混淆视听，就等于允许对爱的歪曲和否定。在莫莉的私偷想象中，不论何种形式的性，都只导向欢愉和感恩，而自责、指责、埋怨、抱怨、欺骗、伤害、懊悔、仇恨……它们与性有关系吗？

如果按照《圣经》的说法，动了淫念，便等于犯了奸淫之罪，那莫莉这个信天主的女人，自然是想象加行动的双料罪人。我没信仰，但我并不反对莫莉的主将淫念与淫行等量齐观。我始终相信，每个人心田的隐蔽之处，都有红杏在伺机出墙，至于是以淫念的方式还是淫行的方式出，只取决于主观的自我约束而非客观的条件限制，所以，人为地离间淫念与淫行，便是笑话，便很像在同一只碗里分别水乳。不过，主的意见我也不全同意，这是因为我还主张，性事，不应该只局限于两性间的性器媾和，所有通过色情方式实现的两情相悦：亲吻、拥抱、抚摸、话语、甚至凝视与想象包括虐恋，都属于性的美好表达——我这后边的看法，只来自于莫莉的启发而未经她首肯。

莫莉感性发达，凭本能生活，有的时候未免颟顸，既是不屑于也是没能力稍微复杂地应用理性。而我虽然喜欢莫莉，性格类型却与她迥异，总是抑制本能窒息感性，只依顺过分拘谨的理智去权衡大小调整远近。所以，替莫莉的欲望开脱解释，似乎成了我的义务，也不知道对我的良苦用心她是否领情。比如吧，她想象私偷时直奔主题，宁可踩踏坎坷，我呢，开步出发时，却一定要先把通往主题的道路铺垫平整。我提醒她，作为动物的人，终归又比一般的动物丰富和复杂，动物只有性就够了，不需要色情，可人不行，人既离不开果腹肉身的性，也离不开营养灵魂的色情。而私偷，不论归属于淫念还是淫行，多数时候，都是一种色情大于性的存在，而对于婚姻之内无色情这一无奈的实际，则算是一种饮鸩止渴式的拨乱反正……哦，终于，我说到了"神圣不可侵犯"的婚姻，而让我惊讶的是，面对婚姻，从来啥都无所谓的莫莉，居然也大大咧咧不起来了。为什么，"婚姻神圣不可侵犯"？像个思想者那样，莫莉提问时忧心忡忡。我体会着一种骤然而来的无形压力，弱弱地答道：理由吗，当然很多，但最主要的，只能是"私有财产神圣不可侵犯"。莫莉只理解了我这话一半的意思，有些强作潇洒地说，我不是布卢姆的私有财产，我也不要布卢姆做我的私有财产，我们俩都……我说没错，你们俩都独立平等；但就一般的情形来说——我字斟句酌地说，随着财产的介入，再独立平等的夫妻，也必不可免地得用越来越多的压迫和谎言维系婚姻；而私通偷情，由于天然地可以规避掉性之外的种种麻烦，其成立的前提，反倒更可能是诚实与尊重。

背叛婚姻——还诚实与尊重？莫莉说，你不用宽慰我刁斗，我对自己的欲望诚实并且又尊重自己也就够了，不需要生硬地找出什么高大上的理由来解释我不守妇道的背德行为。如果当了婊子，我就不稀罕再立牌坊。

不是我不为我只是……我前言不搭后语地急忙解释，却越解释越说不清楚。我意思是，我说，与诚实相比吧，尊重更重要，而通常——这时，慵懒的莫莉虽然还安静地躺在床上，仿佛倾听着我的絮叨，可从她眼神里我看得出来，她的意识，正在流向门口和窗户，要突破门窗冲决出去，流向某个未知的远方。但我还是坚持着把话说完。通常，谎言可以达至尊重，压迫却从来不分娩诚实……

"从门口到窗户七步，从窗户到门口七步"，以这种"鲁迅句式"引发叙事，是《绞刑架下的报告》让我记忆至今的唯一理由，我读这本捷克作家伏契克的小说，时间应该在四十年前。而我最初品鲁迅，尝《野草》，头一回讶异地咀嚼"一株是枣树，还有一株也是枣树"，时间应该超过了四十一年。

"沿床的宽边走到墙根三或者四步，沿床的长边走到另一面墙的墙根五或者七步，这就是我每天'放风'的路线。"这是女S介绍她的"双规"经历时，让我记忆最深的一个细节，虽然，比这更惊心动魄的细节她讲了很多。

中学时代，我和男S慷慨着大汉奸汪精卫"引刀成一快，不负少年头"的雄心壮志读《绞刑架下的报告》时，它是被称作"纪实小说"或"报告小说"或"半自传体小说"的，甚至，有论者干脆把它定性为自传。现在四十年过去了，半生摆弄文学的我，早就知道了根本没有"纪实小说"或"报告小说"或"半自传体小说"这一码事，即使自传，也并非就与真实同义。这世界上，最真实的叙事唯有小说。可半生跋涉仕途的男S，若现在有机会与我讨论"纪实""报告""自传"甚至他长期摆弄的红头文件，也会同意小说最真实吗？我和男S，已经多年不讨论小说，而不讨论小说，看起来好像只是揖别了文学，其实呢，那更是揖别了忧国忧民的情怀，揖别了启蒙救种的志向——我这样说，从我和男S这年龄再往上的人更容易明白什么意思：那时候，我们生有一颗喜欢高昂着的少年头颅，却赶上了一个

愚民弱民贫民的时代，于是爱好文学，也就等于立下了誓言要
匡扶社稷和救民于水火，也就等于，投身到了争取自由和反抗
奴役的行动之中。记得后来上大学时，我们北京沈阳分别两地，
其中至少有两年时间，连通我俩纵论天下的那一条邮路，比恋
人间的邮路还要繁忙，直到进入大三，他真的从同学中确定了
恋人，我俩的通信才少了下来。

　　是的，他的恋人就是女 S，后来成了他的妻子。说明一下，
我在这里以男 S 女 S 称呼他们，并非他俩名字相同，而是他俩
那并非同音的姓氏，起首的声母都是"S"。

　　再后来，我和男 S，友谊当然一如既往，可见面的次数，
却必不可免地越来越少，虽然大学毕业后我又回到了沈阳：前
边的一些年每月能见两回三回，中间的一些年每年能见两回三
回，而晚近的这些年，只能每两三年见一两回了。原因自然是
他公务繁多。我这一生都是闲人，清谈是我的主要消遣，所以，
没空聊天责任在他。可是否我也有责任呢？记得千禧年前后的
某个春节，他和女 S 来我家聊天，从下午四点侃到第二天凌晨
将近四点。那时的他踌躇满志，年龄勉强刚届四十，官运已亨
通得有点吓人。他没有任何权力的与财富的资源背景，爸爸妈
妈兄弟姐妹，包括女 S 家族，皆为社会底层的草民百姓。那天，
男女 S 离去以后，我告诉妻子，以后别再主动联系他们。妻子

对我表示不解，问我是不是看朋友发达了有点吃醋。当然不是这么回事。可能还不到二十岁时，我和男S，就结合各自的性格特点和兴趣爱好，梦想过我俩的未来分工：我在文学上扬名立腕，他在政治上呼风唤雨。并且还在那时，我就有了思想准备，在官本位的中国，威风八面将是他的常态，而我的宿命则是无人喝彩。我怪妻子小瞧了我，我说我是担心拖累朋友，万一我遇到啥倒霉事呢……妻子默然。她当然不希望因为我的倒霉而株连朋友，可是，就为一个没影的迫害妄想而轻易颠覆友谊的小船，她感情上实在难以接受。我只能告诉她，我没有与男女S绝交的意思，只是到他们退休之前，我不想再主动联系他们，除非他们——我说，除非他们倒霉了，有风险我也会第一个伸手相助，哪怕因为能力不逮，那伸出去的手只是姿态。

呸！我这乌鸦嘴，他们不久前的背运倒霉，仿佛真是我十五六年前的挂虑一语成谶了。

有好几路朋友帮我证实，他们两口子确实被双双押去了北京，而官方和非官方的渠道也都散布了那样的意思：他们之罪大恶极十恶不赦，与窥视钓鱼岛的日本或觊觎南海的菲律宾堪有一比。我想不好，难得口径一致的官方与非官方口诛笔伐男S时，哪些指控不出于虚构。但有一点我知道属实，那就是，男S的学历还是本科，教授职称也仍是副的。我松了口气。我认为他的邪恶，应该比日本或菲律宾稍逊一些。在当下中国，一个人的官做到他那么大，即使不花钱，弄个博士学位也不困难，而想当教授更是易如反掌——况且，当初他科长都不是时，就出版过学术专著。显然，再罪大恶极十恶不赦，对知识学问，他也还葆有少年时代的尊重与敬畏。

　　我急忙给男女S的孩子打去电话。我这个连单位里只涉及蝇头小利的政治生活都弄不明白的人，从一无所知开始，密切地注视起了国家层面的政治生活。然后，四个月一晃就过去了，女S接受调查毕，从北京被放回了沈阳。组织上没剥夺我的正厅级别，她絮絮叨叨地以此向我佐证清白，这足以说明……是我再三劝慰几小时后，她才认识到，她仍然拥有领取正厅级工资的资格，重要的不是组织上是否还信任她，而是这样一来，当不知多少年后，她那挣了好几年副省部级工资的丈夫被放回家时，肯定已经公职与收入尽皆失去，而那时候，她养活他，她的正厅级工资会作用更大。是这之后，情绪终于从长时间的失控状态中回复过来的女S，才巨细靡遗地，给我讲起了她在北京的软禁生活，其中，在种种的匪夷所思中，就包括了她如何匪夷所思地绕床散步的放风故事。她说，她四个月没有过户外的放风，她的吃喝拉撒洗澡睡觉，全在每六小时一换班的两个武警女兵的注视下完成，而那注视了她一百二十多个二十四小时的两两一组的四只眼睛，在一间十平米出头的小屋子里，总是一双闪烁在床的长端靠墙一头，一双眨动在床的宽端靠墙一头，所以，女S说，每天她散步即放风时，只能半绕着没靠到墙上的床的长端与宽端移挪脚步。如果赶上值班的女兵还善良仁慈，能往身后的墙上使劲靠点，我在长端就能走七步，在宽端也能走上四步，女S没有半点感情色彩地说，可如果那当班的女兵不仁不善只往前站一点点，在宽端，我就只能走三步了，而长端也只能走到五步——多走少走一步两步，你们肯定没法想象，那种差别，就如同扑进了天堂或堕入了地狱！

据女S说，与我和妻子会面，是她回沈阳后的一个多月里，第二次与家人之外的朋友见面。我现在与你们交流七八个小时居然没怎么走板，她说，可刚回来那两三周里，我连续说七八句话都做不到。

与女S分手以后，我和妻子围着我家的床，绕行一侧的宽边与一侧的长边。我家卧室空间很大，床也不是单人的而是双人的，除了床头靠在墙上，床尾的宽边与床两侧的长边附近，都有较大的腾挪空间。我们假装床边的腾挪空间逼仄狭窄，并且只有一个长边的边缘可供人通过。但不论怎么走，不论多走两步还是少走一步，我们都表示，在自家卧室围着自家的床给自己放风，那种扑进天堂或堕入地狱的感觉无从寻觅。

在西方，有一张著名的床特别歹毒，就是希腊神话中，妖怪普罗克汝斯特斯那张当尺子用的标准化之床，它蛮横地追求划一统一唯一。乍一看去，普罗克汝斯特斯是个和善的房东，总是盛情邀请过往的旅人去他家做客。可到了夜里，客人一睡上他家那张舒适的床，就会经历到极大的不舒适乃至伤害与死亡。因为在凶相毕露的普罗克汝斯特斯手里，只有其高矮与床的长度刚好合适的客人，才能免除荒谬的折磨，否则，若客人太高，他长于床沿的腿或者脚便会被砍掉，若太矮将更加凄惨，他身体被普罗克汝斯特斯比照着床体强制拉长的那个过程，便会是筋断骨裂肉绽血溅直至缓慢死亡的痛苦过程。

而在中国，有一张著名的床则特别温馨，它是能承载和寄托对于家乡的依恋怀想的李白之床："床前明月光，疑是地上霜。举头望明月，低头思故乡。"乡愁的主题太宏大了，但宏大到李白这里，却可以细腻得如同衾被间的一抹霜花一脉月色。这证明的是李白之大，证明的是李白那张月下之床的宽厚与包容：既盛得下志在四方，又盛得下流离失所。可是，后来，有学问大的朋友告诉我，那张著名的李白之床，指的并不是通往温馨或安全的柔软睡榻，而是指井栏、板凳以及别的只有考据价值而无关诗情画意的什么东西。这一知识的获得令我尴尬，就好像，有朋友声称送我苹果与笔记本作礼物时，我收到的，还真就是可以吃的苹果和纸页装订的本子，而非手机或者电脑。

　　当然了，非手机或电脑的苹果与笔记本我也喜欢。与百把年前的英国同行弗吉尼亚·伍尔夫比，我的胃口小得可怜。我的确也想得到一间自己的屋子，可我知道那近于奢望，于是我期盼一张自己的床，其实这也很南柯黄粱，或许，我只配去眼馋一只比井栏杆稍稍方便我落座栖身的小板凳吧——哦，我有点恍惚，难道，对于它们，汇宝书房与紫荆花书房，以及当年的"窗床"，以及眼下我屁股下边的这只板凳，我其实并没资格视为"自己的"所有？

关于爱

在语言文字中，哪个字词的意思最好？最美妙？最打动人心？最……反正让人最舒服吧？我认为是"爱"。我还认为，除了汉语，不论在哪种语言里文字中，爱那种"最"的地位都固若金汤。如果我的词汇量还说得过去，我印象中，与爱相关的意思里，只有"溺爱"略含贬义——也只是略含，因为年终总结时我们批评领导"一工作起来就不注意休息"，我相信那不算批评。所以，一旦我们强化"溺爱"的错误，前边总要做修饰的：由于她"过分"溺爱孩子……

可能就因为爱太完美，太强势也太正确了，我这心理阴暗之人，便总愿意以挑剔的目光去打量它：在语言文字中，最易于弄虚作假的、最有欺骗性的、最杀人不见血的字词，会不会也是这个爱呢？我没什么过硬的佐证，只以朴素的辩证法作判断基础，这世界上，什么东西一绝对化，一极端化，一真理化，其危其害也就最大。

　　爱之所以像细菌一样到处滋生，又像抗生素类药物那样被广泛滥用，可能因为它弹性超大，由具体滑向抽象或者相反，几乎遇不到任何障碍。一般来讲，具体的爱好说，撒不了谎，比如，一个母亲宁可自己饿肚子，也把好吃的东西留给孩子，并且孩子这顿饱了她还留到下顿，说这是爱恐怕没有异议。但抽象的爱则比较含糊，当不得真，比如，一个所谓爱集体的人，却对老婆孩子同事邻里都没笑脸，说他有爱心不可疑吗？甚至，他的为公之爱也经不住推敲；而一个号称干一行爱一行的人，则怎么看怎么是一个有奶就喊娘的实用主义者？他展览的爱，不过是打发时间的填充物或交换回报的礼品单。还有声言爱祖国的，却对他国的灾难幸灾乐祸；还有自诩爱真理的，却对他人秉持的真理大加挞伐；更有强调爱爱人的，却对自己的爱人与别人吃一顿饭跳一场舞都耿耿于怀……所以，我只相信具体的爱，相信具体的主体与客体，相信具体的时段与情境；而对抽象的爱，即使是由具体滑向抽象或由抽象滑向具体的爱，我的相信也挑挑拣拣——挑挑拣拣的相信不是不信，更不是否定，而是在信与不信之间质询和叩问，以怀疑主义精神，对信仰恪守理性的忠诚。正因为我无比地尊重和钟情抽象之爱对具体之爱的放大与升华，为了它的不被亵渎，我才更愿意停留在信与不信的广阔地带，以审美的心态去赏玩它，以想象的方式去亲近它。

爱是人的一种本能，比之于人的其他本能，诸如恐惧本能、趋同本能、性欲本能、食欲本能，不更高级也不更高尚。但人这个物种生性势利，为了某些功利目的，总喜欢通过拔高什么或贬低什么，在同类事物中制造矛盾、形成对立、创造不平等，如是，便只称业余时间看英语的学生为好学上进，而把业余时间打游戏的学生视作玩物丧志。饱受神化的爱的本能更是如此，被扭曲得早没了本来面目，这一点，在两性之爱中的表现尤其突出。

一个女人评价她的恋爱对象说：他根本不爱我，只是需要我。

另一个女人评价她的恋爱对象说：他太爱我了，总是需要我。

这对"需要"的不同体认，便是爱的最大悖论。

我们习惯的悦耳说法，叫爱是奉献，母爱的例子最为典型。可是，如果承认爱是本能，母爱只是爱之一种，那是不是就也该承认，一个母亲不施放母爱，其实痛苦的是她自己？母爱的奉献并不特别，所折射的，同样是一点都不必羞愧的需要乃至索取，是她从孩子那里，索取奉献给予她的、实现了母爱需要的那种快感。所以，说爱是奉献只对了一半，还是表面化那一半，再加上更本质化的需要那一半才算完整。每个人都有被爱的需要，需要得到关注和理解，需要享受照顾和宠爱，但每个人又都十分清楚，得到这一切是有条件的，那就是，你得先有爱人的心。想收获吗？先去耕耘是必要前提。只满足于需要却不奉献的爱是不完整的爱，而一味给予却不思索取的爱是不真实的爱。爱的双足想要站稳，必须踏牢需要和奉献这两块基石，因为这两块基石是具体的表征，一如母亲留给孩子的好吃的东西。当然了，每个母亲留给孩子的好吃的东西是不一样的，对于一个恋人或一对情侣来说，如何需要与如何奉献，需要什么又奉献什么，也不具体为一定之规。有些时候，在有些人那里，男人以女人是否积极响应他的上床号召作为爱的标尺，而女人，则把男人是否慷慨地为她花钱当成爱的衡器。这很可怜，是对具体的曲解与误会。把具体瘦身为买卖与交易，不仅不再是爱，连扭曲的爱都算不上了。道理很简单，妓女上嫖客的床也有积极的表象，嫖客为妓女花钱也有慷慨的姿态。

那么在我看来，怎样才算具体的爱呢？其实这个很难回答，因为答案，存在于每个人的感觉之中。说到底，爱只是感觉不是别的，除了你的心灵感应，再无其他可资印证。当然了，开启那感觉的钥匙还是有的，但又需要你正好是那把对应的锁：

它可以是个羞涩的眼神，也可以是个探寻的手势，还可以是惊愕或喜悦的真实的表情；它可以是生日时的鲜花蛋糕或病榻旁的红枣稀粥，还可以是结婚时的喜极而泣与离婚时的友好握别，当然又完全可以不是这些；但它一定是你恰好站在风口上时，本能地挡到你面前的肩膀与胸膛，是你委屈时焦虑时，一个谨慎但又温暖的滑稽故事，是在你没过生日也没生病时，并不结婚也不离婚时，也都始终乐观之中含有隐忧地，提早对你前路上的艰窘与曲折做出的预判，是以那预判为出发点的，一些很可能絮絮叨叨婆婆妈妈的长久的忠告，以及，比长久更为久长的默默的祝福。

最后，我想冒着犯作文之忌的风险，把埃利希·弗洛姆的一段话，抄录下来替我结尾："爱不是一种与人的成熟度无关，只需要投入身心的感情。如果不努力发展自己的全部人格并以此达到一种创造的倾向性，那么每种爱的企图都会失败，如果没有爱他人的能力，如果不能真正谦恭地、勇敢地、真诚地和有纪律地爱他人，那么，人们在自己的情感生活中便永远不可能得到满足。"

忏悔录

忏悔是个庄严隆重的说法，简单通俗的意思是做过错事应该说句对不起。

言行不妥了，说句对不起忏悔一下，有时能把那错误造成的损失与伤害弥补过来，有时不能，但不论能不能，表达个歉意，对受到损失与伤害的一方总是个安慰，有了这安慰，不仅许多后续的矛盾容易化解，更主要的是，人性法则与社会法则能得到尊重，从而保证地球上这场人的活报剧能相对顺利地搬演下去。这样的道理无人不晓，可实践起来却无比艰难，我想不明白，究竟构成人性的都是些什么，那般顽固又那等褊狭。

能忏悔道歉说对不起，我知道德国人做得好日本人做得不好；我还知道，我妻子做得好我爸的两个老朋友做得不好。

德国日本的事不用我多说。二战后，它们一个经常说对不起，还跑到以色列和波兰去下跪谢罪，可另一个却始终梗梗着脖子，誓死不低下罪恶的头颅。

我妻子的事我也不必多说。尽管大多数中国人犯了错误也喜欢梗梗脖子甚至还说爱咋地咋地，但她不，她不知是看多了西洋电影还是读多了英文读物，即使屁点小事没做好，也要像电影或读物教育的那样，面带歉意地道句对不起，弄得你想发脾气也发不起来。有时我琢磨这算不算虚伪，可转念又想，既不伤人又让人舒服的事，虚点何妨。比如夸一个长相平庸的女人今天真漂亮。

我想多说几句的，是我爸的两个老朋友，我称他们为甲 A 和乙 B。甲 A 乙 B 外加我爸，读伪满国高就是好友，后来进了同一所大学，参加工作后，甲 A 乙 B 在同一单位，结婚后，又住在同一幢公寓楼里低头抬头。据我爸说，年轻时他们仨的友谊足以托妻寄子。可国人集体挨饿那年，有次甲 A 从食堂往家偷拿窝头被抓了现行，批判他时，党支部要求他的好友乙 B 必须揭发他的其他罪状，否则党籍也将不保。乙 B 无奈，就揭了一条，说大炼钢铁时，甲 A 家私藏了一个单人床架子，是铁的，没舍得扔到小高炉里。经了这事，俩人的关系冷淡了许多。几年以后，国人又被动员起来互相折磨，乙 B 接受游街斗争时，脖子上被甲 A 挂了破鞋。至此，俩人有了一还一报，也终至成了死敌寇仇。

此后漫长的几十年里，我爸的任务就是做他们工作，劝他们捐弃前嫌，相逢一笑，重修旧好。他们自然都知书达理，也知道昔日的伤害算不了什么，并不拒绝我爸的斡旋；但在有一点上他们都固执强硬，即要求对方必须在有第三者在场的情况下首先向自己说对不起。我爸先找乙B，可乙B说我是在党支部要求下才揭发他的，我是党员，能不听党的吗；我爸又找甲A，甲A说我真不是为个人恩怨才给他挂鞋，军宣队让给所有生活作风不检点的都挂，我敢拒绝吗？他们都不肯先说对不起，他们认为他们听了党支部和军宣队的话，说对不起也应该是党支部和军宣队说，轮不到他们。

在甲A乙B的后半生，尤其是晚年，他们的友谊以一种奇怪的方式存在着，通过我爸的左勾右连，他们对对方的一切都了如指掌，偶尔还能隐晦地、貌似不经意地流露出对对方的关怀以及给予帮助。但他们就是都不肯先说对不起，直到乙B死了，然后我爸死了，最后甲A也死了。

游戏法

"我知道办奥运会是大事情，当今世界，除开战争，最激动人心的游戏就是它了"。这几句话，引自我长篇小说《游戏法》的结尾处。《游戏法》的主题与体育无关，说的是几个年轻人闲极无聊恶作剧的故事，但它把奥运会定位为战争之外"最激动人心的游戏"，我想应该是中肯之评。如果有好事者做个统计，大概关注奥运的人，仅次于操心伊拉克战争的。

我通过小说《游戏法》引出随笔《游戏法》，没有把奥运会比附成恶作剧的意思。恶作剧的结果往往是自己找了乐子但祸害了别人，可奥运会不是这样，它是一件让人皆大欢喜的事——基本上能皆大欢喜。所以，一定要把奥运会看成一场戏剧的话，它也是"善作剧"。虽然恶作剧与"善作剧"都是游戏，但它们理当分属在不可同日而语的两个境界里。

当然不光奥运会，凡是能被现代社会纳入体育范畴的竞技比赛，都是"善作剧"，包括拳击那种与街头斗殴异曲同工的项目。比如当年泰森与霍利菲尔德的那场比赛，除了两个参赛者有高额的出场费，其他人，主办赛事的、当教练医生的、开体育馆的、卖面包可乐的、穿超短裙举牌子报局数的、倒腾票的、搞卫生的、写报道的、拍照片的，等等等等吧，肯定也都能拿到不菲的补助奖金加班费，而花钱买票的观众虽然没得到物质好处，但他们的精神收益却不是花了钱就能买得到的。显然，这场拳击赛相当于散金放银之类的善举。至于比赛总有输赢，输的一方情绪低落，那则是体育比赛这项"善作剧"的题中应有之义：中国男足二十年赢不了韩国，可并不影响有人豪迈地宣称他们亚洲最好。奥运精神是重在参与嘛。我以为，存在于"善作剧"中的唯一不和谐音，是泰森咬霍利菲尔德耳朵那一路事。拳击用拳，如果小泰用拳头打掉了老霍的耳朵，即使老霍残了，对这场比赛来说也是善上加善；可小泰以牙代拳，就好像马拉多纳攻破英格兰球门时以手代头一样，使善始之事不得善终，也就等于上演的是恶作剧了。

　　泰森也好，马拉多纳也好，最大的问题是坏了规矩，即破坏了游戏规则。如果奥运盛会这类体育活动不是以赚钱为目的的"产业"，而是一种本真质朴的、天人合一的、健身益智的日常消遣，比赛中要点奸玩点赖也算不了什么。比如我和老婆在家开展下围棋这种体育活动，除了悔棋，数子时还常乘对方不备把黑白子调包，可这并不影响我们其乐融融；但泰森马拉多纳，他们的体育可是和钱挂钩的，甚至完全就是为钱而体育的，没见吗，每逢赛事来临，从个人到国家，最关注的话题之一就是投入多少、赢利多少，这样一来，在钱面前要奸玩赖，自然就是天大的毛病。当然需要遵守游戏规则的，也不光是运动员，所有体育"善作剧"的参与者都应有此自律。像龚建平这个足球裁判，由于破了法度，进而又高风亮节地承认自己破了法度，就不仅要以他单薄的一身去担当中国足球假球黑哨的全部恶名，而且还要闹得个病死狱中。这教训太大了。

没有规矩不成方圆，但有了方圆又难免束缚，便肯定会导致出格越位。这种辩证法实在是一种大无奈。我们都知道，有人群就必须有权力，而有权力就必然有腐败，但我们有人试图取消权力吗？没有，它也取消不了，最好的策略只能是限制权力，监督权力。同样的道理，在体育比赛中，要避免或清除违法乱纪，那只能是痴人说梦。出格越位是人的天性，它即使不与金钱美女声名政治之类的东西沆瀣一气，也会独自兴风作浪。殊不知，体育比赛的诞生正是出格越位的结果，所谓更高更快更强，恰恰是对"格"与"位"的挑战与超越。

在中国的体育史上，米卢时代有一个"快乐足球"的说法影响颇大，尽管它像五讲四美三热爱一样只停留在人们嘴上，根本没溶入人们的血液。但我以为，把这样的话常挂在嘴边也有好处，迟早它总会溜进口腔，滑过食道，进入肠胃，被人体所消化吸收。我的意思是，如果"快乐足球"暨"快乐体育"能帮助我们恢复体育比赛的游戏精神，能帮助我们把体育比赛从财富比赛与政治比赛中剥离出来，大概，泰森的牙齿也就不那么血腥了，马拉多纳的手球也就不那么无耻了，而龚建平的假球黑哨，也只能成为一场无厘头的乐子而不会演变成一出闹剧及至随后的悲剧了。当然我知道我这只是另一种意义上的痴人说梦。

不合法从来都是游戏法的组成部分。这没办法。这就是辩证法。

阿尔巴特街的儿女

最近看到一则消息，称俄罗斯官方号召国民：为祖国做爱。

做爱与作战不一样，属个人私事，说为祖国与车臣反政府武装作战可以，但说为祖国男欢女爱……当然了，我没想抬杠，我知道"为祖国做爱"的本意是什么。口号嘛，越耸动视听越出效果。

俄罗斯是以前那个叫苏联的国家的主体，苏联也一直苦于人丁不旺，曾大张旗鼓地表彰"英雄母亲"——一个女人，生育超过了一定数量，就算英雄。

是俄罗斯这个种族在生育能力方面有缺陷吗？或者，是它地盘太大，不玩命地多生孩子怕填不满版图？个中原因可能挺复杂，对此我不想信口开河。还说那口号。它让我想到，一个守法公民，如果不生孩子或少生孩子，就要被关进集中营或流放西伯利亚吗？

问题肯定没那么严重。现在是开放的俄罗斯时代，野蛮暴虐的苏联时代已成历史。但让做爱和为祖国比肩而立，还是让我听着别扭。我宁可接受"为种族做爱"的说法。可为种族，又容易让我想到法西斯的德国。

生孩子是动物的天性与本能，人首先是动物。保守地说，大约百分之九十的人，他们百分之九十的生活内容，都与生养有关。有个笑话能说明问题：记者问个小伙子挣钱干啥，小伙子说娶媳妇养娃；记者说娶完媳妇养完娃干啥，小伙子说培养娃学会挣钱；记者问娃挣了钱干啥，小伙子说让娃娶媳妇养娃……

可见，单凭天性与本能的指引，已足以把人驱遣得前仆后继，而那天性与本能，是无须提倡的，比土豆烧牛肉还美好也无须提倡。有必要动员人们站着走路吗？只有反天性反本能的东西，若有益处才值得张扬。比如人皆贪婪，得陇望蜀，若少了约束，又有条件，容易染指不义之财。面对这种情况，我会建议，即使人人廉洁奉公，也该提醒谨防腐败，并建立有效的防范机制。相应地，防腐倡廉这等事体，提高到为地球的高度也不过分。因为在一个相对固定的范围内，你贪着了，别人就会吃亏，任何损害他人的事扩大开来，都会殃及他人、集体、族群、祖国及至整个世界。可生孩子，你不提倡，甚至反对，人们也会生生不息，如果个别人决意背叛天性与本能，那毛病，肯定不仅仅出在个别人身上。我不认为恐龙灭绝是计划生育的结果。

生育是个生理过程，赋予它任何意义都有牵强之嫌。一次怀孕，与"爱情结晶"都可以关系不大，与祖国，有关系的话，也得在那生育的对象成人以后，能当齿轮螺钉堵枪眼时。世界的多元，人性的复杂，造就了人的千差万别，这本身就表明了天性与本能的丰饶多姿。丰饶多姿是活力的标志，只要它没伤天害理，就不应受指责干涉。可动辄用"为祖国"这顶帽子强求一律，丰饶势必萧条，多姿遂成单调，并且在那之外，还有更害人误国的毒副作用：就生不生孩子这一问题来说，如果把"为祖国"当了真，一有心理压力，胆小者都容易断精绝卵；可不当真呢，"祖国"便会很没面子，久之则尽失尊严与信誉。

我以为，生孩子只应考虑三条理由：一喜欢；二传承遗产；三养老送终。一个人如果不喜欢孩子，又不介意遗产由谁享用，还信得着社会相关部门能不失人道地为他养老送终，那完全可以不养孩子。一个不养孩子的人，与成为他祖国的模范公民并无矛盾。我的想法，愿与俄罗斯人民共勉。

最后，通过俄罗斯，我想往苏联时代追溯一句。苏联作家雷巴科夫，写了本描写"社会主义第一批儿女"的小说，叫《阿尔巴特街的儿女》。书成之后，二十年里，虽两度发出出版预告，书却迟迟不见天日，原来，"儿女"的祖国不接受这"儿女"，还像敌视私生子那样阻挠其成长。好在后来书出版了，在世界范围内也反响不错，为雷巴科夫个人也为他的祖国赢来了荣誉。可惜的是，那"儿女"的祖国尚未分享到这份荣誉，就分崩离析了。

北京的肉

要说明白这个故事，得先说我爸。

我爸是读书人，谦恭和蔼，推崇理性，反对暴力。当然了，读书人并不都温文尔雅，也有喜欢逞强要横行蛮动武的，像我爸的同事朋友中，被我称作叔叔阿姨的，就有好几个打过别人。批判地富反坏右时，斗争走资派时，他们扇人嘴巴踹人屁股，甚至甩鞭子抡棒子舞刀子，把人弄得皮开肉绽。那些懂礼貌，有涵养，喜欢与我对背唐诗宋词的叔叔阿姨，打起人来毫不手软。那是一个批判与斗争的年代，像现在时兴环保和豢养宠物一样，那时候，时兴人格污辱和肉身蹂躏。与许多叔叔阿姨比，与人为善的我爸不够与时俱进。

现在言归正传。

一九七三年，十三岁的我有无穷的精力，踢球，游泳，爬树，上房，每天光个膀子在暑假的骄阳里嬉戏玩乐。可这天下午，我哪也没去，像个安静的小姑娘那样等我爸回家。我爸去北京出差了。这时我爸已从农村抽回沈阳。我家是那个时代里少有的有自由平等气氛的民主家庭，我和姐姐与爸爸妈妈，可以讨论任何问题，既包括灵魂、人格、荣辱，也包括政治、领袖、爱情。所以我心里有数，爸爸从北京回来，不光他脑子里能装回党中央那些政策精神，他肩膀上那个土黄色的、特大号的、写着"要斗私批修"的帆布旅行袋里，也会盛满令人垂涎的首都的猪肉。那时候，与其他欲求相比，饱腹解馋是我最大的欲求。那时候，北京人有高干待遇，购买猪肉无须票证，而沈阳人则算低贱之人，除了少数高级干部及其家属，每人每月只有资格吃半斤肉。但这一天，我家人也可以像北京人那样摆脱低贱冒充高干了。

　　火车没晚点，我视野里，如期出现了爸爸汗涔涔的笑脸和他肩膀上的"斗私批修"。妈妈兴高采烈地烧火温锅备作料，爸爸一边向妈妈透露党中央的声音，一边指示我去姐姐学校找回姐姐。有肉的日子就是过节，过节的晚餐需要团圆。可让我去找姐姐，去面对她那个严厉的教练，我很打怵。姐姐是她学校女子篮球队队员，这支球队，在沈阳市中学生篮球赛中拿过冠军，她们训练的残酷程度可想而知，那个永远怒气冲冲叫骂不止的教练，发脾气时眼睛瞪得比篮球大。没有队员敢天黑前回家。我犹犹豫豫地骑车来到姐姐学校，趴着墙头看了一会，鼓好几回勇气，也没敢叫姐姐。

回家之后，我说我有事没去找姐姐。可爸爸何等火眼金睛呀，他指出了我是因为胆怯才没完成他交办的任务。你太不闯楞，他不满地说。作为一个事事要强的少年男子汉，我的自尊心让我对"不闯楞"这样的定性十分反感。我顺嘴咕哝道：我是觉得，姐姐不回来，咱们每人不就能多吃点肉嘛。

这肯定不是我的本意。我是一个尚有爱心的孩子，与姐姐的关系也一直很好。也许，这样说，只是我情急之中为自己的胆怯找的理由。但这的确是个可耻的理由。听到我的话，爸爸愣了，他的面孔，像那些被水煮过的猪肉一样绷了起来。接下来的事情谁都没想到，我没想到，妈妈没想到，可能爸爸自己也没想到，他的巴掌，竟像那些喜欢打人的叔叔阿姨的鞭子棒子刀子一样，呼啸着落在了我的光脊梁上。他的巴掌，平时永远温热柔软。

那是爸爸第一次打我，也是最后一次。

热闹

热闹更多的时候是动词、形容词，但有时也作名词用。我刚刚看过的一条电视新闻，是一群人围观个爬到大烟囱上要往下跳的妇女。为了批评公众的冷漠，记者采访了一个兴高采烈地往大烟囱下跑的车轴汉子，问他干什么去，那汉子气喘吁吁地说：看热闹去呀，那女的要跳了。这里的"热闹"，就是名词。

现在的世界丰富多彩，可供人看的热闹五花八门：明星绯闻，假球黑哨，人体炸弹，反腐倡廉……登台的演员什么人都有；但回头看看我小时候，也就是一个人最需要"热闹"的养分滋养的时候，可看的热闹却微微寥寥，还过于单调，演绎者多半是左邻右舍。

我小时候，和姥姥住在个日式杂院。那日式小楼倒挺不错，有地板煤气，有回廊阳台。但我未出生时，那里一个楼住四户人家，独厨独厕，而我出生后，一个楼就得挤八户或十二户了。

人多了自然事情也多，吵嚷打斗成了我们院的主旋律。比如成了我家原来部分房子主人的姜男韩女，从我记事起就一直向我姥姥找茬发难，他们为我家人少却住的房子大感到不满。但这个理由他们说不出口，毕竟他们进住我家房子已经占便宜了，于是，他们就经常批判我姥姥是地主婆坏分子，用他们的吵闹责骂和大字报，为邻居们提供可看的热闹。

不过一般姜韩夫妇泄愤的时候，我们家人都闭门不出，那热闹就有点索然乏味，不大吸引邻居的眼球。更多的时候，是我像电视新闻里的车轴汉子那样，津津有味地看别人家的热闹。

老邱家的大儿子娶了媳妇后，那媳妇天天和婆婆吵架，有天夜里，就被丈夫用菜刀砍了；老白家是后搬来的住户，为了和原住民老张家争夺杂物仓库，把老张家人打得鼻青脸肿；肥子调戏小芳，小芳妈带着小芳天天叫嚷着让肥子的爸妈赔偿"青春损失"；孟婶去厕所时没划好门，恰好朱大爷闯了进去，为此孟朱两家为孟婶成心还是朱大爷有意争得不可开交……诸如此类的热闹，几乎天天都有，它们成了对我和我的小伙伴们进行生活启蒙的主要教材。当然，大人们也喜欢这样的热闹，只要与自家无涉，他们都愿意别人家鸡飞狗跳，这从他们劝架时的三心二意，议论时的幸灾乐祸中看得出来。

在我们院，几乎所有家和所有家都骂过打过为敌过，都为他人制造过丢人现眼的热闹闹剧，只有一回，我们院的各家各户联合起来，演出了一场庄严神圣的热闹正剧。一天，另个大院的人为预防苏联的飞机轰炸，来我们院偷电铃，被我们院的人抓住了。我们院安电铃，也是为了战备防空，他们偷电铃，就等于破坏毛主席的军事部署。于是，我们院的男女老少齐上阵，把那几个偷电铃的人打得死去活来，连我们几个孩子，都从一些叔叔手上接过匕首，在那几个人的屁股上捅了几下。游斗他们时，他们血淋淋的屁股比猴屁股还红。

募捐史

我刚参加工作那会，不大时兴募捐，不知是没有需要捐助的人，还是需要捐助的人太多，捐不起，也就罢了。我记忆中的募捐始于二十年前，大概那时中国人的生活真开始好了，逐渐有了能力行善积德。

不过我至今也不清楚，我们单位的募捐事宜何部门负责，我只知道这事是组织行为，集体活动。我记得最初募捐捐物也行，旧衣服旧被褥也有人要，但很快，捐旧东西就要挨批评被挖苦了，只有新玩意才拿得出手。有一年又要搞募捐时，要腾出仓库收装善物，我年轻，参与了清理仓库这项义务劳动。可干活时，我发现，那库里堆满了上一年的捐献，都发潮长霉了，其中就有件我的棉猴。我问管事者何以如此，一个说去年忘往灾区运了，另一个说灾区拒收穿用过的旧物。我不知道他们哪个没说实话，只能把我的棉猴以及其他人的捐献往垃圾站送，然后帮忙接收这一年的捐赠品。果然，这一年，明文规定只要新东西。

很快又有了新的精神，新东西也不要了，只要钱。记得有一天去财会开支，财会的人说又要捐款，我就一手领工资一手把工资的零头交了回去。财会的人在某个表上做个记号，我发现，在表上我是先捐钱的几个人之一，还挺自豪。可过几天，一张列数捐款者名字与钱额的红榜贴了出来，那上面，我们先捐钱的几个人皆名字靠后。原来，我们捐助五元钱后，上级领导发了号召，大部分后捐者都捐的十块，结果，那红纸就成了福布斯的富豪榜而不是主动性积极性的嘉许榜。这事对我刺激挺大，作为一个爱面子的人，因为少捐五块钱让人觉得小气抠门，我很窝火。

后来就好了，后来的募捐方式科学了起来，虽然张贴的红榜仍有比富性质，但主要已经是比级榜了，比职务级别。职务级别也刺激人，但它明睁眼露的客观性，对人的面子伤害较小，即使某个副处觉得排他前边的正处是个白痴，他的怨气也不大容易由红榜引发。后来的募捐活动是这样搞的：按职务级别大小，由会计从工资里扣除钱数不等的善款，比如，正厅五百副厅四百正处三百副处二百一般员工一百。当然了，科学也有科学的弊端，这种募捐方式，对那些想把善事做大的人是个限制。假如某个副厅得到笔外快，特想捐五百，可他即使吃喝玩乐全不用公家报销了，也不敢在会计扣完四百后再多交一百，若交了，红榜一公布，不论他怎么赌咒发誓地说他对正厅位置没司马昭之心，也没人信啦。

前不久，我外出一段时间，上班时发现单位门厅里年年都贴比级榜的地方又冒出一张比富榜来。遥想当年，我心中惴惴，以为管募捐的人在搞回潮倒退。但我很快看明白了，这红榜不是组织贴的。单位里，一个打扫卫生的临时工得了重病，虽然组织并未号令，也有部分职工解囊相助。收到善款，那女工很感动，大概觉得光公布捐助者名单不足以表达内心的谢意，就打听出每人捐献的具体钱数，由五百至五十浩浩荡荡地排名罗列。当时，我特想在红榜最后添加一行：刁斗，未捐款。但我不知这样能否真减轻那些排名靠后者的窝火程度，就没写。

舞台风景

    人人都有表演欲望，但表演天赋不人人有。大部分渴望表演却缺少天赋及其机缘的人，只能退而求其次地甘当看客：观赏别人表演，纾解自己胸臆。也算移情吧。

    我就渴望表演但缺少天赋，也没机缘。当然了，有机缘我也是个扶不起来的刘阿斗，顶多披挂上红军甲或匪兵乙的行头跑跑龙套，名字都不配上演职员表。先天不足没影响我艳羡舞台。舞台的意象太丰富了。在诸多"无用"的艺术中，唯有舞台风景最具烟火气息，怎么说呢？就如同一个女人走上了嫁丈夫便是嫁财富的致富路那样，能高效率地接榫虚有世界与实在生活。夸张些说，正因为有了那些喜怒无常身份百变的红男绿女，我们这些无喜无怒一成不变的粗汉憨妇，才不会完全动物化，才能生成梦想和寄托，才活得下去。我没成痴迷的票友与狂热的饭嘶，也许只与我更接受这样的观念有关：舞台小世界，世界大舞台。我把小说看作我的舞台。我也清楚，舞台的所指并不拘泥，它还包括了台上台下与幕前幕后，活跃其间的，除了演员还有别人。比如编剧。看上去，编剧只是台下与幕后隐身的幽灵，但某种意义上，他又算得上那些抛头露脸的台上幕前人的思想之魂，精神之根，只不过，他表演自己，要通过演员导演和其他人。编剧与小说家的差异，并不比泳装与情趣内衣的差异更大，泻痢停与开塞露，都有"药"这个共同的名字。

也不是没有当编剧的野心。读大学时，我常去剧场，不光观赏了一些著名的舞台剧，对那剧本的作者也不陌生。像迪伦马特，看他的《贵妇还乡》，我能联想到他在小说创作上的独标一格；而阿瑟·米勒，看他的《推销员之死》，他那苦孩子的奋斗史与艺术家的艳情史会成为我脑海里的另一袭布景；我看的《茶馆》，由于是之领衔，当于是之抛撒的纸钱飞满舞台时，我没法不身临老舍沉尸其间的太平湖，在已填为平地的湖泊旧址上，目睹老舍的冤魂在水下挣扎；我看的《绝对信号》，是小剧场演出的实验剧，当演员把观众席也变成表演区时，我这个喜欢现代派的文学青年，对高行健本人那本介绍现代派的小册子，也多了一些质感的理解……我也曾借光坐在首长席上，于咫尺之遥看美艳惊人的杨春霞演《望江亭》，她那首"愿随君去"的藏头诗一拖着长腔娓娓道出，就陶醉了刚刚恋爱的我，现在背它，我眼睛还会隐隐发酸："愿将春情寄落花，随风冉冉到天涯……"我还曾是燕铭杰家的常客，多次听重病在床的她讲女人学小生的辛酸与快乐，我知道，继她之后，《人面桃花》这出评剧有许多人演过，但唯有她演的崔护，题写"……人面不知何处去，桃花依旧笑春风"那首七绝时，能左右两手同时挥毫……作为小说家，为了强健自己，我喜欢从其他艺术门类中汲取养分，仅就二十世纪的西方戏剧大师而言，我就向查理·卓别林学习过幽默，向萨缪尔·贝克特学习过荒诞，向贝托尔特·布莱希特学习过间离式的叙事手法，向尤金·奥尼尔学习过窥阴式深入人物内心的技巧……

这样说来，我好像很该与舞台结缘，至少作为话剧编剧，我能拈出一点资本。可不知何故，对与舞台有关的一应事体我总望而生畏，始终不敢插足其间——舞台风光再旖旎，也是别家景致。是没有舞台提供机会吗，还是另一些人的经验吓住了我？

在西方文化传统中，戏剧占有特殊的地位，至少二十世纪中叶以前的文学家们，以不同方式染指过舞台的人数量可观，就好像，戏剧是皇冠上的一颗明珠，只有触摸过它，作为作家才当之无愧。五十岁之前的塞万提斯，命途多舛，穷困潦倒，写剧本是他扬名立万的唯一途径，他便公开把写有上千部戏剧的维加当成竞争对手。那时候，维加小塞万提斯近二十岁，却是红遍西班牙的戏剧大师。在小兄弟面前，老大哥败得很惨，他写的几十个剧本，大部分上演都很困难，更别说给他带来声誉了。是作为败军之将，只有一条胳膊的塞万提斯拾起了小说，而《堂吉诃德》的流芳百世，只能算一次曲线自救的副产品。自塞万提斯起，后世有不少名家的小说巨作，其根须都扎在寂寂无闻的剧本的废墟上。直到亨利·詹姆斯的十九世纪末，情况才又多了另一种样态。年近五十的亨利·詹姆斯，已写出《黛茜·密勒》与《一位女士的画像》这样的杰作，以及对我个人来说意义非凡的《阿斯彭文稿》，但他并不满足于他的作品像古董那样，到了后世才光芒四射，他太渴望金钱与名声的即刻到来了。他贸然放下小说的缰绳，紧紧挽住了戏剧的辔头。热情的舞台亦有冷酷的一面，它回报给伟大小说家的，不是以示赞赏的"作者！作者！"的欢呼呐喊，而是嘘声、踩脚声、吹口哨声和喝倒彩声。幸好，被舞台煎熬五六年后，亨利·詹姆斯悬崖勒马了，这才使他得以把《鸽翼》《使节》《金碗》这"三大小说"留给后人。而二十世纪中叶的索尔·贝娄，与年长他近七十岁的同胞前辈又不一样，在功成名就的半百以后，在《赫索格》让他誉满世界后，舞台情结依然让固执的他不惜冒险，仿佛写不出一部成功的戏剧作品，将于十年后到来的诺贝尔文学奖都没什么价值。他一遍遍地修改自己的剧本，一轮轮地与否定他剧作的专家唇枪舌剑，可是，在小说舞台上呼风唤雨的索尔·贝娄，在戏剧舞台上鼻青脸肿。好在向来固执的他，在有些事情上也机动灵活，他没像亨利·詹姆斯那样，盯住剧本就忘了小说，而是与自己在五度婚姻中奉行的策略一样，永远脚踩两只或多只船。在剧本折磨得他眼睛发红时，他犀利的目光也能看到小说，看到《洪堡的礼物》，看到《更多的人死于心碎》……

　　我不知道我这些前辈同行的"戏剧故事"算悲剧还是喜剧，我只知道，只要我不涉足舞台，我就永远找不到我与舞台无缘的理由，甚至有机会到舞台上光彩照人或灰头土脸了，我也仍然不会知道，让我回避或者亲近舞台的原因是什么。生活只提供故事，不为故事定做答案，至少不定做唯一答案。如果塞万提斯继续与维加较量下去，如果亨利·詹姆斯一踏入伦敦那些剧院的窄门便不再退场，如果索尔·贝娄的剧本能像他的小说一样也广受追捧，那么，他们个人的命运将会怎样呢？文学史的记录又如何呢？

　　舞台上有迷人的风景，但迷人的风景并不都局限在舞台之上；同样，表演出来的生活趣味盎然，但趣味盎然的生活又不是表演能穷尽的。再精彩再奇谲的舞台小世界，在世界这个无际无涯的大舞台上，也只是一件非固定道具，既可以随意置换，也允许随时置换。

《脚印》的脚印

　　说《脚印》，得从我作词的另一首歌曲《小河》说起。

　　一九八〇年的夏天或秋天，我读完大一开始读大二的那段时间，北京举办了首届"新声新秀音乐会"。一天晚上，我从听过那场音乐会的同学那里看到一张节目单，见上面有一首叫《小河》的歌曲，词作者的位置上，写着我当时的名字刁铁军，作曲者的名字是谷建芬。《小河》是我写的一首爱情诗，发在报纸上；可谷建芬何许人也，她何时将我的小诗变成了歌曲，我一概不知。后来我向喜欢音乐的同学打听，方知谷建芬是一个非常活跃的女作曲家，且挺有品位又名气不小，同学还声称，我的小诗能被谷建芬相中，是一桩值得骄傲的事。那时候，比现在更没版权的说法。

　　时隔不久，我们新闻系开设人物专访课，为了完成作业，我去采访谷建芬。谷建芬说，她从报纸上读过一些我写的小诗，觉得挺优美，挺上口，挺适合谱成歌曲的。她还说，现在台湾的校园歌曲席卷大陆，而我们有这么多大学生却没有自己创作的校园歌曲，实在有点说不过去。她希望我们能合作写出大陆的校园歌曲，她预测说年轻人一定会喜欢的。最后谷建芬作为长辈提醒我，要少写爱情，虽然爱情最为美好，却也最容易惹来麻烦。

谷建芬是一个在各个方面都有着出色直觉的艺术家，后来的事实证明，她的预测和提醒都是对的。作为流行歌曲中的一个小品种，大陆人自己创作的校园歌曲逐渐多了起来；而爱情，即使像《小河》那种以极其活泼明快的词曲歌咏的爱情，也受到了《人民音乐》等报刊点名道姓的严词批判，称之为"浮华糜艳"。当时是搞"清除资产阶级精神污染"还是"反对资产阶级自由化"我忘了。

还说《脚印》。告别谷建芬回学校后，正好北京下了那个冬季的第一场小雪，我仿佛身负重大使命似地凭窗苦思，写写涂涂。"洁白的雪花飞满天／白雪覆盖着我的校园／漫步走在这小路上／脚印留了一串串……"我一口气把歌词写好，隔日就给谷建芬送了过去。当时谷建芬正坐在钢琴前工作，她接过我的歌词哼了两遍，又在钢琴上找了找感觉，就迫不及待地对我说，我得赶你走了，我觉得我现在就能把它谱出来。过了些日子，我去谷建芬家，她兴奋地告诉我，最近北京的一批词曲作家带着二十多首新创作的校园歌曲到北京大学试唱，《脚印》是最受学生欢迎的四首歌曲之一，并且还是唯一一首在校大学生参与创作的歌曲。在这之后的几个月里，《中国青年》杂志和《歌曲》杂志，还分别以各自突出重点的方式发表了它。而最让我高兴的是，在以后的几年里，在我到过的十几个省份里，到处都可以听到广播里电视里和人们在口头上唱它，还有多种歌曲选本和多种歌曲盒带收入了它。从那时到现在，三十年一晃就过去了，《脚印》作为一种阶段性很强的流行产品，早已被新的流行产品取而代之，并且它身上也是有致命伤的，这我早就意识到了。但偶尔听到有人哼唱《脚印》，听到有人对我提起当年《脚印》如何风靡，我总会感到温暖与快乐。

当然了，有个道理我一直清楚，从《脚印》开始流行我就清楚，对于《脚印》这首歌曲来说，我这个词作者的贡献仅仅略大于零。是谷建芬的优秀曲子，帮助《脚印》有了一段飞翔的历史，也帮助我对我的大学岁月有了一页具象的记忆。

向盛老师汇报

　　几个月前，在一间富丽堂皇的酒店包房，我听到了盛老师病逝的消息。当时酒桌上觥筹交错，可我的心思，却立刻飞到盛老师家那间简陋的书房里去了。但不知为什么，直至酒馨席散，我也没问问知情人，盛老师是死于一个月前还是一年以前，是死于癌症还是心脑血管病。那一瞬间，我只是有些茫然无着，好像阴差阳错中，我和盛老师在一个不该见面的地方撞到了一起。本来，当我决定从情感上告别编辑这个职业时，当我事实上已经成了个徒有其名的冒牌编辑时，我应该去和他打声招呼的。可我一直没那么做。算起来，距我上一次见到他，应该都过去十三四年了。

　　二十多年前，我在北京读大学时，是个狂热的文学青年，几乎每周都能接到退稿，久而久之，对那些千篇一律的铅印退稿信和三言五语的手写退稿笺都感觉麻木了。可有一次，来自家乡沈阳《芒种》杂志社的一封退稿信打动了我。在两页有着浅绿色方格的原稿纸上，在盖有红印的"《芒种》编辑部"的落款前边，工工整整的钢笔字写了一页半，其中心意思，是对我几次投稿的综合会诊：分析准确，判断客观，批评和肯定都让我心服口服。这封信，在当时，对平息我的浮躁之气和坚定我的写作信念都起过很大作用。后来，我大学毕业回到了沈阳，去《芒种》玩时，偶然见到了老编辑盛光荣写的字，我知道那封对我来说意义重大的退稿信或者叫谈心信出自谁手了。但与盛老师熟悉之后，我未提过那信的事，而沉默寡言的他，对我也从无特殊之处，像对待所有业余作者一样，有话则长，无话则短，稿子面前人人平等。我猜想，他一定给许多人写过那种极有见地的谈心信，使许多人经由他的点拨提示，认清了文学以及自我。好多年后，马原说他在沈阳读书时，连恋爱婚姻出了问题都去找盛老师倾诉，我就更坚信我的猜测没有错了。

　　我不认为谁年长谁就可以当我老师，因此称呼一些年长者时，尤其在我年纪太轻时，常常口拙语迟。可喊盛光荣为老师，我是由衷的，尽管，多年里我与他的交道十分有限，除了经他手发表过两个短篇，那种算得上正规的、两人单独的促膝长谈，大约也只有过两次。我第一次与他正规谈话，是一九八五年年底，其理由，是那时我即将调入《鸭绿江》杂志社做文学编辑，既然他已成为我心中的编辑楷模，我自然要向他讨教经验；我另一次与他正规谈话，是一九八九年夏天，讨论的问题是文学与政治的关系，其理由，在于他戴过二十多年右派帽子，且在结束改造多年以后，在当上《芒种》副主编后，仍能时时处处地表现出可笑甚至可怜的怯懦与谦卑来，每每会让我这个默默地把他视为导师的学生感到心疼。其实，在那两次谈话中，他一如既往地说得少听得多，只是在我喋喋不休的间隙之中，偶尔以提问的方式介入我的话题："尽量不动作者稿子的编辑难道就不高明吗？""政治是跟编刊物的人关系更密切还是跟搞创作的人关系更密切呢？"他的话极为质朴简单，但却能够引我深思。

现在十多年一晃过去了，没想到我偶然听到的他的消息，却是他的死讯。事实上，这么多年里，我一直想寻个由头去看看他，并告诉他，作为一个文学编辑，我能把工作做得还算差强人意，作为一个小说写作者，我能始终对自己的思考与追求负责，作为一个人，我能大体上保持了诚实正直和善良的品质，都与他的影响有些关系。我曾多次设想过我们会面的情景：瘦小的他陷在沙发里吞云吐雾，而眉飞色舞的我高声大嗓地夸夸其谈。可我又担心，若我如心里所想的那样告诉他了，说他对我有过多重要的影响，说他在我心目中的形象有多高大，会不会显得唐突孟浪呢？一个与他只有过泛泛之交的晚生后辈，忽然跑来恭维他的导师作用，没准会让他产生反感，会让他觉得，我是在假模假式地用一剂精神安慰药来"忽悠"一向体弱多病的他。他是一个讨厌虚伪的人，我也一样，我宁可让他以为我翅膀硬了，忘记他了，也不愿意让他误以为我虚情假意。同样的，我向来信奉"与其相濡以沫，不如相忘于江湖"，我想他也定然如此。

当然，我一直没去他那里作思想汇报，也与我同他进行了第二次谈话后，就渐渐从心态上自觉地把自己清理出了编辑队伍有关。当年他与我聊天时，并不仅仅使用疑问句式，有时也使用肯定句式，比如，他曾对我做出过这样的判断："你具有成为一个好编辑的全部素质。""你肯定能相当出色。"也就是说，他发现了我的编辑潜能，他对我寄予了殷切的期望。这让我高兴。他是个识人的内行，并且是个不打诳语的诚信之人。可后来的我，却用实际行动否定了他的判断，虽然仍捧着编辑饭碗，却挂羊头卖狗肉，身在曹营心在汉，已经越来越坚定地从心理上感情上主动退出了编辑行列。我自断后路地将我的"编辑素质"弃之一旁，当一天和尚撞一天钟地往我有可能"相当出色"的职业未来上涂抹黑灰，甚至为了把自己逼进死地以强化自己与编辑职业分手的决心，使自己既不会在诸种世俗好处的诱惑下再瞻前顾后摇摆不定，又不会因所付劳动与所得报偿不成正比而问心有愧，我还辞掉了我当时担任的《文学大观》杂志的副主编职务，并公开宣称从此不再参加编辑业务职称的评定。这样，十多年来，由于没有职务，没有职称，没有对体制内房子奖金官衔党票等利益的欲求，没有了业余小说家之外的任何欺人蒙市的角色优势，本着按酬付劳的公平原则，我把更多的时间精力用在我的写作上，也就能特别地心安理得了；而在编辑部里，我只以一个低级工作人员的身份做一些单纯的工作，比如校对或下工厂，也便没有了什么不妥之处。可这些，我若去见盛老师，就必须如实地向他汇报，并尽量合情合理地编造理由说，编辑是一种公共事务，写作是一项私人行为，就我的个性来说，实在是只适宜于自酿思想，特立行事，独善其身。但即使我做出了如此的解释，怯懦谦卑的盛光荣老师，以他的思维习惯和生存原则，就能宽心释疑吗？我估计，他肯定要为我的自毁声誉而惦念忧虑，劳心伤神的，问我为什么不能像偶尔表现出来的那样，做 个一以贯之的好编辑兼好作家或好作家兼好编辑。是的，近十年来，我在我眼下供职的杂志社里，的确也像个好编辑那样，做了一些超过一个低级工作人员份额的工作。可坦白地说，我那样做，与我曾经有过的编辑热情与编辑理想都没什么关系，与我的职业道德与职业操守也没关系，与之有关的，只是一个人。那个人不仅在我无所依傍的时候接纳了我使我保住了一笔能够稳定军心的工资收入，而且他像盛老师一样，也是一个肯于对文学全身心投入并具有真知灼见的优秀编辑，他值得我尊重。也就是说，我现在没有彻底沦落为一个玩忽职守消极怠工的公职人员，那仅仅因为，我需要以一种相对中正的工作态度对一个杰出的文学工作者表达内心的敬意和道义上的支持。

如今，盛老师死了，不论我如何描述和评价自己往昔的编辑生活，都不必担心他怎么看怎么想了，这让我获得了几分轻松。也许，以后会有人以盛老师的口气向我提出相关的问题：为什么非这样不可呢？难道做编辑和搞写作真的那么势不两立吗？我想，不论那个提问者是谁，不论他多么端庄严肃或痛心疾首，由于他不再是我年轻时代接触过的编辑榜样盛光荣了，我都可以或嬉皮笑脸或冠冕堂皇地即兴打发他。我以为，一个人，一旦可以将崇高与圣洁做游戏化处理，那说明他不是升华了就是堕落了。我希望我是前者。我还希望，以后的我，不论与编辑这个职业拉开多大距离，都能满怀温情地去回忆我那段诚挚努力的编辑历史，就像直到今天，我仍然愿意温情满怀地回忆当年盛老师给我写的那封未署他名字的退稿信一样。

王妙甜

在我的文学朋友中，王妙甜年龄最小，当然，暂时地，她文学成绩也最小，或者说，她还没任何文学成绩。

我这人有点好为人师，对文学又有一种特殊的偏爱，自从几年前发现了王妙甜身上有文学天赋，见她主动练习文学写作，喜欢徜徉于我的书房，特别是又应她之邀与她讨论过几回蒙田、萨特、张爱玲、王小波等人的思想与创作，我认为我是发现了一棵文学的苗子，就很想抽出一些时间和精力，把她调教成一个我的同行。

在我看来，干什么事都要有天赋，文学写作作为一项高度精神化的创造性劳动，尤其如此。我也知道，有人持的是别一种观点：只要写，人人都能成为文学家。但我的阅读经验和写作经验告诉我，这种话，要么是不懂装懂的妄言，要么是不负责任的误导。当然了，我也没想对天赋做神秘化渲染，我认为，热爱加感觉就差不多了。王妙甜爱读，除了对书中内容有颖悟力，她对一些有韵味的语句和用得巧妙的意象的赏析，也能证明她对文字的感觉何等出色。同时，王妙甜爱写，主要写诗歌也写过小说。她诗里涉及的痛苦、死亡、孤独、宇宙的神秘与大自然的奇幻等主题，都非泛泛之辞；她小说里写的乡村故事与二十世纪二三十年代上海滩的冒险故事，描写精当，用语幽默，细节结实，结构自然，我从中似乎能预见到，若假以时日，多多训练，她在文学的路上应该走得很远。顺便说一句，她的文学趣味与一窝蜂似的代际群体的青春写作迥然有别，这是我看好她的另一个理由。

我也知道，文学写作与音乐和绘画又有所不同，后两者因其工艺性特点比较明显，可确定因素也就更多，长期系统的培养训练，便显得必不可缺。而文学写作，其思想的光芒往往会遮蔽它技术的亮色，这样，在人们交口传扬的古今大家里，他们便全成了自悟得道的天才，顶多在不同的时候，得到过不同高人的适当点拨。我不否认自学可以成材，但我更不想否认的是，若有个传道授业解惑的老师，即使算不上高人，至少也可以保证后来者在寻寻觅觅的人生旅途上能少走弯路。所以，我就举贤不避亲地把我自己推荐给了王妙甜，表示愿意当她的文学拐棍。为此，我还设计了一个十年计划。

王妙甜现在十五岁了，我那个训练她的"私塾"计划，是两年半以前做出来的。

我要求她每十天背熟一首唐诗或宋词，每个月背熟一篇长度适中的古文名篇，这样，三年左右，等她记住了一百多首诗词和三十多篇古文后，我就不再具体指定诗文让她背了，此后她对古典文学的接受和欣赏，完全可以或丰或俭地凭兴趣来。我的想法是，利用年龄优势，经过一番填鸭式背诵，即使以后她忘掉了它们中的三分之二，她的古典文学基础也是坚不可摧的，这对她未来的生活和工作都会大有裨益。与此同时，在适当照顾她年纪尚小及个人趣味的前提下，我将有针对性有连续性地把一批文史哲的东西方经典推荐给她，尤其是西文译本，要求她每十天细读的内容不少于五万字，然后与我见面一次，交流三小时，其中一小时讨论她刚读过的书，一小时海阔天空地漫谈她日常翻阅的杂籍异册，再一小时，与我玩以对对联和用典填词为主的文字游戏。同时，要求她一周至少写五篇日记，尤其欢迎她日记里出现虚构情节和思想性内容。为了尊重她的隐私，我不会看她日记或做抽查，但我要求她每十天与我碰头时，自己选出一篇可以公开示人的当作作业交我评判。另外，在我指导她的前五年里，每周她应该写两首诗，后五年里，每月她应该写两篇小说。当然，在这十年里，她的作品不论如何出色，我也不会推荐给刊物公开发表，若她自己愿意投稿另当别论，但我不赞成过早地将文学写作与名利挂钩。

如此的教学持续十年后——从两年半前算，十年后她二十三岁上下——届时她再正式开始文学创作，我认为，她的成就将难以估量。想到十年后，有时我就逗她说，如果那时还流行美女作家，你肯定是个基本功最扎实的美女作家。王妙甜听了我的话，双目含羞两颊绯红，甜甜地憧憬着她未来的文学生涯。

凭我多年的写作经验，凭我对人性的理解与对文学的认识，凭我对自己从小到大成长道路的反思省查，我相信，如果我的计划能得到落实，即使以后的王妙甜不当文学家甚至做的工作与文学无关，她所汲取的人文精神养料也会是一笔宝贵财富。可惜的是，我两年半前制订的计划，始终未争取到王妙甜的参与，因为我得不到王妙甜的妈妈和我妻子的认同支持。她哪有时间学那些没用的？她们认为，与考试无关的知识都等于无用。对了，王妙甜是我妻妹的女儿，她叫我二姨夫。虽然她从来都认为我在思想见识上强于她妈和她二姨，但在服从命令听指挥的顺序上，她妈她二姨并列第一，我永远要屈居后面。

这样，现在，王妙甜仍然与她的大多数同龄人一样，每天起早贪黑地上学放学，把所有业余时间，都花在了数理化的补习班里。由于她天然地对数理化兴趣不大，成绩也就一直不好，所以她要恶补它们；而她那与生俱来的文学天赋，却明显地在一点点被尘埋起来，因为她即将考高中了，所忙之事都具体而实际：没空读小说了，没空与我议论乔治·桑与李清照了，没空自由自在地把我的书房当成她的游戏乐园了，连写日记的时间都没有了，而之所以她的日记还在敷衍地写着，那只因为老师要检查，她得交差。

有时我对妻子感慨，王妙甜不跟着我走文学的路实在可惜。从事了多年教育研究工作的妻子说，文学能保证她考上大学吗？能保证她以后顺利就业吗？我无言以对。我只担心，以后王妙甜也考上大学了，也顺利就业了，可她身上那出色的文学天赋，却也像她一闪即逝的只残留着一点点快乐的童年少年一样，一去不返了。我希望不会这样。

好玩

　　只有厕身小说之中，接受虚构的重塑，私密的家庭生活才值得信赖，否则，不论言之凿凿在散文里还是传记中，或者信誓旦旦给亲朋好友还是电视观众，其虚假的成分都大于真实。所以，我的这篇命题小文，很希望能被视为小说。

　　二十一世纪初，四十出头的我和于月萍，差不多已经好二十年了。有一天聊天时她忽然说，这二十年里，她从未因我而感到安全。我羞愧地点头表示理解。从小到大，于月萍一直是个乖孩子好学生优秀的教育工作者合格的部门领导人，如果不是遭逢了我，肯定还会把贤妻良母家政能手之类的冠冕也戴到头上，这些装饰，在大部分人看来，是绑定安全的门锁窗闩；可我这人，却从后脑勺到后脚跟全长着反骨，对异端另类无厘头的热爱是生理性的，几十年里，一直迂腐固执如堂吉诃德，自不量力地挑战着正常、习俗、规约、教条……仅举例自己的婚姻生活吧，我不光反对生养孩子，还主张夫妻分居两处——跟我过日子，又有哪个女人能高枕无忧？我问于月萍，那你咋一直还和我过呢？当初我决计"丁克"的时候，我俩已经成了夫妻，我不可能婚前公示选择。可这还是有点像阴谋。为了证明我心地坦荡，我只能表示，不论什么时候她想另组家庭，我都会毫无怨言地退避三舍。

于月萍一直没给我退避的机会，甚至时间越久，她还越能发现我们这朵与大多数男女全然不同的婚姻奇葩别有异香。平常我俩各有所忙，柴米油盐只能电话里商量，而每隔两三天或者三五天，我俩约会时的两三小时或三五小时，多半还要交给社会热点以及她的教育研究或我的文学读写，如此，便不太有空因厌烦而忍耐某年之痒——许多时候，另组新家，只为逃脱对旧家的厌烦。

和你在一块，好玩。踟蹰良久，于月萍犹疑着回了我一句，显然，她不确定她的意思我能否领会。

我想我是能领会的。"好玩"是我喜欢的词汇，它的成分，包含了新颖独特惊悚危险等刺激性元素，在我的价值体系里，它是衡量一个人、一件事、一重关系及至一种活法好坏的标准。生命多局限，世事太叵测，不创造一些好玩犒赏自己，生活可就太没劲啦。我的所谓好玩，并不拘泥于具体的一时一事，虽说为了表述方便，我曾罗列过四项好玩之最：舞文弄墨、胡思乱想、谈情说爱、东游西逛，可事实上，我那好玩的真正果实，更无形无状是精神结晶。于月萍当然知道这些，甚至，当她把属于我的"好玩"设定成自己的价值标尺移为己用时，她肯定也想明白了，我那"好玩"，之所以能好玩得那般有的放矢又意味隽永，是因为孕育它的滋养它的，要么是庄子那用于"相忘"的"江湖"，要么是苏东坡那记录"平生功业"的"黄州惠州儋州"，要么是曹雪芹那片"真干净"的"白茫茫大地"，要么是鲁迅那间"吃人"的"铁屋子"……而几十年里，这些既能肥沃人思想又能濯洗人情感的绝望意象，在无数次地陪伴我俩约会的时候，既参与过我们对于生死苦乐爱恨情仇以及机遇缘分偶然必然的放谈纵论，又帮助过我们定义"好玩"。

一九八九年中旬，不知是否与新婚后的磨合尚未完成有关，有一天为了吃饺子或者洗衣服之类的事，极其少有地，我和于月萍大吵了一场。吵毕，我彻夜未眠，给她写了封五千言长信，有点专制主义和霸权主义地，拟定了一纸与吃饺子或者洗衣服不无关涉的约法三章：崇尚自由、推重理性、反对伪善，我指出，若想让我俩的婚姻存续下去，终生信守并身体力行这三项原则是一个界限。如今，我俩的相处方式一如往昔，也一如往昔地，在我俩的奇葩婚姻里既互不相扰又互为支撑。

我认为，这并非因为光阴荏苒，我们那约法三章所镌刻的界限已风化消弭，而是随着时空流转，我俩都越来越懂得了对界限的尊重。

姥姥的大连

傅家庄浴场海水不好，看上去浑浊，喝下去咸涩，置身其中冰冷刺骨——这对我诗情画意的想象是个否定。幸好，它足够大，可以让某些干燥的词汇，比如壮阔、浩瀚、汹涌，重新变得水灵起来，多少能弥补些我的失望。但它的大里仍有破绽：虽伸展得挺开，却铺排得零乱，既少神采又缺风度，未能将某种应有的气势施放出来，那种木头木脑的前后起伏和笨手笨脚的左右晃荡，只像一把百无聊赖的大号筛子，在漫不经心地挑选什么，或淘汰什么……

我不敢断定，一九六八年七月的某个白天，八岁的我，行将就读小学二年级的我，第一次离开家乡沈阳的我，首次面对大海的我，耳畔聒噪着成人们对于大海或高山或太阳那类堂皇之物的膜拜言辞的我，是否真的，就这么印象了大连的海，还口吻揶揄表情刻薄地，把它比喻成一把筛子，一把锈迹斑斑的、有口无心的、只配代表机械呆板和徒劳的筛子。

那天的傅家庄之游我姥没去，她留在了青泥洼桥附近舅舅的家中。那么，我如此理解和裁判海，至少，如此理解和裁判大连的海，是替我姥发牢骚吗？我姥对大连抱有成见。

自八岁起，四十多年里，我去大连有二三十回。大连是我最熟悉的三座城市之一。我出生与居住的沈阳，和我念过四年书并也常来常往的首都北京，是我最熟悉的另两座城市。我认为，这三座城市里，也包括更多的、大量的、我只有一面或几面之识的其他城市，大连最值得让我羡慕——在大连，为自己居住地感到骄傲的人，比例似乎比别处高，有时都高得像组织行为。不是组织行为。我接触的三教九流，都是普通市民，他们评估生存环境，没受官方钳制或收买。感情是写在脸上和眼里的特殊语言，很多时候，它不用言传意会就行。我以为，所得到的喜爱能自发和由衷，而非被迫和违心，这应该是一个城市，也应该是一个人，还应该是一个国家一个民族，最体面的存在动力。

说大连人里，为母亲城感到骄傲的比例挺高，也如同我理解与裁判海，凭的只是感觉和印象。感觉和印象都主观化，很难证实也不易证伪。我不会无限度地放大感觉强化印象，不会草率地断定，大部分中国的城市居民，对自己的栖身之地是不满意的，以之来反衬大连的好。其实，大连人自我欣赏的复杂成分里，有多少属于狭隘的岛民意识，这个我曾有过考量。我只能说，在我不特别有限的接触范围里，在盲目的"鸡的屁"已把所有中国城市都孵化成了同一个城市的大背景下，我真的很少能够听到，还有什么人会自觉自愿地，为自己的居住地唱赞美诗——不公然声讨就不错了：既然历史地成了某城的儿子或某市的女儿，既然改户口和换工作都比重新脱生还要麻烦，那么，不论某城某市的嘴脸如何委琐，不论户口工作的绑架怎样野蛮，也只有被动地认可麻木地接受，否则还能怎么样呢？这种无奈，是许多人基本的感情模式。

　　一个人，客观理性才能真实，而一个真实的人，既不会把自己胎记般的出处一笔勾销，也不会打着儿不嫌母丑的旗号，文过饰非姑息养奸——前者无赖，后者伪善。作为苦寒之地的沈阳人氏，我忘了我是否有过无赖或者伪善的时候，但我相信，北京人肯定从未有过，不光不用无赖伪善，还尽可以大肆炫耀他们天子脚下的种种便宜——我小时候长身体时，沈阳人每月只配吃肉半斤，而北京人，每排次队，就有资格买半斤肉；我长大以后求知识时，同一条高考的分数杠杠，划在外地同学身上要高及胸口，而在北京同学身上，划到肚脐眼就不错了。但即便如此，面对北京既政治又经济还文化的诸多优势，我仍想说，至少涉及出处的纯洁度时，北京不及大连仗义。道理很简单，北京人得意的笑靥，要由权杖勾描涂抹，大连人自豪的表情，却如同他们的足球人才，能自给自足土生土长。特权滋润得意，却无法养护自豪。在我看来，最擅长嫁接得意与自豪的，当属精致的上海人氏，他们因出处所获得的荣耀，完全有资格夺全国冠军——如果不计特区香港。可是，滋养上海人胸前那朵光荣花的，常常是歧视"乡下人"的轻薄口水，太不卫生，这对上海本该实至名归的确定的光荣，会生成一些毒副作用。

据我观察，在自我欣赏这件事上，大连人的表现最朴实恭谨，最恰到好处和自然而然，最具善男的真率与信女的忠诚，最能对旁观的外人比如我吧，生成某种感染力量。

我对大连最初的认识，并非来自傅家庄，而来自我姥的概括总结：苞米面肚子，的确良裤子。我姥这样表示不屑时，嘴角要倾斜着塌陷下去，好像下巴上坠了铅砣。当然，她的评价，是给塑造了大连这座城市的大连人的，其意思是，肚子里装些劣等食物，外表却打扮得漂亮光鲜，虚荣。中国人穷怕了，动物基因特别牢固，建立的传统便很务实，果腹永远排名第一，最讲究的，只能是大快朵颐的口头之福；中国人缺少制度保护，勤勉总受强权的掠夺，通过示弱装穷来维系虚假的平均主义，成了人们自保的习惯，闷头发财可以，向外露富不行。可这大连人，怎么跟老祖宗的旧理儿颠倒着来呀，让我姥姥百思不解。

百思不解的我姥决计亲自去大连看看，就这么着，也捎带着有了我平生的首度海滨之行。而那时候，我八岁前后时，"的确良"作为新出现的服装面料，既能走入民间又被公认奢华，从时尚符号的角度说，几乎相当于现在山寨版的路易·威登。

照理说，我姥没理由诋毁大连。倒不在于大连是她这辈子除沈阳外，唯一住过的另一个城市，她臧否它，缺少起码的比照依据。而在于，她唯一的儿子我的舅舅，就工作和生活在大连，还刚刚娶了个当地姑娘，就算爱屋及乌吧，她也应该称颂大连。

可我姥眼里，大连几乎一无是处，即使一九六八年夏天她在那里吃了近一个月的美味海鲜，对大连的否定，也仍然持续到十多年后她离开人世。大连的冬天不怎么冷，当沈阳人在零下二三十度的严寒里着装臃肿地围炉猫冬时，大连人却能扭动着让"的确良"勾勒出曲线的腰肢招摇过市：还不冻出关节炎来；大连的夏天可以下海，当沈阳的游泳池河沟子成为清一色男人与孩子的世界时，大连的海滨浴场里，却有许多露腿露背的大姑娘小媳妇嘻嘻哈哈：简直不知羞耻；大连有灯红酒绿的外国海员俱乐部，当沈阳人天一黑就关灯上床，跳舞也只跳忠字舞时，那些个蓝眼睛黄头发们，却给大连人表演疯狂的扭屁股舞，还诱着大连人看亲嘴电影听靡靡之音：资本主义呀；大连有一望无际的黄海渤海，当沈阳的年轻人灰头土脸未老先衰地蹲在大烟囱底下抽卷烟，迷迷瞪瞪浑浑噩噩痴痴呆呆地甘当齿轮螺丝钉时，一些满嘴海蛎子味的大连年轻人，已开始打量远处的韩国与日本，甚至更远的大洋彼岸：人心野了可容易倒霉……我姥的意思是，既然大连那么不好，我舅理当调回沈阳。我舅在外贸系统工作，一度，大连的市外贸归沈阳的省外贸管，内部调整并不麻烦，并且，我舅舅若回了沈阳，也能扩大发展的空间——当时，在辽宁人嘴里，还没有大连国、沈阳省、辽宁市这种戏谑的说法，即使有，戏谑也只反映民意，撼动不了中国社会混凝土般的层级制度。

我舅不回沈阳，继续与关节炎、与不知羞耻、与资本主义、与倒霉为伍，那肯定有舅妈的关系。但必须承认，我舅谈论第二故乡时的那份满足里，有比儿女情长更多的东西。

我不认为我舅是井底之蛙。他的第一故乡是沈阳，大学是在河北念的，分配工作时去了大连。而去大连后的好多年里，他除了几度长住日本东京，每年，还都要去北上广之类的大城市公出，尤其那个盛极一时的广交会，仿佛届届他都到场，远在港台歌曲流行之前，他就学会了大着舌头模仿粤语。他不论去哪，返程时都会停一下沈阳，向他的妈妈我的姥姥和他的姐姐我的妈妈问好请安，并在问请之余，详述或简介那些陌生的地方，让我在逛沈阳都会迷路的年龄，就把天南地北的许多城市烙进了脑海。而后来，在我天南地北地经见了一些城市以后，我觉得，我也就理解了舅舅对于家园的选择，理解了大连人那种执拗的自恋，尤其理解了，辽东半岛上那个蟹壳状的有限一隅，何以与任何仪表堂堂的名城都市站在一起时，都好意思笔直着腰杆。

城市有两种：一种不论多大，也只如同兴隆的集市或繁荣的镇子，到处泛滥的，是乌合的群众与拥挤的建筑；而另一种，除了群众和建筑到处泛滥，也还有精彩的个人，能从面目模糊的群众中被抽取出来，也还有跌宕的历史，能在死去的或活着的建筑物间被续写下去。一座城市值得人依恋，理由可以有许多条，但其中最基本的一条，必得是拥有能触摸的传奇——传奇而可以触摸，所关乎的，唯个人的精彩与历史的跌宕。

大连的地理环境得天独厚，那种海洋性气候的宜人与海产品的鲜美，分配给哪个城市，那城市都有资格趾高气扬。本来，中国是个古老的农耕国度，只看重黄土地不憧憬蓝海洋，在这样一种文化的传统链上，大连这个才经营百年的港口城市，只配成为最单薄的一环。可作为城市中的后起之秀，单薄的大连即使吃着粗糙的苞米面，也要展览挺括的的确良裤子，这份自信和勇气，显然又得益于大自然的恩宠——也正是这恩宠，成了左右人们评价它的最重的砝码。大连的姑娘也有丑的，大连的小伙也有糠的，大连的许多生活方式，也像他们的口音那样土得掉渣。但不知为什么，你若在大连随便看看，逛逛商场剧场，转转体育场游乐场，玩玩街心广场海滨浴场，直觉让你做结论时，好像夸大其词都理所应当：在大连，姑娘都美，小伙都棒，生活方式都雅致洋气。也许这只是我的偏见，是大连那些既俗常又别致的"场"迷惑了我。可没办法，每每从古希腊的地中海一路数来，中经大西洋两岸的风生水起，再由南太平洋回到北太平洋，检索日本、韩国和台湾地区的前行轨迹，地理环境决定论这把斩乱麻的快刀，总会对我纷纭的思绪删繁就简，让我在对海洋与文明之关系的想象中熏熏欲醉。

我当然知道，索马里海盗与加勒比难民，同样是这个文明世界里难以绝迹的海滨风情，所以，我应该，也必须，从熏熏欲醉中苏醒过来，不让地理环境决定论这种偶然摆布到我。偶然可以摆布山，可以摆布水，可以摆布草原或沙漠；但城市不是隆起的山也不是流淌的水，更不是草原与沙漠的轮替变迁。城市是依傍着山或者水，由人工建构的一项奇迹，结晶它的，是人类最该引为自豪的理性。理性有能力反哺偶然，有能力利用引导和修正偶然。这就好比，人首先是本能的动物，不能因为在动物前边有"高级"的定语，就幻想可以拔着头发上天飞翔。但人之"高级"，又的确将人与猪狗区别了开来，就此，在果腹之外还讲究营养，在繁殖之外还讲究爱情，在吃喝拉撒之外还讲究文学艺术，在弱肉强食之外还讲究规则秩序……便成了人类不拔头发也能飞天的精神保证。一座城市也是如此，如果光有地理环境的孤立元素，而没有特色独具的精彩个人和绵延不息的跌宕历史，那完全可能，今日绰约的现代都市，转眼间，便复原为破败的古旧渔村。

因港立市的大连，由古旧渔村而为现代都市，缘起于俄日两国的殖民统治。自十九世纪末以来，先是俄国人选择了大连，再是日本人创造了大连，继之是苏联红军掌控了大连，最后是中国政府发展了大连。大连与中国其他有过殖民历史的大部分城市都不太一样：其他城市，多城市在先殖民在后，不殖民，或许也很偶傥风流；可大连，这个辽东半岛上蟹壳状的有限一隅，若没被殖民者选中，是否也有今天是说不好的。专制中国走到近代，政府越加昏庸腐败，国民愈益贫弱蒙昧，与世界性的文明潮流已渐行渐远。适逢此时，西方列强蜂拥而至，围着中国这间"铁屋子"凿窗户砸门的同时，也将现代性的气息注入了进来，让饱受愚弄的中国人看到，什么样的文明更适合人，而人，并非只分奴才和主子这么两种。

当然了，殖民史与专制史同样黑暗。

大连日后的千帆竞渡，竟起碇于一片屈辱的锚地，这无论如何，让人反省之下不那么自在。但我以为，与被殖民的屈辱相比，罔顾事实是更大的屈辱。大连拒绝二度屈辱。他们正视自己成长的历史，以诚实和豁达面对一切，并通过那一切，寄托对故土的尊重与热爱。尊重和热爱已然的存在，不是丧失原则，不是好了伤疤忘了疼，更不是为殖民主义扬幡招魂，而是以端正的心态和开阔的视野，为文明萌芽方式的丰富和成长过程的曲折而惊讶感喟。与许多父兄辈的城市相比，在诚实与豁达这一点上，年轻的大连足堪楷模。中国的文明源远流长，有许多城市历史悠久，可那些城市的一茬茬主人，却总以抹杀过去作为己任，不知是狂妄所致还是懦弱使然。比如北京吧，它就为不懂尊重和不会热爱付出了代价。几十年来，它一边对世界上独一无二的古建筑大加毁弃，一边又机械地、赶时髦地、应付差事地，把几块残砖碎瓦塞博物馆里，以至于，它如今的形象都有些可疑：你若只草草地看它一眼，竟会觉得，它完全是个放大的沈阳，或其他某个放大版的旧都新邑——同样有高楼密布与汽车壅塞，同样有真假莫辨的文化遗产。我猜得出，大连没像北京那么追悔莫及地切割历史，并非它比北京清醒，而是它历史短位置偏的特点挽救了它。历史短，历史与现实就纠缠不清，屠杀过去时，最熟练的刽子手也无从下手；位置偏，就不必太多承担意识形态的象征使命……我不知道，我如此牵强地猜度大连，是否会陷入地理环境决定论的又一窠臼，但没办法，无所不在的中国特色，没法不是我理解大连的一个角度。

理解大连有多个角度，但我首选的，始终是我姥的那个角度，因为它除了通往具体的大连，还通往抽象的，与"苞米面肚子，的确良裤子"相汇相融的人性的尊严。记得好多年里，诋毁大连，只能是我姥一人的专利，如果别人顺着她话也说三道四，她倒要反过来袒护大连：再穷也穿的确良裤子，那叫倒驴不倒架，是要脸儿呀。并且，在嘴上诋毁大连的同时，行动上，她并未认真地逼我舅调回沈阳。在那个中国人皆以灰头土脸为美，以未老先衰为荣，以迷迷瞪瞪浑浑噩噩痴痴呆呆为顺民标志的荒唐年代，我姥这个家庭妇女，这个穷死苦死也要供儿子读大学的文盲老太太，自有她精神性的价值准绳："要脸儿"。至于她对大连口是心非的持续诋毁，所犯下的，则只是个肤浅得好笑幼稚得好玩的"大连人的毛病"：虚荣。我想，如果当初我舅不是被个大连姑娘"拐"去大连，而是把个大连姑娘"勾"来沈阳，那我姥儿媳妇的美丽故乡，注定会成为人间的天堂。

如同大连是"要脸儿"的城市，我姥是个"要脸儿"的人，或者反过来说，大连这座"要脸儿"的城市，与我姥这个"要脸儿"的人声气相投。我可能无法说清，一个人，一个城市，一个民族一个国家，该怎样做，才能把"要脸儿"的基因进化出来和传承下去，但我相信，"要脸儿"的过程，一定是反抗蒙昧的过程，是挣脱奴役的过程，是拒绝欺瞒的过程，是像一把大筛子那样，把什么东西挑选出来，再把什么东西淘汰出去的过程……

不过，我也知道，比照我制定的城市魅力标准，大连是要瘸一条腿的，至少一条腿有一点跛。

在大连可以触摸的传奇之中，也有一些精彩的个人，除了在自己的行当里出类拔萃，也能对五行八作广有影响，这类启示录式或地标式人物的存在，能以自身的有血有肉和可圈可点，诠释大连的丰盈度与趣味性，彰显大连的自由情怀与创造精神。可是，同样因了历史短与位置偏的缘故，大连所拥有的精彩个人，与那些虎踞龙盘之地相比，其精彩的范围和程度，又都有了大的局限。这很遗憾，但在我看来又情有可原，因为这样的难堪，并不独属于"要脸儿"的大连。在一个个人主义精神受到摧毁，精英主义传统发生畸变的大环境下，任何城市，不论绵延千载的还是矗立百年的，要实现树人的梦想都很困难。殊不见，即使人文荟萃如北京上海，这几十年里，又敢说荣幸地成就了谁呢？

我这样替大连开脱，如果我姥活到今天，估计是要酸溜溜的。我自幼成长在她的身边，对她始终忠心耿耿。作为一个"要脸儿"之人，我姥不会让人轻易看出，她已宽恕了我舅接纳了大连，至少表面上，她要把她大连诋毁者的形象保持下去。所以，见我这刻薄之人评判大连时，一边厚道得没有了原则，一边又背叛了她的意志，她定然会让她那说"苞米面肚子，的确良裤子"时倾斜着的嘴角陡然上翘，横出一个不满的"一"字——她要用不满取代不屑。特别是二〇〇二年初夏以后，不满大连，甚至仇视大连，将成为她情感流向的主宰力量。二〇〇二年过完五一长假，一架麦道 A82 型客机从北京夜航大连，失事于抵达周水子机场的数分钟前。飞机首先在空中起火，两三分钟后突然坠落，把一百多位乘客和机组成员，无目的地抛洒在傅家庄海域的海水之中——那海水，仍然浑浊、咸涩、冰冷刺骨吗？没身临其境，这一点我无法确知；我知道的只是，逝者中那个依偎着妈妈的五岁男孩，那个将人生中的第一次和最后一次长途远游合并完成的小旅行者，是我舅舅唯一的孙子，当然，也是我姥唯一的重孙。

　　我姥早在一九七九年就去世了，她并不知道，在她诋毁了多年也惦念了多年的大连，曾有她的重孙正常地出生，然后，非正常地夭折于一场空难。

东山再起

东山岭不光号称海南第一山，朋友说，历史上也叫笔架山的。朋友这样说的意思，是为强调，去东山岭，对我这耍笔杆子的人同样有意义。也许拜谒了那尊天赐的笔架，接受了上苍的点化开启，以后的我，就能妙笔生花下笔有神呢。

玩海南，对我来说主要是戏水，实在没水了才干什么都行，比如爬山。可朋友为了山，要牺牲一天海，这可没法让我同意。我建议，这天两人分开行动，各取所需。朋友不干。朋友好热闹，愿意发感慨，希望身边总有倾听的耳朵，如果做不到前呼后拥，有个把人不离左右也差强人意。他已丧失了独处的功能。很遗憾，这几天，他的熟人就我一个。为了说服我与他同行，他竟有病乱投起医来，颇为可怜又可笑地，把旅游手册当成了钓饵，以为这东西也能诱我上钩：他说，东山岭是海南佛教文化的发祥地，作为较早开发的旅游景点，曾与五公祠、鹿回头、天涯海角同享盛名；他说，东山岭风光旖旎怪石峥嵘，电视剧《红楼梦》片头那块神姿仙态的"飞来石"，就是在那里实景拍的；他说，东山岭有个一年四季香火不断的潮音寺，是为纪念贬官李纲建的，同时，山腰处还有李纲的塑像异常生动；他说，东山岭的风味美食十分出名，东山羊、和乐蟹、后安鲻鱼、港北对虾……是在背诵旅游手册不奏效后，朋友才抛出笔架山这一撒手锏的。可我固执着仍不买账。除了与爬山相比我更喜欢涉水，还因为，与他相反，我不愿意身边总有熟人，即使女熟人，厮守久了我也厌烦。朋友是男熟人。除了睡觉，我们已朝夕相处到第四天了。我带有抬杠性质地对朋友说，我们辽宁有个锦州，锦州有个王家窝堡，王家窝堡海边，有个拱着脊背的石头小岛，涨潮时与陆地分开，落潮时与陆地相连，我去那里玩过多次。朋友问我什么意思。我说，这小岛在历史上和现实中，名字一直叫笔架山。朋友拿我这滚刀肉没有办法，终于讪讪地说了实话，说他此次来海南散心，计划中的事情之一，就是要认真而虔敬地拜拜李纲。我愕然。作为宋朝的高级官员，李纲能文能武的确优秀，又是个爱国家恤黎民的抗金英雄。可是，在李纲简明的履历表中，并没有他装神弄鬼的超验记录，也没有他荫庇了谁升官发财的功德传说，所以，爱戴他的，一般都是感情朴素的普通百姓，像朋友这种职业官员，是不该有兴趣追捧他的。我没明显地表现出困惑，而是借助一桩已经过时的社会新闻里的关键词调侃他一句：你还拜李刚？你就李刚呀——哦明白了，李刚也得有个叫李刚的爹才能当好李刚。朋友对我这愤青档次的绕口令没做计较，但也没再习惯性地言不由衷。朋友说，李纲流落海南以后，只待六天，赦免令就追了过来，好像他只是远离京城度了个假。朋友继续说，我估计，从古至今，在全中国的倒霉官员里，起死回生最快速度的纪录保持者，很可能就是这个李纲。朋友最后着重说道，最主要的，是李纲这次悲怆而来又欢喜而去的海南之行，被后人借助东山岭这处岛上胜地，提炼出了一个寄托祝福的吉祥成语——

唔？东山岭还成就过成语？

对，东——山——再——起！

我没再啰唆，陪朋友驱车直奔万宁。东山岭在万宁境内。

一个普通的成语及其出处，并不足以打动我心，尽管我这酸腐之人，的确喜欢掉书袋子；感染我的，是朋友那种竭力掩饰又没掩饰住的悲壮与峻急：显然，朝觐东山岭，在他那里，已是唯此唯大的原则问题。有时，为了维护亲人朋友的原则，我可以适当放弃自己的原则。

朋友微服与我约玩海南，是因为他最近成了"贬官"。记得与朋友确定约玩地点时，我还以"贬官"之说逗弄过他，以

求帮他消解郁闷宽慰愁肠。我说到底受党教育多年，你这觉悟
还真挺高，皇帝还没下驱逐令呢，你就主动考察起流放地来了。
我知道，相信朋友也一定知道，自古以来，海南岛便是流放"贬
官"的屈辱之地，甚至一茬茬"贬官"的到来，都影响了海南
的社会习俗和文化走向。在发配海南的"贬官"名录里，苏东
坡当推最为著名，而最有喜剧色彩的，则是后来当上皇帝的元
文帝图贴睦尔，这个一度心灰意冷的天子候选人，曾把一节单
恋民女遭遇婉拒的败兴故事，留在了这孤悬海外的岛屿之上。
听了我话，朋友挺洒脱地笑了一下，意思是遇到这点小事，他
看得开，既不郁闷也不犯愁。当时，我还赞赏了他的态度。朋
友没授人致命的把柄，的确不算倒什么大霉，不至于去听候"双
规"或接受审判，连削官为民都不至于。朋友遇上的麻烦事是，
他参与管辖的地盘出了问题，还社会反响比较强烈，若把责任
全推给临时工说不过去。上边为了平息民愤，走了步丢卒保车
的忍让之棋，权衡之后，选择之后，挥泪斩了他这个马谡。以
前朋友光当车了，总是牺牲别的卒子，如今自己落配为卒，还
被斩了一刀，我以为，理解他的内心感受，即理解他的委屈窝
囊沮丧懊恼，我能做得比较充分。但我错了。虽然现在，朋友
只呈现出"东山再起"之蜃景一角，还是让我清晰地看到，作
为官场门外汉的我，对朋友的理解，肤浅得何等可怜可笑——

比之朋友拿旅游手册当钓饵诱我，不止七倍八倍地可怜可笑。我相信，若把朋友的内心感受分成八份，那至少七份，八分之七，仍是水下诡谲的冰山，为我所根本无力索解：我无力参透权力的魅力，无力想象弄权的快乐，无力领教丧权的痛苦。这回朋友仕途受挫，最初我还庆幸他呢——只遭点小灾没遇大祸，这等于听到了救命的警钟，也等于，有了天赐的由头金蝉脱壳。朋友是"裸官"，老婆孩子皆美国公民，多年积攒的不菲家财，也由美国替他保管。我很希望，此番他能借坡下驴，提前躲开官场环生的险象。可我这朋友，刚硬执拗，或颟顸愚钝，竟从没想过见好就收。

我的思维混乱起来。那——我慌不择言，竟问了一句十足的蠢话，李纲……灵验吗？

汽车平稳地驶往万宁，道路两旁，到处生长着热带植物，广袤的绿色莽莽苍苍，放眼望去蔚为壮观。但是，不论近前和脚下的绿怎样绵延，与远处和头上海天组成的蓝色相比，也只像绿盆景嵌在蓝画框中。那更加漫无际涯的明亮的蓝，能在几近凝固的晴朗与炎热中，为绿赋予一种难以描述的镇定与沉着。朋友没看车窗外边，没打量绿也没眺望蓝，他忽略自然景致，是为了专注地给我解说超自然的东西。他说，以前他不信，什么都不信，毕竟打小唯物主义，根上就没有信的基因。真进了官场你才能知道，朋友说，仕途莫测更叵测呀，要是不让自己信点什么……我没与朋友讨论信的问题。不用讨论我也知道，他说的信与我理解的信，更多的部分是不重合的，就像恋爱中的爱与婚姻中的爱，很多时候是两个东西。我岔开话头说，如果早知道来东山岭还有这等意义，住几天我也没意见的。我把我的意思，转化为对他遮遮掩掩的挑剔与埋怨。朋友同步地羞愧和感动，伸手抓一下我的肩头，说好哥们。然后，他连续给我讲了四个官员的故事，说其中之一我还认识，只是，他不太想指名道姓。他说，那四个地域不同岗位不同倒霉理由不同的官员，分别由车而卒子后，都不约而同地来拜过李纲，结果，最长一年最短才一个月，他们就先后结束了霉运：两个官复原职，两个获得了进一步擢升。

很快车抵东山岭了。是个大公园，需买票入内。朋友直奔李纲而去，我则任沿途的石头吸引目光。这一回，不知朋友是尊重了我的原则，还是仍然遵循他自己的原则，没非拉我去那种香火旺盛香烟缭绕香气扑鼻的地方。

海南岛我走得不全，但感觉中它没有石头，或者说，海南岛就是一块巨大的石头，它扎扎实实地往海里一坐，就把诸多散落其上的小石头给遮蔽掉了、吸纳光了、比没有了。可这东山岭，如同海南的一块飞地，整个由出处不明的石头堆成。那些石头，大体以浑圆为基本样貌，但具体到个别，又奇形怪状千变万化，并且，它们中的许许多多，还自然而然地、牵强附会地、匪夷所思地、貌合神离与貌离神合地，混搭在一起勾连在一起，让人一路观赏下来，没法不为遍布的妙景和迭出的佳构而一惊一乍。天海之蓝是温柔的，草木之绿是浓酽的，如今猛然面对这石之灰白青褐的硬朗顽韧与拙朴笃厚，那种耳目一新的感觉，能给人带来莫名的冲动。东山岭的石头饱经风蚀日曝，在它们背阴的一面，多覆有参参差差的茸毛式青苔，仿佛表明古老的它们，鸿蒙初开时，就已经在这里安营扎寨；但它们的整体风格，至少在感觉上，又宛若初生，那种骨子里的润泽和光洁，乃至晶莹剔透，又好像声明，它们是刚刚被打磨出来的鹅卵石，正最后一次沐浴海水的洗濯。当然，与海边习见的鹅卵石比，它们大了千倍万倍，最大的相当于几间房子，最小的，也抵得上房间里一张造型别致的茶几或棋桌。这些鹅卵巨石破空而来，与周边的地质地貌看不出关联，它们轻巧而又强蛮地聚集在一起，在阴柔之中和平坦之处，格外夸张地凸显雄健，特别强调着矗立壮伟，生生打造出了有异于海南风光模式的另一重天地。东山岭范围不广，高度也有限，但它借助造化的神秘与自然的神奇，丰富了海南完善了海南。

朋友回到我身边时，我正端详着一壁凌空巨石上的四个大字：南天斗宿，而脑子里，则一直琢磨着东山再起这个成语。我是通过"起"字琢磨它的。自己上路的大陆体"起"与已时出发的台湾体"起"，都能让我浮想联翩。我想，这东山再起，很可能，还真就不像我原本以为的那么浅白平淡，一千年来，浸淫它的氤氲它的，一定是一些神秘而又神奇的气息……我觉得我有了与朋友讨论点什么的强烈欲望。我赶紧把脸转向朋友。

拜谒之事大约顺利，朋友的脸上挂满兴奋。但他努力含蓄，顾左右而言他。你看看你看看，不待我出声，朋友便大喊，南、天、斗、宿——里边可含了你的"斗"呢，没准这东山岭呀，更是你的福地……显然，已得到李纲护佑的朋友，在硬把我拉来东山岭这件事上，仍没跳出旅游手册思维或笔架山思维。我酝酿在眼睛中和脑子里的神秘与神奇一下散了，想讨论点什么的欲望也一下泄了，我有点遗憾地，从"起"与"起"的想象中慢慢回归到现实中来，回归于朋友的兴奋和游人的喧嚣。

离开海南许久之后，有一天，我正琢磨秦人李斯，不经意间，又勾出了宋人李纲——这与他们同姓李没有关系。一般来讲，我不怎么琢磨李纲这类人物，他们正常、正规、正确、正能量，不用琢磨也能断定，除了皇帝，有人即使仇恨他们，也不好意思说他们不好；我喜欢琢磨的，是那种亦劣亦优且黑且白又奸又雄的非类型化人物，他们的正负浑然一体，他们的正邪无以区分，比如李斯。那天我琢磨的是李斯之死，琢磨的，是他说给儿子的临终遗言。司马迁的记载平静到冷漠，可我耳畔，却始终萦绕着无尽的悲凉。我一遍遍地，叨念那个由李斯遗言演化的成语，并找出词典，看看书上对那成语的解释，与我的印象有无出入。有些成语，很可能典故复杂指涉曲折，却因为常用，其意思，最没学问的人也能领悟把握；而另一些成语，由于使用率低，会逐渐在时光的河床里埋成化石，要打捞出来品咂玩味，即便有点学问的人，也不敢想当然地望文生义。我没学问。我有词典。我念叨和查验的成语叫东门黄犬。

东门黄犬与东山再起，在字典的同一页上，看完前者再看一眼后者，完全是个下意识行为——当然，我的下意识也同样清楚，如果前者入生僻档，后者只该归通俗类，并且那种通俗的程度，只要达到中文的小学水平，就听得懂它也会用它。我的中文，应该说超过了小学水平，我宝贵的求知精力，可以不分配给通俗成语。但通俗的东山再起，却借李纲之邀留住了我。只见凛然的李纲，忽然就从我游历过的东山岭走了过来，如同远古时代，东山岭那些被海啸玩弄于掌股的鹅卵巨石，告别海洋踏上了陆地。李纲不仅正气凛凛，还衣袂飘飘，还喜气洋洋，手捧皇帝心情好时签发的赦令，乘着纸页上东山再起这艘舢板或邮轮跨海还乡。

可是，且慢！怎么词典上说，东山再起这一典故，出自晋人谢安？在中国历史上，谢安也非等闲之辈，他的名气小于李斯，却远大于李纲。名士谢安生性散淡，曾辞官隐居于会稽东山，好多年里，只钟情友朋的诗酒文章，不闻问官场的尔虞我诈。但后来，不知因为耐不住寂寞还是迫于无奈，他接诏出仕又做了官，骑着纸页上东山再起这匹骏马或驽马，与那种曲水流觞的生活与生命渐行渐远。

我有点发懵。我想到了朋友。我拿起了电话。游玩海南后，我和朋友各忙各的，已经许久没联系了——他是官，贬官也是官，不日理国家的万机，也有衙门的千机百机需要应对；我虽闲人，却也自有爱好，对许多一己个人的赏心乐事，一张罗起来，也常常会忘食废寝。只是，有一点我比较为难，给朋友打电话，词典上东山再起的另有所本我提不提呢？提的话，很像是质疑朋友的学问。可我真没有那样的意思，因为在我这里，东山岭与东山没什么区别，而李纲谢安，包括李斯，不论名气大小或声誉香臭，差不多也都是同一个人。另外，我也不知该不该问，拜过李纲后，朋友的霉运有无掂转。若问了，他职复官升固然一好百好，可万一李纲没照拂他，他会不会一气之下，大光邪火，连信点什么的低标准都抛弃掉呢？

当然，犹豫之后，这个电话我还是挂了。

非上路不可

　　每次出门，都要带本书，用于路上打发时间。这回去的庄河，是个有海的地方，我就把《大海与撒丁岛》塞进了包里。它是一部长篇游记，作者 D·H·劳伦斯，是个对现代工业文明充满敌意的英国人。

　　长途大巴穿行市区时，我没急着去撒丁岛观光，我先看沈阳。窗外的沈阳路阔楼高，一副日日新的现代气象，到处都能感受到快捷、方便、舒适等多姿多彩的人工文明。我喜欢人工文明。小时候，一学习与天奋斗与地奋斗与同类奋斗的课文，我就有种创世的快感。奋斗就是制造文明。当然也摧毁文明。我是在大巴爬上高速后捧起劳伦斯的。可没看一页，发现大巴忽然停了，然后调头，原路回返，与另外许多车辆一道，被几个警察赶下了我们已交过买路钱的高速公路。警察不作任何解释，也不宣布避让时限。是大巴司机经验丰富，说看这架势，是过领导车队，估计一小时左右就能放行，别急。没人不急，但急也没用，四十多人集体烦躁。看书需要心境，此时我已没了心境。这样，陪我一道去庄河的，就不再是劳伦斯的大海和撒丁岛，而是一片谩骂之声：车上的乘客骂领导车队，车载电视中的小品演员骂日本人。不知车上有无领导或日本人。

车抵庄河，我的《大海与撒丁岛》仍翻开在第一页上，它给我留下深刻印象的，还是开头那一句话："一种非上路不可的欲求向我袭来，而且是非要朝某一特定方向而去的欲求。"哈，说前半句话的劳伦斯竟与我一样，常常要躁动不安地"非上路不可"；可说后半句话的劳伦斯就与我不同了，我出门，从不"非要朝某一特定方向而去"，有时对目的地的选择，只根据机票的打折情况。

我知道，如今人们离家上路，除了公干，还讲究旅游。旅游都有具体目标，小具体为名目不同的某一地点，大具体则众望所归众目同瞩：那旅游胜地，必当山光秀丽，水色旖旎，兼有传说神奇，古迹堂皇。我还知道，亲近山水自然，追寻人文履痕，这是一张文明的胸卡，作为读书人，我太希望戴着这张胸卡招摇过市了，以疗治自己情感粗糙心灵顽硬的内疾外伤。可不行。多年来，我去哪里，唯一的乐趣是与情投意合的朋友聊天，有那种朋友，穷山恶水也美不胜收，没那种朋友，山清水秀也兴味索然。倒不是我对山光水色没有感觉，看不出好赖，以为沈阳城的细杨树与兴安岭的大森林是同一道景观。我对山光水色敬而远之，原因无他，就是我始终找不到与它相处的规范化方式——与浩荡山风如何沟通？与不倦海浪怎样交流？

在呼伦贝尔，我看到条条车辙将茵茵绿草碾得一片狼藉；在三亚海滩，我看到银白细沙上点缀着星罗棋布的生活垃圾。这肯定是人类和大自然沟通交流的记号与证据，但这样的记号和证据，只符合打是亲骂是爱那种骗人逻辑，它记录证明的，其实是人类的妄自尊大。妄自尊大，这是人类荒谬的渊薮。人类从不承认自己与青草或海水是同一样东西，都由大自然创造并排列组合；他自做主张地赋予了自己许多资格和权力，去主宰草木荣枯，去号令海潮涨落。也许，较之没有沟通和交流相比，碾轧草地和污染海水也算进步，它表达了人类回归自然的初级愿望。但这种进步，完全就是旧式家庭中对夫妻关系的想象式定位：丈夫肯定比妻子高明，他是主人；妻子当然比丈夫低贱，她是奴仆。把这样的定位作为前提，包括那些以山为友视水作朋的人，他们不碾轧草地不污染海水的出发点，也仍然是傲慢而又褊狭的"我"；对于需要休憩玩乐的"我"来说，大自然有审美意义，所以应该善待它；对于需要旅游创收的"我"来说，大自然有经济价值，所以不能破坏它；对于需要不冷不热要啥有啥长命百岁万寿无疆的"我"来说，大自然可以调节温度奉献资源怡情养性，所以……精明聪慧的人类对待听天由命的大自然，与君王政客对待黎庶百姓的态度不谋而合："水能载舟，亦能覆舟"，关注的重点永远是"舟"，而不是"水"，如果"水"也值得关注，那仅仅因为它有"载""覆"的功能。

　　去撒丁岛的劳伦斯是否也带去了种种问题，我不知道，但享受庄河的山光水色时，我却属实揣了堆困惑。可山水无言，它们不给我提供答案，与大自然沟通交流该取怎样的方式，我仍想不出个所以然来。我能想到的只是，我自小生活在沈阳这样一个工业城市，我的耳畔眼前思想意识中，全是烟囱林立马达轰鸣，全是铁水奔流钢花怒放，这样一个被钢筋水泥铸造的我，成年以后，即使每年有那么三次五次，每次有那么三天五天，去结伴飞鸟游鱼，去为伍茂林修竹，那结伴与为伍的方式，也总显得机械呆板，且不得要领，像极了一个从未与异性搭讪过的莽撞汉子，开口就和女人谈情说爱。或许这就是我的症结所在吧。世界上不存在无根的树木，思想里不生成无端的情愫，人的一切兴趣修为，都需要习惯的养成与经验的累积，像爱，像节俭，像尊重与礼貌，像少贪欲与知廉耻，这些良好的习惯与有益的经验，更离不开行动上和思想上的双重训练，彼此滋补。人与自然的举案齐眉，是同一道理。如果省略掉习惯与经验的潜移默化，只依顺权威的指挥或时尚的裹挟，凑着热闹去沟通山光交流水色，那只能是敷衍和表演，是言不由衷和矫情做作，一如对牛弹琴，或则买椟还珠。一个只从巴尔扎克那里见识过"时代"的人，要转而见识普鲁斯特的"时间"，必须先练就别样的目光；一个只追随哈克贝利·芬经历过荡舟之险的人，要掉头追随帅克经历从军之险，也需要先磨砺另类的脚板。

我没有给自己的粗糙顽硬开脱的意思，我只想说，要把钢筋水泥与山光水色调和起来，那过程肯定艰辛并漫长，高速路和旅游假只解决技术问题。小国寡民的桃花源时代已一去不返，自说自话地对比钢筋水泥与山光水色的孰优孰劣，就如逼着关公迎战秦琼。人类的前行没多少理性可言，声称我们避免了盲目选择了正途，只是事后诸葛的自我表彰。今天由钢筋水泥走向山光水色，和昨天由山光水色走向钢筋水泥一样，都更受制于"非上路不可的欲求"的左右，这欲求的可行性仅仅在于，多数情况下，它出自人类良好的习惯与有益的经验……这么一路想去，我忽然发现，表面看，是人类正在逐渐觉醒，开始摆正自己的位置，所以有了对钢筋水泥与山光水色调配整合的意愿与努力，可实质上，还是大自然的伟力在发挥作用，它假人类之手来拯救人类，它不想轻易抛弃它的任何产品。由是我一下想明白了，我原本的那个念头，那个一定要与山光水色建立某种规范化相处方式的形式主义念头，有多么刻意多么教条，而刻意和教条，折射出的正是我的妄自尊大。我敢说，黑尾鸥肯定没想过如何与虎头蟹称兄道弟，鸡腿蘑也不试图与玉玲花握手言欢。大自然在它统辖的属地上，早为它的臣民创建出了沟通交流的基本原则：万物同体，众生归一，既休戚相关，又自成格局。明了了这个基本原则，即使我只与一处最具体的山光水色邂逅相遇——比如歇马山之光，比如冰峪沟之色，也能建立起成百上千种相处的方式，而这些方式，将会同样的好，同样的恰如其分，同样的变动不居而又殊途同归。

哈，有时候，如果只赋予文明胸卡的使命，一个人即使已"非上路不可"，也很容易画地而趋。

在离开庄河返回沈阳的高速路上，车外没有拦路的警察和需要避让的领导车队，车内电视里也没有主要从性的角度拿日本人开涮的小品演出。象征着现代化的高速公路坚牢顺畅，泛着漂亮的银灰色光芒，完全不像是豆腐渣工程，眨眼工夫，就把我由山光水色中又送回了钢筋水泥里。这时候，我手中的《大海与撒丁岛》已翻过了不少页码，我也明白了撒丁岛何以让劳伦斯那么着迷："撒丁岛没有历史，没有年代，没有门第，也不会给人什么东西。"

泉温则波安

黄海与渤海之间有个辽东半岛，辽东半岛中部有个普兰店市，普兰店北端有个安波镇，安波辖区有个安波温泉，安波温泉有个传奇故事——

一天下午，伦敦城里雾霭方散，正在家中作曲的亨德尔突然瘫倒在管风琴前，中风像一枚暗器偷袭了他。他没死。但告别死神后，他已眼斜口歪，无法行动，右半边身体失去了知觉。四个月的治疗毫无起色，这位出生于德国成名于英国的音乐家感到了绝望，面对朋友，他不断以眼神和表情表达意愿——如果他还会说话，他对那意愿的解释将是：既然我不能再工作了，请让我死吧！亨德尔是工作狂，不能继续弹琴和作曲，对他来说，活着已经没有意义。朋友们以各种方式延长他对生命的期待，方法之一，是建议他接受温泉治疗，他们说，滚烫的泉水能帮他恢复健康，让他重新走上舞台。这是建议者出示的诱人幻象，能否奏效，建议者也将信将疑。亨德尔别无他法，只能把幻象当作实景，无条件地将自己交给涌自地下的神秘水流。本来，为避免身量高大的亨德尔出现心脏问题，医生只允许他每天浸泡三小时温泉，可这个五十多岁的急性子男人，每天都会把九个小时花在炙热之中。没人想到，奇迹居然由此出现，亨德尔很快接收到了温泉向他传递的福音。一星期后，他能站立了，两星期后，他的右臂有知觉了，待两个月后，回到伦敦家中，一坐到摆放管风琴的唱诗台前，他的手指就能在琴键上灵活跳跃了，他的耳畔，也重又萦回起他自己编织的天籁之音。亨德尔复活了！随着他肉体生命的日益强健，他的艺术生命也重现生机，他这株老树，又持续结出了累累新果。《扫罗》《在埃及的以色列人》和《弥赛亚》这几部大型清唱剧接踵问世，尤其后者，历两百六十余年盛名不衰，成了涂在他"圣乐之祖"美誉上永不褪色的浓墨重彩。他的后辈同行，声名更为卓著的贝多芬曾评价道，亨德尔是"有史以来最伟大的作曲家"，他由衷地表示，他"极愿跪在他的墓前"。

听了这则传奇故事，你一定会问，两个半世纪前的亨德尔能起死回生，是因为来了中国的辽东半岛，泡了普兰店的安波温泉吗？我得诚实。不是这样。亨德尔浸泡其中的，是他故国的亚琛温泉。但我也愿意补充一句，在我看来，亚琛温泉就是安波温泉，安波温泉也是亚琛温泉。做出这次超时空联姻，我的理由是：既然肉身有着同样的脆弱，精神有着同样的张力，音乐有着同样的丰赡，那么，天下的温泉，就该也有着同样的神奇与玄妙。

造物主是魔术大师，所有出之于它的造化，都神奇玄妙。更多的时候，它敦厚质朴，内敛含蓄，只让人类在不知不觉间领会和感受它的馈赠，听任我们对土的肥腴，云的绮丽，花的烂漫，鸟的啁啾，都习焉不察，甚至不再感动，只得其形而不解其意。但间或地，它又要孩子气十足地卖弄一下，把它的神奇和玄妙展览出来。表面看去，好像只为博我们感慨一番惊叹两声，可细加品味，才能够知道，启迪我们智性，照亮我们灵魂，这才是它的深层动机。造物主慈悲，怜惜人类的浅薄和愚钝。比如这一回，它把又一次意味深长的启迪与照亮送给我时，几乎是有点炫耀地指手画脚：往西一指，让我遥望到了属于亨德尔的亚琛温泉，再朝东一点，让我沉醉于属于许多像我一样的普通人的安波温泉。

很早以前，安波作为一个小小的村庄，普通得都没有自己的名字，与村庄一样普通的村民住在这里，世世代代安居乐业。那时候，有个龙王住在村庄南面的大海里，村民们为他建庙造像祈求风调雨顺，他则护佑村民们平安度日。可有一天，村里小孩嬉戏玩闹时，不慎打碎了龙王的雕像，这让龙王非常生气。狭隘的龙王以村民对他不敬为由，决定三年不降雨水。龙王有个叫安波的美丽女儿，闻知父王的决定十分惊骇，她急迫地想要阻止父王。孩童顽劣毁了雕像，但并非有意，她说，可你的惩罚如此严厉，就是成心让百姓活不成啦。龙王对女儿的规劝不理不睬，兀自将落雨的工具收回金库，还上了重锁加强了守卫。接下来的日子天下大旱，庄稼枯萎，河水断流，无数百姓饿死渴死。安波公主忧心如焚，为拯救众生，她不惜冒险潜入金库，把"水源"和"医道"这两个宝瓶偷了出来，往日里，龙王正是用这两件工具行雨和治病。安波公主跃身空中，奋力开启了"水源"的瓶塞。顷刻之间，银线似的雨水由天而降，龟裂的土地得到了润泽，焦干的草木获得了生机。安波公主高兴极了，收起"水源"瓶，正欲打开"医道"瓶为百姓治病，却见父王赶了过来。女儿的背叛，让龙王震怒，他命令属下捉住安波公主，将她关进地下石牢，处她以永远见不到天日的重罚。被囚的安波公主与世隔绝了，但心中仍惦念世上众生，她左思右想，突然灵机一动，双手并用，把"水源"瓶和"医道"瓶的瓶塞同时打开。随着一声砰然巨响，只见一股滚烫的水流汩汩喷涌，冲破地牢顶盖，遍流地表之上，成了疗治百病永不干涸的救命温泉。当地百姓对这不可思议的温泉充满虔敬，为感念安波公主，他们从此把自己生活的这片土地称为安波……

显然，关于安波公主的神话传说，在这世界上只是虚有，发生在亨德尔身上的那种传奇故事，在生活之中才是实在。但它们同样让我感动。实在以理性滋养虚有，虚有又以感性升华实在，它们是神迹的两个侧面，它们对神迹的赞颂异曲同工。从西方到东方，从欧洲白皮肤到华夏黑眼睛，从天才的音乐巨擘到凡俗的农夫渔民，都因了这实在与虚有的连理并蒂，才得以充分地、完整地、有机地走向人类与自然的相交相融。这种交融，形散而神聚，恰如显灵于亚琛或安波的温泉：水含药性，药伴水生，药耶水耶？水药一同。

我这么说，似乎把温泉神秘化了，仿佛我这以互联网为食的现代人，偏偏留恋远古祖先以蒙昧调制的玉液琼浆。不是这样。其实，我也知道，所谓温泉，只不过是水温超过摄氏二十度的地下泉水。它们多由下渗的雨水和地表水循环至地壳深处而形成，含有一定量的矿物质与微量元素，可供饮用。在这世上，它们并非凤毛麟角。至于有些温泉得天独厚，又兼具疗病的奇功特效，那也没有什么无解的奥秘，科学的定论能很方便地帮我做出实证主义回答——哦，我就用安波温泉作例子吧。安波温泉水色清淳，微具硫化氢味，属重碳酸、硫酸根纳型水质，日涌水量五千多吨，可供五万人洗涤淋浴，最高水温为摄氏七十三度，含有钠、硫酸根、硅酸、一氧化碳和氟、氮、铁、锌、锶等多种对人体有益的矿物质和微量元素，并且钠离子、氟离子、矿化度等指标，均未超出正常值范围，临床应用表明，这种含有较多对人体有益成分的温泉水，完全可以成为灵丹妙药的昵称乳名，它对各种慢性风湿及类风湿关节炎、神经痛、外伤后遗症、增生性骨关节病及多种皮肤病，疗效比较显著。也正因为如此，一九八四年，国家地质部门会同联合国地热专家对安波温泉考察鉴定后，毫不犹豫地把"亚洲第一温泉"的赞辞送给了它。

但就这么谈论温泉，我又心有不甘，尤其如此谈论亚琛与安波这样的温泉，我觉得，过于轻描淡写不说，还有点刻舟求剑，都对不住亨德尔的天籁之音与安波公主的美丽善良。造物主有权利将它的无边法力通俗化为科普常识，那彰显的是它的博大与谦逊；可我们人类，作为亿万造物中之一种，即使灵长和高级，也没资格对我们的缔造者丧失敬畏，放弃膜拜。我们一味奉行功利主义的工具论已是堕落，再漠视审美机制和消解神秘法则，就近于罪过了。

清人张时和与多隆阿，咏叹安波温泉时分别写下过这样的句子："天开汤谷千秋暖，人到灵溪万虑清"；"因言此水三冬暖，不似人情一味凉"。通过诗句的艺术表达，我们不难看出，在对温泉的理解中，前人的态度是多么谦卑，而其感受又何等准确。我喜欢这种主观的观察角度与认知逻辑。这份理解，生发于具体的安波温泉，面对的却是广袤自然，是对自然与人的深层关系的洞察与判断，所言说的，是超拔于凡尘的神奇与玄妙对我们每一个普通的和不普通的生灵的影响方式。从这个意义上说，安波公主虽然身陷石牢，却并不孤独，因为她的精魂飘逸而又丰盈，既能化为一草一木，一丘一壑，也能融入一江一海，一地一天。我们置身温泉时，若能真正地打开视野，放眼远望，便会发现，氤氲着我们的，已不仅仅是疗疾除患的一脉热流，它还必然地要包括着，峰险石奇的鸡冠山，柏翠松劲的道士沟，葱郁千年的银杏树，源远流长的碧流河……它已然是泱泱大千内在规律的精巧运作与漂亮组合。因此，清除人心烦虑忧戚的，反衬人际荒芜冷漠的，从来都不唯清水之濯洗，热泉之涤荡，而更在于自然万物以综合之力进行的抚慰和陶冶。启迪我们智性的，照亮我们灵魂的，是造物主所生成的一切的总和。

我是春天去的安波，临别那天，有股倒春寒掠过辽东半岛。泡温泉的人都留在室内舒服安适的澡堂子里，可我仍然钻进了户外以仿古效果垒砌设置的露天汤池，仿佛我是清朝咸丰年间志书上记载的一个土人，"结庐其上以为沐浴涤垢"。浸在热泉里的肉身酥软松弛，裸在寒风中的思想敏捷活跃。那种晕眩与清醒连体而生的感觉妙不可言。它如同水中涟漪波波荡开，又缓缓回拢，渐渐地，把亨德尔，把安波公主，把世间无数让我热爱的人与事，以及和那人与事相关相连的故事与传说，都推到了我的面前。感觉给予我的心理上的真实，竟不亚于物理上的真实。我庆幸在我逼仄的心中，尚为神奇和玄妙留下了位置，甚至我这个具体的人，也是作为神奇与玄妙抽象出的结晶而存在的，如此，造物主才没抛弃我，才满足了我与它沟通的希冀和交流的愿望。心诚则情暖，情暖则泉温，泉温则波安，波安则天下太平、万物和谐、其趣悠悠、其乐融融……我愿意这样解释物质现象与精神现象，我愿意这样归纳生活经验与想象经验。

从伦敦到曼城

自由行

属于我的伦敦时间，共七十小时。除去三个晚上用于睡眠，小半天用于推介我刚出版的英文小说集《POINTS OF ORIGIN》，其他四十五小时，没确定的事情非做不可——吃饭和读书，无须专有化地切分光阴。当然了，我不远万里地来趟英国，也不可能还像在沈阳那样，只让日影在饭桌与书桌间往返流窜，户外清明的天气和我自己清醒的头脑，都已替伦敦城向我发出了邀请，我没理由不演好游客的角色。

演——游客？的确如此。我不擅旅游，只长于闲逛，一旦出门在外，游客只能是我扮演的角色，而很难成为我的身份。如果有伴儿，作为一个随和的人，我倒不介意以同伴的意志为我的意志，别说旅游，"视察"的脸皮也觍得出来；可倘若出行的只我自己，闲逛便是我唯一的姿态。我的间或远足，其意义仅在于颠覆我一成不变的日常生活，与其说我渴望"前往"他方，莫若说我看重"离开"此处：也就是说，行北京与走东京并无区别，即使去月球，我也不觉得窝飞行器里聊天看书就比参观嫦娥博物馆更不妥当——不好意思，我这么咬文嚼字，非把个简单的行走离间出几重不同的意思，已经首先不妥当了。没办法，对人文景观或自然风物那种确定的、具体的、目的性的奔赴，在我就是兴致不高，而通往偶然或未知的"离开"，即使麻烦多风险大也让我迷恋。

多说一句，本来我特别喜欢"游"字，可为了避免让人联想到它与"旅"或者"客"的组词，我只能退而求其次，让"闲"替它与"逛"联袂。

我最初憧憬"离开"那会，中国人刚被允许把饭吃饱，自然的，旅游的概念也刚刚萌芽，所以，还既无旅行社，亦无旅行团，除了有本事支配公款的，多数人并没资格更没条件为名山胜水糟蹋盘缠。可旅游这事契合人性，而契合人性的事，一旦发端便易成规模，成了规模又易生教条，于是，后来被提炼为旅游铁律的那段顺口溜所表达的意思，在放之四海前已先皆准了：上车睡觉，下车撒尿，逢商店购物，遇景点拍照。现在想来，爱动的我，本该是"旅游"麾下的一员壮丁，却易帜"闲逛"另立了山头，这只能与旅游模式中，那种抹杀个别化消解独异性的缺陷让我抵触有关，而不该有别的微言大义。但那时的我，喜欢高蹈热衷升华，就把"闲逛"的高深，命名得莫测了。

那时是一九八〇年代尾声时段，正思想混乱的我，于偶然中，囫囵吞枣了瓦尔特·本雅明的《发达资本主义时代的抒情诗人》。这本小书繁复晦涩，并没帮我更明白资本主义或波德莱尔，可歪打正着的是，它使用的"游手好闲"这一熟词，却让我品出了新的滋味，还经此找到了拒绝的方式与投身的方法——那种方式方法，可以与旅游有关更可以无关。自此，我不仅不再为自己无所事事的闲逛形象感到羞赧，还借助"微服的王子"与"不情愿的侦探"这两顶冠冕，堂皇化了自己种种的无厘头表现：比如一九八〇年代去四川那回，我随大溜夜里爬了半截峨眉山后，忽然觉得没大意思，就在次日凌晨别人登顶看日出时，搭车下山回了成都，再漫无目的地徘徊街头，翻武侠小说般，阅读了半天四川妹子；再比如一九九〇年代走青藏那回，因为是从沈阳开车直奔的拉萨，何等的有特色可想而知，可前后一个月，面对无数值得记忆的场景人物，我包里的吉米特相机硬是没拿出来过，当时我突发奇想的歪理邪说是，"到此一游"的快门每按一次，我的浅薄都会添加一分；还比如二〇〇〇年代玩海南那回，在三亚洗完海澡喝完椰汁打算回沈阳时，我忽然感到意犹未尽，想想长沙和宁波都有聊得来的朋友欢迎我去，买机票时，我便如同赌徒下注，不惜惹得售票员小姐受了冒犯遭了骚扰般惊恐愤怒，当然也让她陡升了好奇：沈阳长沙宁波，哪的票打折多我就去哪……

说了这一堆，我只为强调，我的闲逛攻略再不三不四，再不伦不类，也只是一项历史性的无害怪癖，不论好坏我都不想改它。于是，这回远在异国他乡，我这赝品游客便没多犹豫，立刻就习惯成自然地，选择了不报名参加敞棚双层巴士一日游，也没去雇请留学生当我向导，还放弃了辗转通过国内朋友麻烦英国朋友来陪我的打算。与在国内闲逛相比，我只多做了一件事情，即在手头的伦敦地图上，把城区东部国王十字街我住处的位置标示出来，然后模仿着识途的老马，分六个往返并每次不少于三小时地，朝四面八方驱策自己。

其实，若懂英语，我更愿意锁定闲逛的目标，毕竟英国是我特殊尊重的几个国家之一，对它的首都，我未必就比我自己国家的首都更不熟稔。我特别想看看泰晤士河，看看威斯敏斯特教堂和大英博物馆，看看格林尼治天文台和海德公园的"演讲者之角"，看看那些与小心眼的牛顿、与世事洞明的达尔文、与以智力为入伙门票的布卢姆斯伯里精英圈子与开了法律约束权力之先河并成为后来宪政基石的《大宪章》有关的地方……

但作为英语世界的聋人哑人半个盲人，我知道我只能剪除奢望，把具体的诉求丢诸脑后，再尽量掩饰住双脚的踌躇，假装气定神闲地踱量东半个城区——由于时间所限，虽然我已能从频繁迷路到如鱼得水了，却终未将西半个城区也尽收脚底。

随着我的如鱼得水，我的遗憾也漂浮起来——不，我的遗憾，不指我足迹未能踱遍伦敦：那不可能，也没必要。我的遗憾是，作为水性尚可的游鱼，我对最易辨识面目的伦敦标志泰晤士河，随波逐流后的喜欢是超预期的，可越看它好，越觉得它百游不厌，我就越会联想到和意识到，此前我穿梭过的某处地方，那携带了一方黄色解说铭牌或未以铭牌作标榜的某座雕塑、某片广场、某幢住宅、某个教堂……尽管平和、低调、不动声色又含而不露，但没准，它们与我感兴趣的某人或某事，恰好就勾连着千丝万缕，而因为有眼无珠我竟冷落了它们。但是，虽然有时候，那遗憾会扎得我心脏都隐隐疼痛，我却没为缓解疼痛做过努力，哪怕只需举手之劳，比如，针对某方具体的铭牌，向懂汉语的当地人问询讨教。间或心脏疼痛的我，就那么随心所欲地踱量着伦敦，感受着或者说享受着，那些懂与不懂的、知与无知的、历史与当下的、熟悉与陌生的种种刺激。

为什么会这样？

我的伦敦时间，被一列开往曼彻斯特的火车给终止了。窗外的乡村景致恬适雅致，但却单调，在安静若课堂的车厢里，我读英国人丹尼尔·汉南的《自由的基因》。可作者那篇只数千言的引子未及读完，我的思绪，就沿着"盎格鲁圈"朝泰晤士河回流过去，因为在书页之间我骤然悟到，为什么，对自己踱步伦敦的信马由缰，我不以为憾反觉其妙。也许，我脚下的伦敦是个沙盘，那些我感兴趣的过往人事，此时仍系上帝的构想，尚未在沙盘上摆放停当；而作为上帝意志的执行人，我这个误打误撞的外来客与我行我素的闯入者，则可以率性地、甚至张冠李戴改头换面地，往沙盘上任意安置我感兴趣的林林总总，以通过我的记忆与想象，去创造一个古旧却又新异的伦敦。

哦，《自由的基因》不是谈自助出游的旅行手册，但它涉及了思想的闲逛。

伯吉斯之宅

那处宅子临条细街，门窗窄小，墙皮斑驳，像蒙尘已久的一颗珠子，还玻璃的。我大步流星没正眼看它。原本与我并肩而行的萨曼莎，却为它收住了迅疾的脚步，叩它门板时，声息柔和如同耳语。我止步回头，从窗户一角，看屋里两排不大的书架和墙上的几张图书海报，以为这是曼彻斯特街头又一家不事张扬却历史悠久的微型书店。不是，因为进屋后，萨曼莎对我强调的，只是一个英语的人名：安东尼·伯吉斯，接着，在一间能容纳百十来人的会议室里她解释道，作为二〇一五年度曼彻斯特文学节嘉宾，我这个下午的专场活动将在此进行。

萨曼莎是曼彻斯特逗号出版社的编辑，我的《POINTS OF ORIGIN》即由"逗号"出版，前两天，在伦敦，她曾陪我为宣传那书做过活动，应该说，我俩也算挺熟悉了。

因为熟悉，尽管萨曼莎的汉语词汇量极为有限，手势表情又总生歧义，可她意思，我还是懂了，尤其后一个意思，她未表达完整，我已领会完毕。幸好，对她此前的意思我也有所悟，否则，作为一个久经"高大上"文化浸淫的中国人，我的经验，我的虚荣，一定会挑拨着我腹诽不止，甚至，都会引发我公开挖苦这曾经日不落的大英帝国的文学活动地点竟如此寒酸。但基于某种心灵感应，在萨曼莎表达后一个意思前，我已猜闷式地领悟到了她前边的意思，加之墙上同一个男人的多幅照片，以及频繁出现的、分别以"A""B"为名和姓首字母的一个汉语拼音风格相对突出的英文人名，让我没太迟疑就准确无误地——这里是，与安东尼·伯吉斯有关的地方？讶异的我不光忘了经验，忘了虚荣，连礼貌都忘了，像所有在公共场所不知节制无所顾忌的中国大嗓门一样，任由兴奋冲口而出。

显然，我猜对了。更显然的是，萨曼莎与这处宅子的工作人员，对我突兀的兴奋有点不解，认可我时，表情上现出了得体的错愕。安东尼·伯吉斯是活跃于二十世纪中后期的英国小说家，热衷于文本实验，从来不像简·奥斯汀或狄更斯或毛姆那么流行，他差不多是仅凭一本薄薄的《发条橙》，还更因为被美国导演斯坦利·库布里克拍成了电影，才为中国某些艺术男或小资女所约略知道，而我这远道而来的中国客人，只因偶然借用了"伯吉斯之宅"的一方宝地便惊诧莫名，这没法不让东道主以为，我的喜悦太夸张了。

东道主会这样想吗？我希望不会，如果可能，我很想给他们看看，此番邂逅伯吉斯，在我思维的太平洋上，产生的的确是蝴蝶效应，还是一场历史跨度颇大的蝴蝶效应。其实，我表达思维结果时已经多有节制和顾忌，由于对偶然性我一向敬畏，发感慨前，已做到了先冷却偏热的情感。

对伯吉斯我怀有特殊的好感，始于三十年前。按说三十年里，我喜欢过的作家无计其数，伯吉斯作为我早期的钟情对象，成为被后浪淘汰在沙滩上的前浪倒更正常，毕竟，在我这里，他的小说虽然别致，但并非那种每读都有新触动的启示录式作品，或者，它的启示功能对我作用低微。可奇怪的是，他这个魅力有限的早年诱惑者，却始终以一种无以替代的必要性占据着我的记忆空间："他是一个爱尔兰记者，一个盖尔语学者，一个贪杯好饮的人和为数很少的几部小说的作者……"哦，这几句话，说的不是伯吉斯，而是伯吉斯在评价小说《双鸟戏水》时，说它作者弗莱恩·奥布莱恩的，但我对伯吉斯好感特殊，却正因为这几句并非名言警句也不精辟隽永的大白话之醍醐，于不经意间灌了我顶。有好长时间，我总喜欢把隐身于《现代小说佳作九十九种》中的这几句话视为诗歌，时不时音韵铿锵或怪腔怪调地诵读一番，似乎这样一来，我写作时的语言乃至我生活中的态度，便能远离做作而趋近诚恳、远离训诫而趋近趣味、远离说明而趋近叙述、远离主题而趋近字词……顺便说一句，奥布莱恩的作品好像都没汉译，至少没有大陆译本，但《双鸟戏水》却令我着迷，成了我脑海中为数不多的、我未曾读过即喜爱有加的小说之一。这是否有点不可理喻？但谁敢说，不可理喻不是小说的魅力之一呢？

可这样的意思，我怎么给身边的老外做解释呢？即使我英语比汉语说得还好，他们肯定也听不明白，一个中国小说家，在我早年学习写作的那个时候，即使跟在马原徐星刘索拉这种探路尖兵之后，踯躅前行时，仍需揪着自己头发艰难起跳，在这种背景下，伯吉斯的出现便很重要，"贪杯好饮"与"记者""学者"的异类项并置便特别重要，自我的而非"钦定"的观察视角与评价标准和说话方式便尤其重要——

不过，我相信，我可能更加解释不清的，还不止于此，而是"缘分"这种东西，在二〇一五年，在我来伯吉斯之宅的前十个月内，为什么会让我与这位暌违三十年的前辈偶遇了三次：难道，为了一遭上场，先要三番热身？先是年初，春节前后，我在朋友家住了一宿，为打发没有困意的漫漫长夜，我去朋友的家庭影院东翻西找。朋友的碟片有两三百张，我基本没看过，可挑拣之后，不知为何，我选的两部都是旧识，一是基耶洛夫斯基那个著名三部曲里的《蓝》，另外就是《发条橙》了。然后是年中，在与布伦丹电邮往返时，不知怎样和由谁起头，竟说起了《双鸟戏水》。我们都对它赞不绝口。布伦丹·欧凯恩是美国人，为翻译我小说，与我偶有电邮往来，当他欲把对《双鸟戏水》的赏析推向细部时，我急忙承认，那书我没读过，喜欢它，只缘于伯吉斯的精妙推介。我记得再来信时，对我这等情绪化的好恶选择法，布伦丹只表示了有限的理解，但在此之外，他被我们的交流刺激起来的创作欲望则差点无限，事务繁忙的他冲动地说：我真想把《双鸟戏水》译成汉语呀！最后，就是我来英国的十天前了。十一假日，我网购新书，其中包括《自由的基因》，还包括了安东尼·伯吉斯的《莎士比亚传》。当下社会，书的毒奶粉地沟油同样泛滥成灾，网上买书，没法手抚一卷判断取舍，难免让人时感无措。为克服这无措，我除了考虑书的内容和作者，亦接受信誉好者的宣传蛊惑，像买《自由的基因》，就与刘瑜的推荐有关。我不认识刘瑜，但这几年，读过好几篇她的文章，知道她理念品味都大体啥样，也就信赖了她的眼光。至于《莎士比亚传》，我犹豫之后也勉强认购，则不为传主的声名赫赫，只为作者与我间牵强的私谊。莎士比亚很像曹雪芹，个人资料大面积阙如，给他画像，谁都做不到眉目清楚。我喜欢看人物传记，可如果那传记由猜测编织，靠假定支撑，我倒更愿意去同主题的小说里想入非非。当然了，几天后，与伯吉斯之宅一邂逅巧遇，我就意识到，"莎士比亚"是个兆头，同样，我在朋友家以电影打发长夜，我与布伦丹通信时交流《双鸟戏水》，都是奇妙而又美好的兆头：一年里，春夏秋的三度铺垫，皆为烘托我来伯吉斯之宅拜谢卅载的醍醐之情——

且慢抒情，这种戏剧性的巧合太莎士比亚化，让我自己信以为真时都要掐下大腿。但这的确都是事实。如果为制造某种效果，我倒更愿意让《莎士比亚传》与《自由的基因》和另一本小说一样，也作为旅途读物被我带在身边，以便在曼城时，有可能送它给伯吉斯之宅，好通过这一物化的痕迹，为我与伯吉斯的缘分留存佐证。可这"莎士比亚"，自打十月初归我所有，就一直宅在我书架上，这几天，我为写作此文顺手翻它，它还用那种演员的腔调，声音琅琅地对我说过：这世间之事的不可理喻，几乎已经有了小说或者戏剧的魅力。

这时候，我已参观完整幢宅子，看过了伯吉斯用过的打字机坐过的硬板凳等不多的遗物。太不过瘾。我东张西望地问，伯吉斯在这里住过还是工作过呀？伯吉斯之宅的工作人员摇着头笑，但并不遗憾。不，伯吉斯生前跟这座宅子没有关系，也许，他顿一下，望着窗外清冷的小街说，在曼彻斯特大学读过书的他，散步时途经过咱们门前吧。说后边这句话时，并不遗憾的他满脸满足。

我一时语塞，不知怎样接话才好。我是否有必要告诉他呢，说这伯吉斯与他纪念处所之间的关系，与我和他的关系颇为神似？给我和这宅子照张相吧。很少主动钻进相机取景框的我，有点没话找话地对萨曼莎说。但说话时我没有遗憾，满脸满足。

超现实

与我聊天时，不约而同地，他们都以"超现实"定义我的小说，对那判语的信手拈来，似乎比中国人说"你好""谢谢""对不起"还自如熟练。可他们，不光接触我小说的方式与程度迥然有别，文学背景更是各不相同，难道，像中国流行"巡视组""雾霾"

那样，英国流行"超现实"吗?

在我词汇库里，"超现实"早已边缘化了。并非它不能再魅惑我，而是它像"爱情""真理""幸福"这类词一样，其感受意义的愈益丰盈与阐释可能的日趋干瘪，越来越像被维特根斯坦归过类了:"不能说的东西"。也许，它们更适宜在意识中发光，言说则会黯淡了色泽。我倒也知道，英国的"超现实"与中国的"先锋"或"现代派"一样，所画的边界都很模糊，大体框限了什么东西，心照不宣也就是了，不必较真也没法较真。法国才子安德烈·布勒东相隔八年两度发布《超现实主义宣言》所证明的，恐怕也只是在定义面前，能言善辩者若他，也容易言不尽义和词不达意。

于是，和他们交流，我的适度敷衍便在所难免，但愿他们未曾察觉——哦，他们，主要是伦敦的薇蔻和一位我叫不上来名字的黑衣女士，以及曼彻斯特的凯伦与拉·佩治。

薇蔻汉名江可唯，是个走出校门不久的室内设计师，四岁时由中国来英国落户，会说汉语但不识汉字，知道我正以双脚踱量伦敦，就是聪明的她，想到了给我找张伦敦地图，不仅为我设定了坐标，还把她电话，留在了地图一处空白的边角。那天下班后，她匆匆赶来自由文字中心参加半截我与读者的见面活动又草草翻几页我的小说，不为文学，只为她出生的那个国度。

而作为自由文字中心负责人的黑衣女士，当然有名字也有职务，萨曼莎细致地做过介绍。我没记住。我能记住的，只是她大眼睛里的善意、坦诚还有亲切，流溢得多么美不胜收。她对我说，他们中心的关注重点刚转向文学，我是他们请来的第一个小说家，而以往，他们更关注绘画、摄影以及戏剧。说到戏剧，她提及一个汉语人名，又比画出一个坐轮椅的动作。翻译茫然。我试探着问：新凤霞？她连声说对对，瘦削的脸上笑出了细纹。她说近三十年前，中心曾分别邀请过中国的吴祖光新凤霞夫妇和高行健，以戏剧家身份访问英国。那时的高，黑衣女士的笑纹里，骄傲和友好一齐荡漾，还没得诺奖呀。"他们"中的第三位也是女士，叫凯伦，祖籍杭州，汉名王晓方，在上海读本科时学科技英语，成英国人快二十年了。她以曼彻斯特孔子学院英方院长身份请我吃饭本系公事公办，可从客套礼仪中，却脱颖出了本色的明敏：与我放眼世界或聚焦中国时，她喜不倨傲忧不矫情，头脑清醒意见客观。近些年来，我接触过不少"半路出海"的大陆同胞，不知何故，他们的消化酶适应了牛奶面包培根肉后，所分泌的，却多为可笑的幼稚可怜的迂腐可恨的愚蠢可恶的狭隘。我在曼城的最后一晚，凯伦推荐我看芭蕾舞剧《一九八四》。乔治·奥威尔的小说——我以为她在说英语至少杭州话上海话，能改芭蕾？所以该看呀，她有点情绪激烈地启发我道，你想想，用芭蕾舞表现历史上的疯狂……唔，那种疯狂我不陌生——可是，拉·佩治却插足进来，拽我和他的一帮朋友去了酒吧。我辜负了凯伦。拉·佩治是我的出版商和我这次赴英的始作俑者，但我犹豫之后随他而去，又并非不好意思对他说"NO"。我很清楚，他或他们，不论做什么，都只会尊重我不会勉强我。我没提《一九八四》，只因沟通太麻烦了，我若能把喝啤酒看芭蕾的选项理由分说明白，也就有资格替哈姆雷特解难题了。另外，我愿意在酒吧度过分别的前夜，也是我这个平时嘻嘻哈哈但一端酒杯就犯愁的人，很希望与拉·佩治这个平时少言寡语但一端酒杯就活泼的家伙，为于斯曼或者为我们都偏爱于斯曼，认认真真地干上一杯。此前做活动时，为回答读者某个问题，因为一时没从英国作家中找到例子，我曾让法国人于斯曼当过替补。已离世百年的于斯曼不是流行作家，在他母国，多数时候也锦衣夜行。这样，他一出场，我身边的翻译就有点磕绊，受她传染，场下的听众也磕绊起来。我冒汗了。是这时候，连汉语"谢谢"都说不利索的拉·佩治，却通过观察发现了问题以及问题的症结，他果断出手，巧妙插话，内行地替我清理了所有的磕磕绊绊。是在替我打圆场前，他一意识到我在表述什么，大大的眼睛便瞪得更大，颓着的腰板也挺了起来。他目光直视着我，仿佛在以诧异和惊喜向我通报，那个从未大红大紫过的法国名字，正是我俩臭味相投的验证密码：乔里－卡尔·于斯曼？他用英语的疑问句与我接头；乔里－卡尔·于斯曼！我用汉语的感叹句回他暗号。

在他们中，薇蔻和凯伦，使用"超现实"都只顺嘴一带，我以"嘿嘿"或"呵呵"那种在所难免的敷衍应对，并没什么不妥之处：噢，你这小说超现实主义；哦，我喜欢你这种超现实故事。而黑衣女士和拉·佩治，一个是在电脑视频前，一个是在摄像机下，把"超现实"夹在提给我的一二十个问题里正经八百地陈列出来，我再光"嘿嘿""呵呵"，就是轻慢工作乃至文学了。尽管，做访问前，分处伦敦曼城的他俩像受过同一家教化机构的培训那样，都体谅地指出：如果哪个问题你觉得敏感，会惹麻烦，不方便回答，就跳过去没有关系。可是，我若滥用体谅，去唬人家老外不识中国的数，说"超现实"便"敏感""麻烦""不方便"，那还不成臭无赖了：你好像特别喜欢运用超现实技巧，这是基于怎样的考虑？在西方作家笔下，超现实的写作只指向内心，可为什么，你的这类表达总与社会性问题藕断丝连？我不认为我的某些小说超脱或者超越了现实，不认为同系小说里虚有的什物，还有必要分门别类。在我看来，与这个规则通约的物理世界比，心理世界的法度再千差万别千变万化，也会因对于蹲着这种动作、蟑螂这种昆虫、猫这种动物、杀手这种职业的精当表达恰切演绎，而使得《蹲着》的屈辱、《蟑螂》的无奈、《变形记》的丑与恶和《最后一枪》的忠诚或蒙昧，成为我们最为现实的生存体验——哦，它们，我随手出示的这几个题目，除了在我英文小说集中各占目录的九分之一，再没什么特别之处：它们讲了为防范犯罪，城市居民必须按要求蹲着活动的故事；它们又讲了随着蟑螂的灾祸渐成顽疾，得过且过的人们与灾祸渐为朋党的故事；它们还讲了一只奴才猫终于涅槃为人，青出于蓝又胜于蓝地摇身变成主子的故事；它们更讲了一个杀手遵循着指令，一步步消灭自己的故事……

是的，它们现实，都是官能更易触碰的可靠的东西，是习见与常态，是会意与默契，是在与有，是方便指认的证据与适宜解剖的标本，如同普通到不论以哪种语言出现，都极度简单的"你好""谢谢""对不起"。可是他们，薇蔻凯伦黑衣女士拉·佩治们，为什么对它们，对我的小说，对我那些现实到可以熟视无睹的身边故事，却要冠名"超现实"呢？就好像，它们是哈姆雷特那亡父的鬼魂，是漫游奇境的艾丽丝或降妖伏魔的哈利·波特，是我这个英语世界里聋人哑人半盲人的伦敦踱步，是我在脑子里自行上演的芭蕾舞剧《一九八四》，是"巡视组""雾霾"那种既具象又抽象的流行词汇……

我短暂的英伦之行，已经迅速成为了过去，在这节文字结束的时候，我很想赘述两个插曲，以候教于帮我把现实视野拓展向超现实领域的英国朋友：

其一。几乎一踏上英国土地，我就隐约感到，有的当地人，是薇蔻凯伦以及出版社为我临时雇请的翻译还有偶遇的留学生等黄皮肤当地人，与我接触时，都多少有点莫名的亢奋——当然了，再自作多情，我也看得出来，那亢奋与我并无干系。但回国后我还是顺手破译了出来，他们在我面前没加掩饰的亢奋，是被即将盛装赴英的中国最高领导人夫妇给激活的。完全出于好奇，对照着新闻报道，我再次穿越被时区切割过的时间与空间。我不由也滞后地亢奋了一下：在我返程的飞机由西向东地掠过乌拉尔山脉时，国家最高领导人夫妇的专机，恰好自东而西地也正点卯那里，也就是说，在欧亚天空接壤的地方，嗖地一下，我曾和他们交臂而过。

其二。大约在我归国的二十天后，接到拉·佩治与萨曼莎的曼城电邮，除了祝福我平安归家，又问我，收到他们的稿费没有。不是大钱，我也眼开，本来电话就可以查询，我仍然屁颠屁颠地跑趟银行，去取号排队看人家新钞票般僵硬的脸子。没英镑进项，只有一笔凭空而来的日元，不速之客般添我的紧张：难道我出卖了钓鱼岛吗？好在拉·佩治与萨曼莎的又一封邮件追了过来，让我的自嘲没经由玩笑升华为癔症。他们歉意地做出的解释是，发稿费时，为方便我，本想特意兑换成我常用的币种，可一马虎，一随手，一想当然，就忽略了中国日本虽然都在东亚，又一衣带水，人模狗样也大体相同，尤其"鸡的屁"皆荣居世界的三甲之列，但货币，却并非名字都叫日元。

下卷　想象中的生活

童年经验

许多艺术家谈创作体会，喜欢强调童年经验。

经验是人的宝贵财富，没有能力提纯经验的人，约等于白痴。而在人的诸种经验范式中，童年经验尤其重要，它就像一架神奇的地动仪，不仅能帮艺术家从庞杂广袤中找到自己兴趣的震源，也能把普通人情感的震级测量出来。

但在许多人眼里，经验与经历是混为一谈的，他们说我小时受过苦，所以能理解劳苦大众，又说我小时在农村长大，所以对土地满怀感情。这不仅狭隘片面，还难以自圆其说。人人小时都尿过床，能以此开脱我们今天的随地吐痰乱扔垃圾吗？人人小时都受过家长言而无信的哄骗，能用它解释我们现在的没有诚信谎言欺世吗？我所说的童年经验，可以包括那些经历性的东西，尤其是与爹妈划清界限或一把火烧了学校图书馆这种特殊的经历，但这些经历，再特殊，也只是建筑经验的几块砖瓦。我说的童年经验，主要指精神层面的建筑结构。

　　童稚的心灵最简单也最复杂，简单在于，那上边什么都没有，你怎么往上刻画，那上边就能留下怎样的痕迹，并且那痕迹还允许你适当地修改增补；复杂则在于，那上边其实已什么都有了，是那种谁都无从意识但绝对五脏俱全的有，在一个人的成长过程中，恰好那已然存在的某个部分被不经意地淋了水施了肥，某个部分就茂盛起来，当然这个茂盛的部分，很可能特别的不值得茂盛，反倒是另一个更值得茂盛的部分，由于无缘经受水肥的问津，只能像根本不存在一样隐匿在暗处，只是，它的确又天然地存在着，无从磨灭不容勾销。这种简单和复杂，看似一个东西，其实又确实是两个东西，确实一个是简单的有意识的雁过留痕，一个是复杂的难以把握的朝花夕拾，是它俩共同构成了一个人的童年经验。一个艺术家此后的创作，不论怎样变动不居，花样翻新，都逃不开这个东西的框限，因为这个东西不是对作品的框限，也不是美学上的框限，而是对某个具体人的精神世界的整体框限。这与"性格即命运"的道理有点相近，也能反证，为什么一母生九子却九子各不同。

　　我这样说，好像有点故弄玄虚。但我真的不是故弄，如果它玄虚，那是它本身确实玄虚。其实，对所谓"童年经验"，我还有着更玄的理解，我坚持认为，人的经验本质上是人类共同的记忆，我们每个人的记忆，都可以从人类的远祖那里追溯而来，且受控于遗传基因及 DNA 密码的组合装配。可惜我生命科学的那套知识非常匮乏，有些东西我只能意会，却表述不好。

至于个别的经历怎样才能抽象为普遍的经验，我以为这问题解决起来相对简单。除开人有思想的能力，既然艺术家格外看重那个叫"童年经验"的东西，那我们去格外看重艺术家的作品也就准保有便宜可占。经由艺术反观生活，白痴也可能成为智者，艺术，是与宗教异曲同工又殊途同归的救命仙丹。当然，同样是水，零度的河水可以结冰，零度的海水却仍然涌动，这也是常识。

虚有

人由一堆实实在在的东西构成：皮肤、骨头、肉、脂肪、毛发……可又不尽然，在那堆实实在在的物质里，又有一些看不见摸不着的东西流动其间，并兴风作浪翻云覆雨，我们将其称之为精神。

精神来自哪里？我们一般把它视为灵魂的出产，可灵魂呢，它又是个什么东西？显然，这二者皆为虚有之物：你说它有它却无，你说它无它却有。据说，有人曾以十足荒唐的方式称量过灵魂，还给出了一个三四斤左右的具体分量。我不知道相关部门是否公证认可了这一"科学"成果，但在我看来，这世界的宽厚与丰富就在于，它既允许物质性的实在存在，也允许精神性的虚有存在，以计算实在的尺子与秤盘去考量虚有，根本就是文不对题。

实在与虚有相伴而生，就像庄稼与上帝比肩共存一样。没有庄稼人会饿死，而没有上帝……蛇足一句，作为一个没有信仰的人，我这里提及的上帝与宗教无关。

实在肯定先于虚有，涵容虚有，因为虚有必须出之于作为实在的人的精神活动；可虚有的精神有一个价值非凡的特点，即它的活动能够分泌虚有，而某种意义上，这个虚有是完全可以反过来再先于实在与涵容实在的。比如，上帝是实在吗？我以为，如果是，它也只能是一种虚有属性下的实在，因为它首先是人类的精神活动创造的虚有。那么，虚有的上帝又何以如此神奇地覆盖与统摄了人类这个实在呢？我不是要把一个"我思故我在"式的命题导上诡辩的逻辑轨道，我想引申的，其实是虚有世界里上帝之外的另一个奇迹：小说。

小说的确是个奇迹——我这里指的不是物理文本，而是观念文本——它置身实在世界而又怀抱实在世界，就像荷兰画家M·C·埃舍尔那些以"缠绕的层次"画出的"怪圈"。本来小说由虚有孕育，幻觉与想象是它的羊水，虚构与悬拟是它的胎盘，可随着它的呱呱坠地，它所呈示的独立的虚有世界，竟可以与实在世界彼此呼应，互为镜像，相辅相成，并能以一己无形之躯，为无际无涯的实在世界提供栖息之所。想想吧，即使卡夫卡的《城堡》与《审判》只是一粒沙或者一滴水，那渺小的沙粒与水滴中，是不是也足以盛装我们所有人的生命与生活。

实在世界是刻板、粗鄙、窒息的，为此我们需要松弛、超逸、自由的虚有世界；也正因为有一个虚有世界庇护着我们，我们才能滤掉实在世界的忧烦苦痛，从中汲取妙趣作为给养。

生活

　　这次为"短篇王"选择小说，我想了很多。短篇小说因其精粹，更强调文学的纯度与力度，可在当下的文学舞台上，短篇小说似乎只能唱配角，这不免让人有些惴惴，据说，导致这种不景气的原因是短篇小说"容量有限""没有生活"。对这样的说法我不能苟同，而且我认为，这种观念的形成，也并非仅仅源于不同的人对"容量"与"生活"的不同理解。我知道，以一套甚至几套"短篇王"来拯救危局于事无补，但它的存在，则肯定有助于文学天地里的正本清源。就此，我愿意借这机会说说"生活"的话题。

　　每个人都以自己的方式创造自己的生活——主动的或被动的。求学、恋爱、打工、写作、养家糊口……在经验上述这些事情时，不同的方式可能导致不同的结果，也可能导致相同的结果，孰好孰坏，很难妄下定论。

我写小说。谁都知道，写小说不同于修梯田或者炼钢铁，因而，我的方式比较简单。这些年里，我除了从事一份固定的工作以保证基本的日常消费，其他时间，就是在家里读书和写作，玩牌和聊天。偶尔也去别的城市，或长或短地住上几日。可住在别的城市，习惯并不改变，也还是读书和写作，玩牌和聊天，只是前两项与后两项所耗时间的比例颠倒了一下：在家时，是五比一；在外边，是一比五。大体如此吧。于是，有些熟悉我的人感到了忧虑，他们提醒我：你离生活已经太远了。

这是一个大问题。

没有生活就没法写作，这是对小说家而言。其实抬杠点说，哪个人都算上，活着本身就是生活。说一个人远离了生活，差不多就是说一个人临近了死期。我不抬杠，我也知道，批评我远离生活的熟人也没想抬杠，尽管他们认为修梯田和炼钢铁更"像"生活，可也不再视"生活无处不在"的理论该杀该罚了。这就好办了，我们说的，都只是生活之于小说或小说之于生活。

生活的概念，就像生活本身一样暧昧不明，如同把"to be or not to be"翻译成"活着或者死"，很难说就道尽了哈姆雷特的复杂思想。我所说的，也只能是大概。我理解的所谓生活，可以生硬地划出两大块来，一种叫世相生活，一种叫性灵生活。这两种生活，是密不可分休戚相关的，恰似呼吸与心跳：如果你的呼吸没有了，你的心脏很快也会停止跳动；同样，如果你的心脏不再跳动，也就谈不上呼吸了。当然，它们二者的多少富贫并不成比例。前边我说过，每个人都有自己的方式，如何经验世相生活，如何经验性灵生活，如何在世相生活中渗透性灵生活又如何在性灵生活中渗透世相生活，这因人而异，无成规可循。

每个小说家都有不同的创作追求，不同的创作追求训练了迥然有别的目光眼力，而迥然有别的目光眼力又提供了天悬地隔的理解与发现。

不知从何时起，也不知因为什么，我们的小说被固定在了题材的案板上，整整齐齐地切成了若干块：有的大些，有的小些，有的以大含小，有的以小衬大，但一概条理清楚。一旦你的小说不属于那若干块之一——比如，你说我的小说写了一个人自愿被关在笼子里表演饥饿，人们问你是不是控诉资本主义，你又说不是——那么，没有生活的指责就会随之而来：胡诌八扯嘛！人们似乎只认可工农商学兵的生活，公检法政医的生活，当然是穿上互有区别的服装，做着彼此相异的事情时的生活。而这些人若集中在澡堂子里，除去了外在的身份标记，以雷同的动作搓泥球时，他们那毫无干系的所思所想、所恨所爱、所作所为便不再是生活。这真可怕。因为后妈虐待吃不饱饭是饥饿,而单纯的饥饿本身已经不是饥饿了。还有,人们评价小说好坏的标准,也与这个急功近利的时代特点相映成趣,似乎药品说明书才是最好的小说:一日三次,每次一至二片,孕妇忌服。写股票题材的小说,要教会人们如何弄潮于"牛市""熊市";写消防题材的小说,得指导人们如何登高上房;写反贪题材的小说,该帮助人们提高如何伸手又不会被捉的技巧。在"生活气息浓郁"这样一个不伦不类的判断标准下,拙劣虚假的风景描写与投机取巧的民俗介绍大行其道,好像这样一来,"傻×"、"呆×"与"雄起"就不可同日而语了。至于小说家真正需要关心的人的灵魂,因其看不见也摸不着,被名正言顺地排除到了"生活"之外。于是,在这样的小说理论中,某些小说家便成了胡编滥造的欺骗者,成了痴人说梦的谵妄者,成了无病呻吟的自淫者。比如我。

我是一个要把小说写作当成一生的事情来做的人,对于小说与生活之关系这样一个大问题,我不能没有自己的思考。在我看来,我们读过的所有伟大小说都能证明,小说只与小说家的性灵生活有关,而与世相生活无关。我的意思不是说小说家有权闭目塞听。恰恰相反,小说家的眼睛应该永远警醒,且可以透过一线窗缝将无限风光尽收眼底;小说家的耳朵应该永远机敏,并能够由一丝虫鸣把山崩海啸悉归耳畔。我的意思是,世相生活提供给小说家的，是与修梯田的农民炼钢铁的工人并无二致的生存境遇，一个没有修过梯田炼过钢铁的小说家能否在梯田与钢铁的背景上做好文章，这只取决于他的性灵生活。小说家写作小说，不是因为受到了梯田与钢铁的诱惑，"沸腾的××生活促使我拿起笔来"的说法，只是非小说家的欺人之谈。渴望倾诉并热爱文字，这才是小说家写作小说的全部理由。至于小说家写到了梯田和钢铁，那只是因为梯田和钢铁能够最大限度地拓宽他的虚构空间和舒展他的想象翅膀，更适宜于折射他对这个世界的理解与发现。性喜冒险的海明威不是为了写小说才投身战争，疾患在身的普鲁斯特也不是为了写小说才深居简出。他们的世相生活方式，是由他们的性灵生活品格所决定的。对于一个小说家来说，他感兴趣的不是机器怎么转，镰刀怎么磨，子弹为什么会出枪膛。如果需要，这样的事情即使只"浅入"，他也能够弄懂学会。对于一个小说家来说，整个人类所面对的共同问题，才是他需要穷极一生去"深入"其间的：比如痛苦、比如幸福、比如责任、比如背叛、比如信仰、比如绝望、比如仇恨、比如爱……而这一切，皆源于他的性灵生活。至于小说家借助怎样的布景与道具来剖解呈现他的小说世界、他笔下的小说最终将达到怎样的高度与境界，那就是另一个话题了，那应该由小说家的才华、技巧、人生经历及情感体验来做出回答。

当然了，如果小说家有兴趣也有可能，他尽可以介入五行八作，遍历名山大川，尽享世相生活的林林总总。我想这至少不是坏事。但是我，我知道我没有那种可能，即使有那可能，也不一定会有兴趣。我身体之外的这个庞大世界，除了让我恐惧和压抑，别的什么都没有给我，我对它避之犹恐不及。现在，我能以我自己认为高尚和快乐的方式，嬉戏在我自己的丰富之中——读书和写作，玩牌和聊天——这足够了。我是为了生活而写作，并不是为了写作而生活。

有小说的生活

1

我是一个脆弱敏感的人，惧怕伤害，自珍自怜。当我读过了一些书，经过了一些事，我发现，像我这样的人，要想恰如其分地把我的肉体生活与精神生活维持下去，过一种有小说的生活比较合适。

所谓有小说的生活，包括了两个方面：一方面是读小说，一方面是写小说。也就是说，在我的主要生活时间里，物质的我应该以独处的形式存在，而精神的我，则要么与加缪、卡夫卡、博尔赫斯（我最近正在阅读的小说家的名字）为伍，要么与青青、小小、余一（我最近正在写作的小说中的人物的名字）结伴。只有这样，我才会感受到较为踏实的快乐和幸福，甚至严重一点说，这也为我还有必要活下去准备了一条堂皇的理由。

生命的一次性，决定了一个生命个体所承载的东西非常有限。几乎从少年时代起，我就渴望把我的生命与文学结缘，老天有眼，它成全了我幼稚的梦想，使我得以在今天过上了一种有小说的生活，我感到满意。我现在想的，只是在读小说时，如何能读出来更大的乐趣，在写小说时，如何能写出来更强烈的快感。而其他，那些影响我读好小说和写好小说的干扰因素，我会对之采取一种虚无主义的态度，尽量视而不见，听而不闻。

我这样讲话好像很矫情，好像我是在把自己打扮成一个超凡脱俗的清洁圣人。其实不是那么回事。我是个男人，我的欲求没有止境。金钱美女，锦衣玉食，我都喜欢。但我知道什么更重要。我的意思只是，在我个人的生活时空里，只要有了小说，我就不会感到匮乏。如果在有了小说之外，我得以又拥有了别的我所需要的东西，那就算是我偏得了。因为我觉得，别人的小说也好我的小说也好，本身就是一处处可以容我任意畅游的完整世界，其间所呈现的生活情状，是我们借以生息繁衍的这个当下世界所无法提供的。它能使我获得更高级、更真实、更有力量也更意味深长的审美愉悦。至于这个世界是雄浑广袤还是纤细狭小，那就无所谓了，只要它对我来说亲切、神秘、怪异、感伤……也就够了。我相对比较容易满足。因而，在我看来，那种有小说的生活，不啻是一种完美的生活。

当然我也非常清楚，不论选择一种怎样的生活，都离不开起码的物质保障，即吃穿住行等实际问题的基本解决。这些我都想到了。所以我的前提是，我所过的那种有小说的生活，是设置在弗吉尼亚·伍尔芙的"一间自己的屋子"里的生活。另外，我也不是一个寡见薄识的井底之蛙，我知道小说之外的世界有多辽阔，小说之外的物事有多丰饶：比如贝多芬的音乐或罗丹的雕塑，比如欧几里得的几何或爱因斯坦的物理，比如希特勒的战争或斯大林的权力……他们都可以认为自己的生活妙不可言，这与我并不矛盾。在这里，我说的是我。

2

有小说的生活，是一种道德的生活。对小说的阅读和写作，是高度个人化的内心体验，来不得半点粉饰与虚假。我读了，写了，从而享受到了读写的快乐，那是我自己的事情。同样的道理，我也读了写了，可我没享受到其间的快乐，那也是我自己的事情。这是精神自食其力的典型个案。在这个精神自食其力的春种秋收过程中，我用来灌溉心灵的，不是权谋，不是贪欲，不是附庸风雅，不是人云亦云，甚至都不仅仅是技巧。我需要的，是我的智慧和诚实。智慧和诚实通向美，通向真实，通向真理。

有小说的生活，是一种理智的生活。我不知道别人都怎么看待自己和自己的同类，反正在我的视野里，混乱和盲目几乎控制了这个世界。而小说的妙处则在于，它从来都不是一个社会的主流话语，因而它会远离教化、远离承诺、远离表白，也即远离谎言。它和蔼可亲而又高高在上，目光透辟，条理清楚，就像一面最难于污损的镜子，无情地照耀出我们每个人自身的邪恶与善良，使这个世界和世上之人都真实化，实际化。一旦站到了这样一面真实并且实际的镜子前边，我们便能发现：原本我们视若泰山的，其实轻如鸿毛；原本我们弃如弊屣的，其实价值连城。我们也由此才得以重新认识那些被扭曲了的词汇及其含义：责任、良知、爱，背叛、轻蔑、恨，还有同情、怜悯、痛惜、厌恶……

有小说的生活，是一种自由的生活。渴望自由是人的天性，谁都懂得肢体被缚的滋味不好。事实上，肢体之于自由，只是束缚的一个皮相部分，只有当自由属于心灵，当想象力得以最大限度地驰骋的时刻，才是彻底获得解放的时刻。我读或者我写，我驾驭的不仅仅是文字，我创造的不仅仅是故事；我读或者我写，我本身即成了我所需要的最实际的上帝，我得以主宰世界，挥斥宇宙。真正的自由不在身体之外，它是身体之内感觉上的财富。有了自由，才能有梦想，有了梦想，才能有创造。博尔赫斯直到六十多岁才开始他的第一次婚姻，可是结婚不久就又离婚了。当他对人谈起他对前妻的看法时，遗憾地说：她从不做梦。

有小说的生活，是一种积极的生活。阅读和写作小说，不仅是一项诚实的劳动，更是一项积极的劳动。在一个欺世盗名和巧取豪夺畅行无阻的时代里，诚实的劳动已属难能可贵，它是不同流合污的一种标志。但是，积极的劳动则在反抗堕落的同时，还能尽可能地使人的生存态度趋于端正。读写小说，不一定就能使灵魂获得最大限度的提升，但它肯定能把功利的欲求控制在最低点上。因为小说所具有的功用，毕竟只是一种无用之用，即使某些读写的确是一种夹带私货的目的性读写，它在总体品格上的纯洁性也不容抹煞。小说既不是知识也不是工具，它从来都只与人的精神领域搭界。远离俗世，排斥私欲，这才是它的本质特点。所以，如果说诚实的劳动可以使人有所依凭、获得救助，那么积极的劳动，则能使人最终寻来意义、找到信仰。抽象的理想也许最为具象。

……

3

我知道，有小说的生活，对我来说，套句广告用语就是：

味道好极了。但是我更知道，我用我的整个身心去享受那种有小说的灵化的生活，并不是为了作茧自缚，而是为了更好地去享受那足以包容小说包容一切的物化的生活。在那样一种生活里，我的爸爸妈妈，我的兄弟姐妹，我的爱人朋友，会像加缪卡夫卡博尔赫斯一样重要，会像青青小小余一一样重要，甚至——应该说肯定，会比他们还要重要。

北村写过一篇文章，叫做《爱能遮掩许多的罪》。在那篇文章的开头，北村写道："活着比写小说重要得多，因为不是写小说使人活着，也不是吃饭使人活着，更不是造爱使人活着，真正的现实主义解决存在的问题。"

过一种有小说的生活，说到底，只是存在的方式之一。

绝望的写作

几年以前，在我读到卡夫卡那段话的前后，我的确很绝望。

大概是从一九九一年初开始，颈椎病的突然加重使我苦不堪言。酸麻疼胀的不再只是脖子，左小臂也不依不饶地向我发难，而且整个后背那种无以言说的不适感让我畏惧一切需要采取坐姿的活动：喝酒、玩牌、开会、阅稿、聊天，当然更包括读书和写作。很长时间里，我没法不想到一些可怕的字眼，偏瘫、萎缩、强直、坏死这样悲惨的结局好像是摆在我面前的下一级台阶，把那只已经抬起来的脚放上去是我唯一的选择。我知道颈椎病是许多同行的职业病，但似乎我这病严重得有点不近情理，医生甚至声称我这是六十岁的症状。我想我完了。我刚刚三十出头，我还应该再写三十年的，可是这个倒霉的身体却采取如此不合作的态度，真像一个脾气乖戾的性爱伙伴。可能就是在这个时候，我读到了卡夫卡的那段话：

"我这么写，肯定出于对我的身体和有关这个身体的未来的绝望。"

卡夫卡是个苍白清瘦的幽闭男人。好多年里，他一直身体不好，精神忧郁，只在世间存活四十一年。卡夫卡活着的时候，小说没有给他带来金钱和名望。但是对于小说的写作他始终精益求精，甚至在他临死的时刻，他所关注的也只是他的遗稿，他希望友人将它们焚毁。

与卡夫卡结识至少有十年以上的历史了，可我一直也搞不明白，这个孤僻而又脆弱的终生未婚者，他的写作图的是什么。事实上，任何一个作家都无法回避这样的问题：为什么写作？我断定每个作家都曾深入而且反复地考虑过它，只不过，并不是每个作家都愿意让别人了然自己的真实答案。记得我读到过一本薄薄的小书，它的名字就叫《世界100位作家谈写作》。那一百位当代亚非欧美的大小作家们关于"为什么写作"的回答五花八门，其间不乏入木三分的真知灼见和诙谐风趣的隐词妙语。可不知为什么，那些精彩的表述常常在我大脑里变得杂乱无章，只有后来从卡夫卡的日记里找到的这句朴实无华的自言自语，才让我总是难以忘怀。

"绝望"是一个令人悲观的词汇，它是人类所独有的一种感受。在生活中，我们总是贴近希望而远离绝望。但是绝望实在不是一个可以招之即来挥之即去的妓女婊子，绝望是我们腹中的食物和枕畔的情侣，在与它的相伴中我们才存在。对于绝望的关注是对于终极的关注。

人在这个世界上，本质上是个弱者。人越是能够充分地认识自己和认识自然（或者通过宗教，或者通过科学），他的弱小无助也就越加明显。他要面对地震洪水这样一些外部灾难，更要面对生老病死这样一些内部祸患；他得迎接战争击打经济困扰和政治迫害这样一些人为事端，更得经受权力丧失财富匮乏与性欲无法满足这样一些身心折磨。就一般意义来讲，列夫·托尔斯泰的论断已经得到了广泛认可：幸福的家庭都是相同的，不幸的家庭各有各的不幸。但深入推敲，我们得允许托翁提供的是不完全真理。一个日进斗金的家庭和一个吃了上顿没下顿的家庭的幸福可能南辕北辙，一个儿女成群的家庭与一个翁婆相伴的家庭的不幸也许并无二致。换一种说法应该更为准确：幸福的人各有各的幸福，不幸的人肯定有相同的不幸。那么什么是相同的不幸呢？爱的消亡，死的威胁，善的沦落，真的泯灭……相同的不幸导致了相同的绝望，而相同的绝望又宣示了世界的荒谬与无意义。

基于此，我们似乎没有了讨论小说的任何理由。

但是且慢，我们得承认这样一个事实，那就是人类的生存不需要理由。

古希腊有这样一则神话。半人半鸟的海妖塞壬用迷人的歌声诱惑航海者，使肩负使命的航海者们每每在情醉神迷之际丧失理智，驾船触礁，溺水身亡。希腊英雄俄底修斯听从一位女巫的建议，用蜡封住了同伴的耳朵，让同伴们把他绑在粗大的桅杆上。这样，他成了第一个听到塞壬的歌声而没有死去的航海者。海妖塞壬因魔法失效而在绝望中变成了岩石。在这里，塞壬的恶毒、残忍、诡谲、狭隘，全都一目了然。但是加拿大女作家玛格丽特·阿特伍德却在她的短诗《塞壬的歌》里告诉读者，塞壬之所以总是唱这首"能置人死地的无价的三重唱"，是因为她渴望自由和新生，她是要用这首"具有不可抗拒的魅力的歌"呼唤世人向她伸出援手，她的歌"实际上是呼救：救救我！"从阿特伍德笔下的塞壬那里，我们其实也听到了人类的歌声。

只有有人听到了塞壬的歌唱，塞壬才有获救的可能；可是听到塞壬歌唱的人又必然会死掉，所以塞壬还是不能获救。这是一个不可调和的两难结果，它与人类的置身绝望又要向绝望抗争毫无差别。或许，这则被阿特伍德解释过的古希腊神话，是对前路渺茫的人类还得存在下去的唯一解释。绝望令人悲观，但悲观并非必然指向虚无。绝望既然是从希望之中脱身而出的，那它在终结了旧有的希望以后，也就总是要设计出新一轮的希望供我们憧憬。就此我们可以断言，小说赖以存活发展的依托，是而且只能是人类世代生息繁衍的本能。

现在我们有理由和小说邂逅了。

事实上，绝望潜伏在每个人身上，享用它并不只是小说家的特权。某一部具体的小说选择了某一个具体的小说家作为它诞生的产道，还因为小说家持有了那把叫做技术的助产的钳子——当然这是另一个话题。我现在要说的，只是在一个人类苦难高度专门化的时代里，小说家要通过个体经验的呈示，来拨动整个人类的心弦，他最基本的沟通法则只能是使他的心灵与他人的心灵息息相通，休戚相关。前面我们说过，相同的不幸产生相同的绝望，但我们不应该忽视，相同的绝望也会使观照者与被观照者得以更便捷地对视、互感、贴近和融合，由此小说才能成为人类精神的耀眼折光。人类存在下去的唯一条件，是有一颗强壮的灵魂，小说所肩负的，恰恰就是这个强壮灵魂的悲壮使命。

司汤达在动笔写作《红与黑》那年，几乎是发疯般地连续六次立下遗嘱，绝望使他活下去的勇气已经细若游丝；劳伦斯帮助身患癌症的母亲喝下掺有吗啡的牛奶（母亲于三天后死去）以后，彻底坠入了精神的深渊，《儿子与情人》是他绝望中的救命稻草；川端康成虽然获得了诺贝尔文学奖这样巨大的荣誉，可是纯美至美的可望而不可即，还是逼使着他把致命的煤气管含在了嘴里……在我的阅读范围里，好像优秀的小说家都是绝望这艘挪亚方舟上的幸存者。但正是他们，在西西弗斯滚石上山式的劳动中获得了意义和希望，他们创造了于连·索黑尔、创造了查泰莱夫人、创造了伊豆的舞女……使我你他们，都看到了自己的存在，于是，他们，司汤达劳伦斯川端康成们，又成了挪亚方舟上的救生员。

我不知道意大利小说家伊塔洛·卡尔维诺有没有传记，即使有，我断定从他的历史中，也难以找到与司汤达劳伦斯和川端康成们相近的痕迹。我对卡尔维诺的了解十分简单，在我对他粗浅的认识里，我敢肯定他是一个乐观的人——至少表面上会是这样。卡尔维诺的父母都是搞农艺植物的科学家，他从小受到大自然的陶冶，热爱一切生命。由于少年时代便身受了第二次世界大战的风风雨雨，从大学时代起，他就热衷政治，不论办报纸还是搞出版，都是积极分子。他曾经在意大利共产党里待过二十多年，他曾经兴趣盎然地在小说写作的高峰期花费大量精力收集整理编写出版了两卷《意大利寓言故事》，他的行文风格始终以流畅、明朗、舒展见长。我想，不管从哪一个角度来观察卡尔维诺，他都应该是一个与"绝望"没有瓜葛的人。可是，顺着卡尔维诺的笔和心看下去，我发现我差一点犯了一个以貌取人的错误。当我读了他的《阿根廷蚂蚁》、《我们的祖先》三部曲、《寒冬夜行人》、《帕洛马尔》这样一些风格各异的小说以后，我感悟到卡尔维诺的绝望绝不比司汤达劳伦斯川端康成们更微弱渺小。卡尔维诺的绝望是一个在刀刃上表演的舞蹈，比较准确的解释应该接近于对"黑色幽默"派小说的形容：含泪的微笑。顺便说一句，在我对卡尔维诺有限的阅读中，我认为"在树上攀援的男爵"柯希莫，应该是绝望家族中的杰出典型。

从对卡尔维诺的理解中，我再一次验证了那个在霍桑、福楼拜、普鲁斯特身上更容易验证的譬喻：有个人胳膊折了，可是伤愈以后，他几乎连失去胳膊的不便都少有感觉；另一个人只是在手背上划了一个小口，甚至连血都没淌，可是此后一生，那个小口始终以越来越强烈的精神的疼痛影响着他。我想，真正的小说家，肯定就是那个为手背上的小口疼痛永世的人。

现在，我们又可以重新面对卡夫卡了："我这么写，肯定出于对我的身体和有关这个身体的未来的绝望。"

卡夫卡悠远的声音让我为之颤抖。我终于明白了，认同卡夫卡这件事情，跟我身体的疾患已经没有了关系，我不应该愚蠢到把病理解剖当成精神标尺的地步。如果那样的话，倘若小说写作者卡夫卡长命百岁并且身强体壮，难道我们还得去删改他那颗敏感博大的心灵不成？从那悠远的声音里我听得出来，孤独的卡夫卡并不是在顾影自怜地唉声叹气，他是在啼血进泪地向他的同类大声疾呼。卡夫卡不仅把他自己的心灵与肉体看成了人类这棵大树上的一株弱枝，更把自己看成了人类这棵大树本身。为这棵重病在身的病树赎罪与受罚，便是挣脱绝望获得拯救的唯一途径。毫无疑问，这是一项孤独的事业，这是一种终极的追寻，它所包容的庞大的悲悯、坚韧与爱，也即是一个小说家、一个人最宝贵的信与诚。而就我个人来说，在有了如上的思考以后，我明白了颈椎病在我身上，其实完全是一件微不足道的事情。对于一个严肃的小说家来说，绝望，从来也不是心灵以外的冠冕或赘疣。绝望的写作，只能属于恒久地向存在致以祝福的人。

说谎者说

有一个放羊的孩子从山里跑出来，他向村里的人们大喊大叫"狼来了"。村里的大人们拿上武器冲上山去，可是看不到任何狼的踪迹。原来这个放羊的孩子跟村里的大人们开了个玩笑，"狼来了"只不过是一个把别人骗得一阵阵紧张一阵阵不安的小小谎言。后来，这个放羊的孩子一而再再而三地重复这个渐渐变得无聊起来的恶作剧，终于使人们因看穿了他的把戏而不再上当。直到有一天，山里边真的有狼出现，这个放羊的孩子再喊"狼来了"时，没人相信了，于是这个放羊的孩子只能十分无助地被狼吃掉。

这是一个老掉牙的训诫故事，被一辈辈的大人们挂在嘴边讲给孩子们听。其实这个故事并没有完，后来的情形只有我知道。

那个放羊的孩子没能被狼吃掉，经过一番孤身苦斗，他侥幸逃出了狼口。他躲在家中疗治创伤时，感到羞愧难当。不过他是一个有点特别的孩子，他的羞愧并不是因为自己说了谎话，而是为自己的谎话不再让人信以为真而自怨自责。他决心以后要把这个让人紧张让人不安的游戏玩得漂亮一点，因为如果放弃这个唯一的消遣，他实在无法忍受山村里代代如此的乏味生活。于是，待他伤口痊愈，作为一个牧羊童重新上山后，他又乐此不疲地制造出了一个又一个新的骗局，津津有味地与他的父老乡亲们戏谑玩笑。有时候他雇一个人喊狼来了，有时候他又告诉人们是山洪来了或者其他什么野兽来了；有时候他做一点手脚，让人们感到一株老树正在显灵，有时候他又设一些机关，使人们发现某一块巨石原来是妖怪的化身……他那些花样翻新的骗术谎言，令他的父老乡亲们防不胜防，甚至那些欺诳也随之产生了魔力，人们尽管对之将信将疑，可全盘接受终归成了大家的重要选择，并且，人们还从那戏谑玩笑中看到了严肃，得到了启示，触到了生活和生命的本质。到后来，放羊孩子那种善意的说谎行为演化成了一种有趣的职业，父老乡亲们无可奈何地说，就管他叫小说家吧。

说谎肯定是人类的必需之一，它大概只比食欲和情欲略逊一筹。耶稣面对要用石头砸死妓女抹大拉的人说：谁敢说自己是无罪的，就请投掷第一块石头吧。我们套用这个句式，可以这样发言：谁敢说自己没说过谎话，就有权力否定小说存在的意义。没有人向抹大拉投掷石头，同样，也不会有人否定小说存在的意义。当然，白痴除外。

说谎之所以会成为人类的必需之一，这是由人的社会性决定的。当鲁滨孙只身一人的时候，他无须说谎；可是一旦星期五出现了，他至少要做好制造谎言的心理准备。亨利·詹姆斯有一篇小说就叫《说谎者》，一个不愿说谎的女人，为了保护说谎成性的丈夫，自己也变得不诚实起来。一个孩子会说谎，一个情人会说谎，一个领袖会说谎，甚至一个母亲也会说谎。尽管这样的谎言对比骗子的谎言，政客的谎言，挑拨离间者的谎言和卖身投靠者的谎言，可能更出之于爱，出之于善良，出之于热情的勉励和美好的期望，但这所有的谎言毕竟把人类定性成了说谎动物。

那么，既然谎言成了每个人的食粮和性器，是不是每个人也就都能成为小说家呢？我得说不。也许每个人都有成为小说家的基因，但要把生活的谎言转化为小说的谎言，至少有一个问题需要解决，那就是对于谎言的功利因素的强化或削减。小说谎言是一种剔除了功利杂质的纯净的谎言，而生活中的其他谎言，为了讨好或者为了求爱，为了买官或者为了敛财，为了征服或者为了统治……其功利色彩全都昭然若揭。事实上，两类说谎者天悬地隔，根本不可同日而语。在一切说谎者的成就之中，不管是床头枕畔的鸡鸣狗盗，还是国脉民命的天人之际，只有小说谎言是对一种整体存在的大关注和大呈示，能够升华为具有人本意蕴的艺术作品，而它的终极指向，是超越任何谎言的真实和真理。所以说，当小说家进入小说话语时，他也就成了人群中最高贵的说谎者。

高贵的说谎者也是幸福的说谎者。当一个人依靠谎言蒙蔽了他的同事、蒙蔽了他的领导、甚至蒙蔽了他的亲人，从而获得好处时，其时他已经没有幸福可言。当初他所付出的阿谀和伪装，此时必然使他虚弱的灵魂隐隐作痛；为了他的谎言不被戳穿，他只好用新一轮的阿谀和伪装来彻底糟蹋他为人的资格。这样的说谎者是自寻烦恼的说谎者，是自找毁灭的说谎者。而高贵的说谎者则是一种堂堂正正地与整个世界勾连和较量的人，他以自己的诚实解剖这个世界的肢体，展露这个世界的内脏，从而帮助他的同类进入真实的境地，更加清醒地生活。因此，在这样的意义上我可以断言，贫寒而短命的爱伦·坡，忧郁而孤独的卡夫卡，寂寥而失明的博尔赫斯……都是幸福的。

做一个高贵而又幸福的人真好。我想，既然无法不做一个说谎者，那就选择做一个小说家吧。

小说阅读一得

美好的愿望一旦越过局限，就会走向反面。好听点说叫做幼稚，难听点讲就是荒唐。现在小说已经不再产生轰动效应了（我没有包括所谓"陕军东征"似的商业行为），作者和读者也已经都能相对的纯洁起来了，我想这是该同喜同贺的事情。这就好像猫重又开始了捕捉老鼠，生育的目的终于跳出了"养儿防老"或者"养儿防修"的圈子，而只为性生活的稳定和正常去结婚也可以不再算是错误。其实砖头和瓦块，齿轮和螺钉，都是不一样的，既不能互相取代，也难以断出优劣。各司其职是合理运作的规则。

小说渐渐地各就各位了，不同的小说迷住了不同的读者。这顺理成章。我以为，好的小说应当是非理性的，而好的小说读者则应该是理性的（当然我的意思并不是指如下一种理性阅读：一个罪犯在交代他的犯罪动机时说，我是因为读了某某小说才去杀人放火强奸妇女的）。所谓雅俗共赏，所谓兼收杂容，那大多是外行糊弄外行的外行话。小说可不是一碗黏黏糊糊的八宝粥。

还说阅读。也许我能算是一个好的小说读者。不过我得先申明一句，某种不可更改的客观存在，多少模糊了我的读者形象。作为一个小说读者，我同时又兼任了小说作者，这样一种双重身份，使我的阅读有功利的嫌疑。好在我还善于摆脱作者角色，换副嘴脸去说读者的话。

阅读小说是为了什么，不同的读者有不同的回答，罗列出来将成千上万。现在我要说的只是我的想法。我尽量把它表述清楚。

我最初的阅读只是单纯的消遣，随便一个什么故事，不管它有趣美妙还是乏味拙劣，都能像电视那样帮助我打发时光。后来我的阅读就多了点理智，让欣赏的成分进入了视野，什么字呀词呀句子呀段落呀，对叙述结构之类的都有了点判断。到了现在，我的阅读又复归为简单，如果必须用一句话来给予概括，那我只能说，阅读小说，就是为了唤醒我心中的不安。

事实上，即使是最贫乏的阅读体验也不难证明：不安是一个宽泛并且含混的概念。谁都知道，一本小说，它对于阅读者的不安情绪的唤醒，会因阅读者经验、阅历、趣味、要求、知识结构和脾气性格等诸因素的差别而呈现出迥异的形态；不安的感觉作用于不同的人时，有的时候大同小异，有的时候殊途同归，有的时候还会南辕北辙。而从另一个角度来看，在读者的反面，在文本的那一端，一桩悬案、一次事故、一个人的命运，所谓疑痕点点关卡处处曲径通幽柳暗花明的种种机妙，不全是制造不安的上好作料吗；至于在一次次的阅读中，或感到筋疲力尽，或感到心虚气短，或不敢暗夜行路，或忧虑生离死别，就更属于不安的直接佐证了。不过这些症状并不是我要说的不安。

八年以前，马原写过一篇短文叫《被误解的快乐》，里边讲的一个故事折磨了我八年。有一个路人满怀幽默地逗弄疯子说，你行个礼我给你二分钱。那个靠行乞为生的疯子没有犹豫，他马上行礼，并且问路人再行一个礼是否还可以得到二分钱。此后马原做了许多的分析，但我忘记了分析我只记住了故事。我更关心的是，在那个疯子第一万次行礼第十万次行礼和那个幽默的路人第一万次掏出二分钱第十万次掏出二分钱时，我将会看到怎样的情形。当然这跟八年以后长了工资增了收入没有关系。对我来说，疯子和路人的故事异常复杂，是一部使我不安的精彩小说。只要我一闭上眼睛，构成这部小说的技术和思想便都会跳跃起来。我能看到的不仅仅是疯子和路人的动作表情，我更能看到疯子和路人心脏的节律以及思维的旋转。我能看到：疯子在卑琐地行礼，路人在高贵地掏钱；疯子在从容地行礼，路人在颤抖地掏钱；疯子在傲慢地行礼，路人在绝望地掏钱……你就往下看吧，这部小说肯定是一座找不到出口的圆形迷宫。读这样的小说，你根本就不必纠缠结尾，它的逻辑只对"第二十二条军规"负责。只要你仍能感受到不安，哪怕你读过的小说已经失去了踪影，你也并没有把它最后读完。你和它就算是结了缘了。可一旦不安在你的心里边消逝，尽管这部小说可能正被你捧在眼前，但事实上它已经远你而去。我只好对你说你们无缘。

看看，阅读的不安是不是的确让人不安。

还有呢，一个莫名其妙的审判故事能使人不安，一个被橡皮不断涂抹的暗杀与保护的故事能使人不安，一个叫韦克菲尔德的男人的故事能使人不安，一个叫莉姬娅的女人的故事能使人不安……但是它们都已名花有主了，它们属于卡夫卡格里耶霍桑和爱伦·坡。那么我该如何写出让人不安的故事呢？就写马原设计出来的疯子与路人吗？（坏了，说过我要摆脱作者角色的。要记住，我现在只是一个被阅读的不安搞得心脏已经有了毛病的小说读者。）

看得见的城市

小说是城市发育的结果，城市为小说的发育提供了理由。

我喜欢城市。

每每放眼打量世界，对更为自然质朴的山川风物或农牧风光，我的感觉常常迟钝。也能看出鬼斧神工，却不知该如何接通想象。可我不能没有想象，没有想象，我和世界就都不存在。幸好，这世上还有另外的风景，我还能看见、还乐于看见、还渴望看见，那些以高楼大厦和灯红酒绿为花哨标签的人造城市——我尤其喜欢热闹的、繁华的、都市化程度高的城市。

是城市塑造了我的趣味呢，还是我的气息，天然地与城市的喧嚣沸腾或冷漠压抑、神秘诡谲或雕琢伪饰、僵硬呆板或千变万化、狼奔豕突或鸡犬升天……更臭味相投？我说不好。

我倒自小出生在城市，一辈子也生活在城市。但这不说明太多的问题。我最初的文学给养还是瞒与骗呢，也一辈子与瞒骗的文学纠缠不清，可我从来没喜欢过它们，还与它们势不两立。况且，我出生和生活的沈阳，虽然规模不小也人口不少，地理位置据说也重要，但在我心中，它从来不是城市的标本——至少不算都市的标本，它只像一个大号的集镇。这些年，沈阳有点"像"都市了，可早些年，在我建立感觉养成意识明晰观念的年轻时代，沈阳与乡村比，也就是多了一些工厂，用于制造污染和噪音。哦，沈阳人有城市户口，乡村人没有。

我心中的城市标本，至少都市标本，早期在中国是没有的。早期，我只把巴黎纽约伦敦东京当都市标本，虽然直到现在，我与它们也缘悭一面，想打探它们个一二三四，得辛辛苦苦地抻脖子偷窥。后来，在我身边，在我井蛙鼠目的视野范围，北京上海广州深圳，南京成都武汉沈阳……纷纷或浓或淡地缭绕起了都市的烟火，让我睁开眼睛看热闹时，脖子不必抻得太疼。

根本不用抻脖子我就看得见的，或者说，都不用睁眼我就看得见的，只有一座叫张集的城市。它有时简陋有时繁缛，有时朦胧有时通透。它是一个能满足我全部想象的虚有的城市。标识它的那份地图，是我的小说。

按我理解，移民人数多流动人口大成员成分杂的地方才能算城市，而都市，"多"的前边又该加"众"，"大"的前边又该加"庞"，"杂"的前边又该加"复"。当然了，这个"众多"与"庞大"与"复杂"，具有的不仅仅是统计学意义，它生成的是感觉标准：自由。

城市由自由建构，就好像，小说由自由书写。

我九岁开始琢磨城市，与此同时，也开始琢磨婚姻问题——不是琢磨结婚，是琢磨离婚。爸妈商量离婚事宜，与他们自己无关，与他们自己的感情生活经济状况政治态度无关。他们的婚姻解不解体，取决于他们是否舍得，让我和姐姐也当农民。那时是中国历史上一段最黑暗的时代，每个人，都可能随时遭逢厄运。爸爸将被迫下放农村，按规定，应该率领我们全家。但如果妈妈与爸爸离婚，她光被迫下放工厂就可以了，这样一来，若我和姐姐都追随妈妈，就能顺势留在城里。咱俩咋样都无所谓，可孩子，不能让他们下乡遭罪。爸爸妈妈有的是这样的共识。他们年少时都生活在农村，进城后，仍然了解农民的疾苦。在那之前，我不懂三大差别，不明白种姓制度，不清楚种族隔离的基因会怎样变异；是在那之后，虽然我仍没有比较，对农村的恐怖还是没有概念，但目睹了几乎成为事实的爸妈的婚变，我愿意相信，作为农村另一极的城市，一定属于幸福的天堂——至于我没有天堂的感觉，那是我身在福中不知福了。我对城市，开始有了琢磨的兴趣：柏油路、公交车、电影院、足球赛、暖气煤气、电灯电话、肉票粮票、专供特供、生病时扎吊针、晨练时进公园、白天闹革命读红宝书、晚上追女孩弹六弦琴、啸聚广场上批斗地富反坏右咬牙切齿、逶迤大街边迎送亚非拉友人眉开眼笑……

我对城市的兴趣与日俱增，并通过巴黎纽约伦敦东京，通过种姓制度种族隔离三大差别，通过针对北京的"外省"和针对上海的"乡下"，通过新经济特区深圳的从无到有和老工业基地沈阳的盛极而衰，通过张集……知道了城市是什么东西，也知道了我能从城市得到什么，城市又能给我什么。

人生如戏。如戏的人生里，我们只能做两件事情：演戏和看戏。

演戏和看戏都需要戏台，城市这个大戏台，成了我最迷恋的地方——当然，登台演戏与我无关，太麻烦了，我只有热情在台下看戏。

我喜欢看红男绿女南腔北调，看白纸黑字东邪西毒，看装神弄鬼乔装打扮以及台上一分钟台下十年功；我喜欢看主角，也喜欢看龙套，看生死恋与一夜情，看闪婚闪离与牛市熊市，看个人奋斗和潜规则，看分崩离析和大团圆；我喜欢看莫测的变化，看杂乱看偶然看动荡，看个性多样与兴趣多元达至的契约精神和谅解备忘，看红二代瞧不起官二代、官二代瞧不起富二代、富二代瞧不起知二代、知二代瞧不起工二代、工二代瞧不起农二代、农二代瞧不起乞丐二代；我喜欢看施舍也喜欢看救助，看穷汉捐款捐物捐体力，看富姐晒车晒房晒干爹，看皇帝身穿乌有的新衣，招摇于像成人一样紧闭嘴巴的稚儿面前；我喜欢看孩子竞争在起跑线上，看冒着刑罚风险采购奶粉的孩子的父母，看希望工程阳光工程转包工程豆腐渣工程，看公务员考题如何锻炼年轻人脑筋急转弯；我喜欢看作秀，看假大空，看规章和制度相互抵触，看正义和公平彼此排斥，看神圣神奇神秘神经组织的精密玄妙，看维权维稳维和维生素为人民服务；我喜欢看迷宫，看物埋的机械与化学的合成，看奇技淫巧，看亮晶晶的地沟油和白生生的三聚氰胺牛奶，看上天的神九和下海的前瓦良格号现辽宁号；我喜欢看疯狂和愚蠢迅速繁殖，看科学和理性顽强生长，看权力暴力财力势力性能力，看网络游戏视频裸聊手机微信摇一摇；我喜欢看污泥，看出污泥而染或不染的一切，看热闹中的孤独与孤独时的热闹，看叛逆后的顺从与顺从下的叛逆，看谎言分娩箴言，看阴谋孕育阳谋，看大看小看输赢莫测，看生看死看命运拨弄；我喜欢看DNA，看GDP，看MBA，看SARS看H7N9看PM2.5，看与商品房有关的拆迁法推销术限购令，看中国式过马路；我喜欢看城市化的风起云涌，看欲望无处不在和骚动随处都有，看既血淋淋又笑眯眯的欲望的形态和骚动的方式，看膨胀与萎缩，看歌德与缺德，看信与望，看罪与罚……

　　城市这座丰饶的戏台，是个说不尽的好玩的去处，我要以对它乐此不疲的长久关注，来回报它带给我的惊讶与好奇，来感激它对于我的引诱和刺激。

长还是短？这是个问题

上面的题目，容易让读者产生生理学或解剖学联想。特此声明，本文谈论文学问题，只与文艺学或心理学有关，顶多与物理学也有点关系。

我青春年少的启蒙岁月，正值毛泽东时代，除了毛泽东诗词等少得可怜的文学作品，读别的，比偷看女厕所还罪大恶极。可我逆反，好像从识字之初就喜欢文学，还好像，刚背了一点唐诗宋词古文观止，就也不知华丽还是不华丽地身形一转，饕餮起了长篇小说。真是奇了怪了，我十九岁即发表第一个短篇，可回想一下，在那之前，怎么对读短小说就没印象呢？我的印象只是，在学校或者在家里或者在街头，我和一些喜欢书的孩子暗约偷期，经常像初学乍练的毒贩子或皮条客或地下党那样，神神秘秘地见面，鬼鬼祟祟地嘀咕，偷偷摸摸地交换——以书易书，互通有无。那是些让人无从选择和挑剔的书，可以脏也可以旧，可以是中国的也可以是外国的，甚至可以没头没尾或张冠李戴地重装订过。但是，一定要厚，一定要有漫长的故事。

以漫长的故事支撑的厚书，基本上就是长篇小说。以此判断，帮助我实现文学启蒙的，大约首功得记给长篇。

但事实上，从我不足十岁读文学书开始，到十九岁的十来年里，我不可能没读过短篇，家中书架上既有"三言""二拍"，也有一些作家的多人合集，更有短篇名家契诃夫与莫泊桑的个人选集，我不可能都没读过。尤其鲁迅，在那年头，是少数几个有资格与毛泽东和浩然和高玉宝平起平坐的革命作家，光他小说里的人物，就有好几个我都如数家珍。而再之后，先是上海办了新杂志《朝霞》，后是北京复刊了老杂志《人民文学》，在我爸支持下，我都在第一时间就成了订户，那些《红卫兵战旗》（姚真）与《特别观众》（段瑞夏），那些《班主任》（刘心武）与《乔厂长上任记》（蒋子龙），都曾作为最早的荣誉之经与艺术之纬，编织过我的作家美梦。

显然，认为我早年读小说时，只涉足长篇而少问津短篇，是记忆提供的错误信息。我是一个有备而来的文学读者，除了趣味使然还有功利的心机，我小学没念完就立志当作家了，由于目标明晰，便对每门文学课业都不敢偏废，连一向勾不起我热情的剧本我都捏着鼻子翻看过一些，又怎能冷落短小说呢？另外，我摆弄长小说，也是把玩了二十年短的之后才上手的，在早期的二十年里，我光写不读也不现实呀。那么，这就蹊跷了：我的记忆，为什么会编造错误信息？而我心理上的审查机制能放任这种信息出笼，说明的又是什么问题呢？

　　先梳理一下基本概念。

　　至少在中国，所有的小说家包括小说读者，尽管并没在某级组织授意下统一过意见，但对小说的如何细分，又都认同一种约定俗成的体积配比，接受以字数立法的三分天下：长篇中篇短篇——当然了，还有字数更少的小小说或者叫微型小说，但我以为，没必要让它在短篇之外另立门户。规范标准非常必要，其好处之一，是同好交流时，能知道彼此在说什么，不至于人家提短篇时，你应声道：我刚读完桑顿·怀尔德的《圣路易斯雷大桥》，真好——是的，真好，我也刚读完它的最后一节，"我们会被短暂地爱着，然后再被遗忘"，但我不会像你那样，因为人们只"短暂地爱着"，就把它划入短篇阵营。它译成汉语八万字篇幅，说是小长篇行，说是大中篇也可，就是不能归类为短篇。

这种十万汉字上下至二十万字左右的小说，我看过很多并一直喜欢，它的长度，那种三个或七个晚上读完的长度，似乎与我将一个阅读单元由善始保持到善终的那种心跳节奏刚好旗鼓相当，而它那种适中的篇幅，其凸凹有致肥瘦两宜，更像是专门为二十一世纪进化出来的小说身材：既不背叛十九世纪厚重泥实的长篇传统，又与二十世纪花样翻新的熠熠短篇相映生辉。

基于此，我想说，如果在此文中的某些地方，我放弃了字数归类法而单纯从感觉出发，含混地只把小说区分为长小说与短小说，希望读者能开放地而不是教条地理解我的意思——非教条，恰好也是小说的基本品质。

几十年里，我喜欢过的小说家为数甚多，他们风格互异趣味多元，但不论他们的小说在满足我时又带给我多少不满足感，对他们我也没埋怨过，只按照他们表现出来的样子喜欢着他们。我相信，谁有毛病自己都清楚，没去改正，不是不改而是改不过来。可是，对鲁迅和博尔赫斯，我却常常喷有烦言，认为他俩若各有一两部长点的作品，也不用特别长，能有萧红的《呼兰河传》或胡安·鲁尔福的《佩德罗·巴拉莫》那种篇幅——以及相应的质量得分——就可以了，那样一来，他俩便堪称完美作家。

　　且慢——难道，利用文句间隐晦的递进关系，我是在暗示，一个小说家若没写过长点的小说就算"毛病"？这太过分了。小说之好，可以与语言有关，可以与结构有关，可以与流溢的情感和营造的趣味有关，甚至，都可以与素材的取舍方式和主题的表达角度有关，但就是没道理与字数有关。文学史上，好的短小说不胜枚举，好的短小说作者所具有的高度，同样风光旖旎景色斑斓，我如此不负责任地扬"长"避"短"，不仅会工具主义地在文体歧视的脏水里自溅污秽，还能暴露出，我以貌取人的势利眼嘴脸。

　　我昏头了不成？

　　我们活着的全部意义，都与时间有关。我们一遍遍地回忆往昔，是为了已然消逝的时间，我们一次次地憧憬未来，是为了还没拥有的时间，我们使劲地努力当下——我们有当下吗？这我可有点说不太好，我只觉得，一个有回忆也有憧憬的人，他的往昔和未来都是当下，若一个人没有了回忆与憧憬，即使时间为他停顿，他也没有当下可言。当然了，对一个没有回忆和憧憬的人来说，也谈不上时间的行或者止，因为他根本就没有时间。没时间是个可怕的事儿，是桩不可思议的事儿，是件本质上算事儿但又并不存在的荒谬的事儿，它让我们此前的活过没有了证据，又让我们此后的活失去了抓手。是的，时间无形无状，只以看不见也摸不着为基本样貌，但它的证据品质与抓手属性，又总能让它通过化石标本，通过遗址废墟，通过季节日期年龄，通过碳14……也，通过小说，造就和滋养我们的生活。

我不想评价没小说的生活什么样子，但有小说的生活我太熟悉了，其丰盈和美丽的程度，就像一个不醒的梦，像一段始终新鲜和饱满的爱情。小说是经验，是时间长河里浪花的结晶与波涌的凝固，是我们驾驭生活与享受生命时，诸观念的浓缩与放大，众方法的灵动与恰切。对这个世界，小说审视和思考的是已知的部分，可它借此发掘和呈示的，却是幽暗的未知部分，它通过不知餍足地观测本能欲念和检索理性智慧，对人类精神做出绝对和永恒的肯定。小说的经验可以世相化，可以是或者不是，如何种地做工与怎样当官赚钱的那种经验；但它却肯定更性灵化，更能成为，覆盖种地做工与当官赚钱那种经验的经验。也就是说，如果时间是一条河，那么，作为负载经验的小说之鱼，所嬉戏的固然是物理时间，但更是甚至更应该是，心理的时间和想象的时间。

如此，在高深莫测的时间河流里，我们所欣赏到的小说之鱼，才能千变万化又千姿百态：比如，有一条鱼叫《尤利西斯》（詹姆斯·乔伊斯），动用译成汉字后超过百万的篇幅，才记录了主人公自我放逐的短短一天；再比如，有一条鱼叫《韦克菲尔德》（霍桑），叙写了主人公在近乎一生的二十年里的自我放逐，却仅仅消耗了不足八千的汉字译文；还比如，有一条鱼叫……

一天那么漫长。一生那么短暂。

不论漫长还是短暂，结合时间的无止无休与经验的东鳞西爪，我慢慢地就有点想明白了，为什么在我的阅读记忆里，我总是多给长小说绘制印象，而少为短小说刻画痕迹。

我少年时代建立的阅读模式，是以我，而不是以书、以小说、以一个首尾圆融的故事作为重心的。比如，十五岁的我，某个周六的中午拿到三本书，周一早上必须归还，那么，我的阅读将怎样展开呢？首先，即使只为虚荣，为了吹牛时有的放矢，这三本书我也一定都要浏览；然后，为避免因集中精力打歼灭战而不能最经济地支配时间，我又只能有粗有细地、穿插迂回地、齐头并进地阅读它们。好了，假设那三本书，分别是缺少前二十三页的《军队的女儿》（邓普），是看不出后边缺几页的《老残游记》（刘鹗），是完整的《叶尔绍夫兄弟》（柯切托夫），那么，当我在包含了吃饭打盹和听爸妈唠叨的昏天黑地的四十四五个小时里，给它们的每一页都留下星星点点的唾痕之后，请问，我读过的这三本书，难道不也是一本书吗？

这三本书都算长小说了，若短小说，四十四五小时，我读完的或许只能是收于一册的二三十篇——二三十归一也没什么奇怪。我的快读经验是，当字数相同页码相当时，读长小说比读短小说节省时间。

当然了，我的经验所适用的，主要是那种以说评书和讲故事为效法楷模的旧式小说。但奇妙的是，后来痴迷现代主义，这经验也阴差阳错和歪打正着地，为我做了另类的美学铺垫，使我接触的小说再怪模怪样，也能一搭眼就认同下来，只觉亲近而没有隔阂。读卡夫卡的《城堡》与《审判》，我不觉得有未完成感，或者说，那种被 K 与 K 所唤醒的绝望情绪，已与故事的是否结束没有了关系；读普鲁斯特的《追忆逝水年华》，我总像面对藏身于七大本里的数十个短小说那样信手翻看，在它细水长流的绵延无际中，能把随手拣起的任何段落，都咀嚼成自成一体的独立篇什；读《小城畸人》（舍伍德·安德森）或《寒冬夜行人》（卡尔维诺）或《我快乐的早晨》（克里玛）或《米格尔大街》（奈保尔）或《十又二分之一卷人的历史》（朱利安·巴恩斯）……我从来都不因它们的貌合神离或貌离神合而为难和困惑，我很喜欢朝令夕改地对它们说"长"道"短"，并随心所欲地享受它们的飞"短"流"长"；至于鲁迅与博尔赫斯，我早已自做主张地，把他们的全部创作都当小说读了，当成了那种章节比较芜杂，体例过分纷乱的拼贴式小说，他的那本字字惊魂，我就称之为《铁屋醒梦记》，他的那本句句启智，我便名之曰《迷宫得趣录》……

对于小说，我越来越喜欢把长篇短制熔于一炉，还要模糊掉杂文随笔评论乃至诗歌与它之间明晰的界限，那么，我如此纵容自己这种不着调的阅读习性，是否真的要归罪于或归功于我少年时代的读书环境呢？我得诚实，尽管那样的求知岁月让我铭心刻骨，但它实在不配为我度量成年以后的美学标高。小说遵循物质世界的一般规律，在一个特定的时空体系里和一条预设的逻辑轨道上，连续地演进着一系列事件，从理论上说，这的确能为它的文本封闭性提供根据。可是，生活体验的个体性与生命感受的孤立性，又决定了在小说阅读中，挑肥拣瘦地进食比之于来者不拒地进食，算得上一次智力进步。如此，以读者的想象法则作为基点，去选择性地领会文本，及至选择性地整合和打通不同的文本，又为小说的文本开放生成了理由。

好像福楼拜表达过这样的意思，他的文学理想，就是写出好的句子。自从我认同了这样的说法，我就相信，好的句子，正是经验中那个性灵的部分。我们之所以需要一篇或无数篇短的小说，又需要一本或无数本长的小说，都是为了让一个或无数个好的句子有所附丽，以方便经验的流转承续。好的句子，不一定正确也不一定精警，但一定要准确诚实并且漂亮，平庸的句子也能拨动读者的思想与情感，但好的句子，则一定能穿透读者的直觉和意识。一个句子存在于一个片断之中，一个片断存在于一种语境之下，一种语境存在于一脉氛围之内，一脉氛围位居于一定的时间段上……时间无限，无以切割。显然，最终，所有的句子又会凝结为同一个句子，而这个句子的好与坏，漂亮与平庸，又取决于和决定着负载它的片断、语境、氛围……

巴赫金说：每个"文本只是在与其他文本的相互关联中才有生命。"

巴塞尔姆说："碎片是我唯一信赖的形式。"

前边我说过，对于小说——对于什么都一样——规范标准非常必要，并且，我还能想到，展开一场讨论的时候，最好先做一些概念的梳理工作。我这样表白是想说明，若再往细处梳理别的，我大约也还有话可说：比如，替长小说梳理人物的塑造与结构的设置以及叙述的音乐性和描写的画面感；再比如，替短小说梳理如何简洁简约简明怎样克制节制控制以及我经常听人说的、已经磨穿了我耳朵的、关于短小说最讲究技巧又规矩最严难度最大的一应说辞。可是，现在，我不想利用时间的绵绵无尽和经验的源源不绝再往下说了，因为现在，我受命写的是短篇文章，就此打住比较合适，否则，我继续延展扩充字数，岂不成了炮制长篇文章？我可不想违规越位。

　　看看，长或者短，在生理学与解剖学之外，还真就能够成为问题。

牛健哲再研究

我需要更好的素材，和更巧妙的感知方法。

——牛健哲《蒙太奇》

两年以前，我写过篇短文，题目很是煞有介事：《牛健哲研究》——我既非学院派又不理论家，妄称"研究"有"吹牛"之嫌。好在我的全部文字，皆服务于玩笑，玩笑的天地里什么都容，包括吹牛。可是，即使玩笑足够厚道，如今刚过去眨眼的工夫，我就拉开"再研究"的架势，这给人的感觉，仍像连续在几个饭局上，我以同一个段子飨同一拨酒友。汗！难道我视野真窄成了这样，一笔涉同行，只能黑住一个反复压榨，都不惜让很可能了无新意的车轱辘话把人烦死？我希望我不至于这么无趣。我希望，是牛健哲身上的某些亮点屡屡闪光，又恰巧尽数为我所发现，我这才以迫害狂的热情，不断地对他挥刀运斤。可这样说话我同样心虚，与写作上文的时候相比，这两年里，我对他的了解认识，连一丝一毫都没再深入：

　　与牛健哲认识没有十年，也七八年了，见面也有六七十次。他工作的那个部门，我曾先于他混迹多年，大概是恋旧的感情使然，没事我总过去聊天。但想想我俩说过的话，准确地说，是他对我说过的话，每次也就五六七句，还包括很容易被理解为敷衍的"可能吧"，"也许是"，"对"，"行"，包括这次在电话里，他希望我就他的两篇小说写点什么，也是他以简洁的一两句话表达了意图的三分之一，再由我用啰唆的十来句话，补足他省略的三分之二。我爱聊天，喜欢对话时的互动和碰撞，喜欢快乐的打岔和讥诮的抬杠。可这一切，在牛健哲那里都不存在，每每听我夸夸其谈，他只是眨着一双忧郁的眼睛，专注认真地直视着我，为他敷衍式的应对增加诚意指数。记得有一次，我看过他的一篇小说，因为惊异于他的精彩，便旧习不改地荒唐起来——我喜欢通过荒唐但也好玩的形式，表达某种强烈的感受。当时我放下手头的活计，翻着词典为他设计笔名：牛耳、牛虻、牛腱子……然后逐一列到纸上，再读出声音，对比它们的优劣短长。那天周日，我等不到周一当面建议，立刻给他打去电话，问他自己喜欢哪个。可他好像只一句话，就让我的荒唐只剩下荒唐没有了好玩：我不想用笔名。还好像，对我一两个小时的雷锋精神，他吝啬的词语里都没包含谢谢。

　　以上对于"研究"的征引，依然适用于我和牛健哲直到眼下的交往状况，那么，我对他"再研究"的合法性又在哪呢？在动笔写作此文之前，我有过很长的准备时段，其间，给自己"再研究"寻找理由，是我准备工作的重中之重：名正才言顺嘛。

　　后来，似乎，有两条理由抑或三条，被我找到了。

　　第一条理由与我的上一篇文章有关，与我在那里犯下的一个错误有关，为那错误，我一直想找机会向牛健哲致歉。我的此文，显然沿袭了上文的题目，而上文里我有过交代，《牛健哲研究》化自牛健哲的短篇小说《梅维斯研究》。对《梅维斯研究》，我自数年前看过草稿，喜爱就是无条件的，比之于市面上仿若批量生产的那些所谓主题鲜明人物鲜活实则言之无物言不由衷的平庸之作，它不平庸得让人心存隐忧——在沆瀣一气的平庸面前，不平庸的自给自足不堪一击。果然，在不久之后的一次评奖中，登台打擂的"梅维斯"刚一上场，就灰头土脸地败下阵来。为此我一直耿耿于怀，在上文中，便阴阳怪气地发了通牢骚。牛健哲为人宽厚也足够严谨，看过上文的未刊稿后，曾打电话给我，说在评奖中灰头土脸的，是他报送的另一个短篇，他建议我修改例证。并非因为疏忽或懒惰，我没采纳他的意见。接下来，事情的发展意味深长。几乎在《牛健哲研究》发表的同时，又一届的评奖活动也隆重开场，在一批质量参差的备选作品中，《梅维斯研究》鹤立鸡群。然而，我上篇文章里的乌鸦嘴一语成谶，征战擂台的"梅维斯"竟"再"尝败绩，灰头土脸成了它注定的命运。我深感不安，觉得是我的未卜先知，神秘主义地扼杀了它。

第二条理由……就不说了吧，这条理由涉及他人，公示出来易生误会。而既然第二条理由都不说了，那第三条理由就也免提为宜，况且，何为理由三，我还说不好呢。

言归正传。

文学写作不同于竞技体育，夺锦标争冠军的勾当不足为训，另外，由于遴选裁判的机制不科学，那些给小说诗歌打分的评委中，难免有南郭处士堂而皇之，这我很清楚。但即使这样，我仍认为，评委中的南郭处士再多也是少数，其他属于多数的不滥的竽演奏者们，文学修养应该稍好，应该有点审美直觉。可是，那些并不南郭处士的多数评委，为什么，与我的分歧也挺大呢——假设吧，为十篇小说排英雄座次，一般情况下，对同一篇作品断三判五的不算矛盾，可如果一则列二一则序九，恐怕那轩轾就太昭彰了。强调一句，我没狂妄和无耻地认为，别人与我有了分歧，就一定是别人不对；退一万步说，即使真是别人不对，对那不对，我也没有关注的兴趣。我兴趣有限，只喜欢关注对，关注别人的对，何以能建构得结结实实又漂漂亮亮，即，当俗滥的技法大行其道时，当陈腐的理念招摇过市时，当市侩化的诗外工夫畅通无阻时，当假冒伪劣的所谓生活消解和腐蚀了独立的想象与自由的表达时……小说这门以寻觅精神真相为己任的艺术，何以能汲取着对的养分，顽强地扎根在我的身边，并璀璨得——如果汉语表达中也有重点字词的大写一说，上面"我的身边"四字我欲大写。

我意思是，"我的身边"，虽然从来不乏历朝历代又各国各族的良师益友，但当他们不仅仅只栖息于书架上和藏匿于书本中，不是仅仅通过文字引领我体验他们的和我自己的快乐与忧伤，而是还像牛健哲那样，在与我玩味着同样通行于今日中国大陆的汉语的同时，还以他们的音容笑貌和五脏六腑，与我呼吸着同一片 PM2.5 制造的滚滚霾尘，与我警惕着同一种 H7N9 禽流感病毒的传染威胁，又因着从银行提款机里取出了同样以 M3W 打头的百元假钞而无所适从，并为同一款 iphone 手机里传递的与我们切身利益休戚相关的官方信息是否可靠而困惑茫然……那么，对于脆弱胆怯渺小的我来说，虽然信奉君子不群，虽然厌恶拉帮结伙，虽然反对党同伐异，却仍然通过艺术的趣味和思想的趋向，能感受到吾道不孤——而冒着被指斥为矫情的风险我也得说，吾道不孤，它不仅仅是文学事件，它也是个哲学事件，它不仅仅是写作问题，它更是个存在问题。

请允许我狂妄一点，往远处眺望，暂且以行政区划意义上的辽宁省地界，为"我的身边"圈定范围，那么，当我看到我身边还有牛健哲——牛健哲们时，我内心能由衷地感到安适。

我是一个无根之人。这是好多年前，通过与根深叶茂的孙惠芬聊天，我反省的结果。无根之人排斥集体推重个体，反对繁文缛节向往无拘无束，似乎，弃绝地域意识淡化国族情感，也是无根之人个人主义与自由意志的一种投射。但回望一下过往的岁月，仿佛又不那么简单，多年里，我对马原小说洪峰小说的持续推崇，除了因为他们的表演确曾优异，难道，就与他们与我生于兹长于兹的辽宁这片土地所纠葛着的千丝万缕没关系吗？作为难逃其囿，也没必要非得无视其囿的行政区划意义上的辽宁人，我无法不带着意气和感情，对中国文学版图上的辽宁单元多几分关注。

对潜意识理论，我信而有征。

检索我的文学回忆，我恍惚记得，牛健哲最早让我发生兴趣，是因为《杀狗的城市》与《误入歧途》。那两个短篇，分别发表于一九九〇年代初期的《钟山》与《作家》，它们冷静的叙述与诡谲的故事，本来只宜于江南梅雨的滋润灌溉，可苦寒的东北风雪，居然也把它们养育了出来，这之于我，仿若是听到了空谷足音，我爱不释手地把玩它们，一如玩赏自己刚刚脱稿的《捕蝉》或《古典爱情》。真亲切呀！并且，比亲切更让我欣喜的是，在辽宁这片混凝土般板结顽硬的写实主义文学土壤中，牛健哲作为一颗新异的美学种子，经过数年的自我繁育自我栽培，所结出的果实，终于摆脱青涩成熟了起来，使得辽宁文学的生态环境——且慢，此时，怎么有温雨虹或姜涛的抗议之声，隐隐地萦绕于我的耳畔？哦，是他们在抗议。那好吧，我领罪认罚，因为《杀狗的城市》与《误入歧途》，的确分别是他们的代表性作品，而当初他们生产它们时，把它们化为辽宁文学生态中的别样色彩另类音响时，十岁出头的牛健哲可能还是小学生呢，还可能循着学校教育的误导与欺骗，正在把《高玉宝》或《钢铁是怎样炼成的》这类小说视为样板呢……我张冠李戴了。但我又不想正本清源，因为混淆他们，包括也混淆李月峰和鬼金，或许是我的有意之举，也是我对他们表达敬意的方式之一种：我认为，通过相近的旨趣相似的追求，昔日温雨虹姜涛的写作，已提前把今天的牛健哲写了出来；同样，今天牛健哲的写作，也薪继火传地，对昔日的姜涛温雨虹做了重新书写。

前辈提前创造了后生，后生又重新发掘出前辈，尽管这在文学场域中并非个案，但仍然宿命般地耐人寻味。也许，温雨虹姜涛牛健哲三人，至今还都缘悭一面，还都没读过对方的作品，但这并不影响，他们的小说在读者比如在我这里，能汇成一股水乳交融的精神暗涌，引领我的情感波动——相反的例子可能更多，几个依循同样心理动机通过同一题材处理同一主题的作者，很可能，在日常生活中，还有一样的处世之道，还生长着同样象征了淫荡的黑眼袋与代表了贪婪的肥肚腩，可他们作品放一起时，那种气质上的离心离德与技艺上的不伦不类，都不像把丑橘和丑橘放在一起，而只像把美的空调和美帝国主义放在一起。这表征的恰好是文学的神秘。文学因其神秘而引人入胜，但酿制神秘的不是题材也不是主题，更不是处世之道乃至眼袋肚腩，酿制神秘的只是表达，是艺术的表达与表达的艺术。

一篇小说的表达，自然以愉悦读者为重要指标，但在愉悦的前提下又能干预读者趣味影响读者观念，也许是更为重要的指标。作为体验事物的方式之一种，艺术的过程即表达的过程。在音乐家那里，音符没有态度，在画家那里，线条没有思想，同样，在小说家那里，字词也没有温度和力量。可一旦艺术家在直觉的引领下，对孤立的音符线条与字词加以整合，进行这样的组织或那样的编排，赋予其自身独有的生命，这时候，所实现的表达，就能直接或委婉地，渗透进欣赏者的趣味中和观念里。也就是说，表达即选择，并且，不论创作者在表达时，其直觉的流露多么无意识，他的选择也包含了他个人心理指向的倾斜和介入。当然了，即使创作者意识明晰，他的表达也不该是载道言志的直白口号，不该是为客体表象服务的一般性的反映与记录，而应该是，通过提供某种关于事实真相的感觉，为读者展现新的现实，以那些作品里未必言明的，却又如暗夜星光般若隐若现的新的东西，去诱发读者的体验和认知——从这个意义上说，我喜欢反复"研究"牛健哲与牛健哲们，源于的或许是我对表达的浓厚兴趣。

肯定有人要质疑我了，要以我之矛攻我之盾，因为他们既学院派又理论家地把三人的小说，比如吧，把《杀狗的城市》与《误入歧途》与《梅维斯研究》放在一起，进行一番高矮胖瘦的比较鉴别，然后得出结论说，它们间，并没有传承的关系或影响的痕迹，而我将温雨虹姜涛牛健哲混淆起来，甚至还要混淆李月峰鬼金，完全是混淆视听，是浑水摸鱼，是昏了头脑。

对此我不想进行争辩，只想说，小说作为叙事的艺术，长期以来，在我视野里，它一直受到一种以情感粗糙思想懒惰和艺术冲动纯粹度低为心理基础的文学观念的畸形导向，似乎单一地负载"事"就可以了，让那个对于小说来说更为紧要的"叙"的部分付诸阙如没什么关系。可牛健哲们，生活在一个唯物主义无孔不入唯心主义无地自容的大环境里，却始终对精神性的东西情有独钟，能不约而同地，自发站到对人的情感宽度与思想深度都要求更高的"叙"字旗下，与身处的大环境颉颃龃龉，对粗糙懒惰以及低纯粹度采取抵制背叛策略，这现象本身，便是对我混淆他们的一种邀请。

我当然还知道，也有另一种混淆，是创作的大忌，以它评价作品与作家，是对二者的双重否定。但在这里，我没想讨论，因创造力匮乏而导致的思维与写作的千人一面，我想说的只是，真正的好作家，他们以各有千秋做同道的标记。比如，李月峰的《第三人》与鬼金的《除非灵魂拍手做歌》，是两个同样以主人公经历亲人诡异死亡为骨干情节的短篇小说，而其中，都交代出，主人公对婚姻这种常态化的关系模式的排斥拒绝，只是，因为它们的故事主旨都非恋爱婚姻，于是那排斥拒绝，便都只是一笔带过。但透过两位作者贯通整体的叙述调子，我们又能看到，那寥寥数句的、看似可有可无的一笔带过，却携带了多少感性而不概念的故事信息。李月峰的明快坦诚狠辣，鬼金的优柔踌躇温情，都能恰如其分地，帮读者分别找到双桐（《第三人》）与朱河（《除非灵魂拍手做歌》）排拒婚姻的深层理由：她不想放弃独立，他不愿添加责任。以此推衍，方可知道，我说的混淆并不是指每朵花都得开成相同的样子，而是指，每朵花都能自觉地、努力地、依从着自己的特点开成不同的样子。因为越避免雷同，才越能体现出花那种对于千姿百态和争奇斗妍的相同的向往。

以前谈及李月峰时，我曾表达过如下的意思：在不会少于十五六年的小说写作之旅中，她肯定像许多孤独的跋涉者一样，体验过各种外在于艺术伦理的掣肘和滞碍，可是，对流行与时潮，她能坚决不解风情，对真实和纯粹，她很乐于一见如故。我的这意思，也适合混淆到别人身上，至少混淆到鬼金牛健哲身上没有问题，因为他俩投身小说写作的年限，可能只比李月峰短一点点。

一般来说，投身写作时间的长短，没道理对写作者的才华构成限定，可中国文学的演进特点，常常能把不是理由的东西转化成理由，所以，考察一个写作者何时入行上道，依从怎样的美学趣味发展自己，又并非没有实际意义。是为文学领域的中国特色吧。中国小说求新图变的进取之路，早在二十世纪尾期之前就走完了，应该说是就放弃了，自那之后，充满无穷可能性的小说艺术重入藩篱，只能再度老调重弹：与评书故事勾肩搭臂，与新闻报道互送秋波。当然，少数艺术盗火人与文学探险者所积攒的写作资源，也一波波地传承了下来，可越到晚近，那些本来就杀伤力有限的思想武器与斑斓度微弱的技艺华彩，在无知的诋毁与有意的抵御面前，已越发变得心有余而力不足了。我所感叹的，是在这样的背景下，李月峰鬼金牛健哲们，能揣着理想主义的好奇和勇气，带着浪漫主义的顽皮与固执，分别端着大连私企公司的白领泥饭碗和本溪国有企业的蓝领瓷饭碗以及沈阳事业单位的土黄领（不是金黄领）铁皮饭碗（不是铁饭碗）上路出发，单枪匹马地杀上文学的战阵，开始他们求新图变的艰辛努力，我想说，这殊为不易，而我成心地混淆他们，也是为了自作多情地充当信使，告诉他们，在他们身边，并不缺乏精神的同道——虽然，可能，他们根本不在乎这个。

行文至此，容我打断自己岔开一句。我不认为，拥有十三四亿看客的中国足球，就一定应该精彩于只有四千五六百万观众的哥斯达黎加足球。人口众多，只能证明吞噬物与排泄物都必然量大，在别的方面，比如才智如何技艺怎样方面，提供不了什么依据。但在看球之外观球之余，若哪个群体，以单纯踢球为乐的人比例更大，那推理其足球表演精彩度高，大体不谬或许合乎逻辑。我不知道，哥斯达黎加有多少人能在少有干扰的条件下单纯地踢球，我只知道，中国的这类人少得可怜，因为假球黑哨，不只畅行在比赛场上，不只系足球人的职业所长，它还——这么说吧，比假球黑哨危害更大的，倒是"友谊第一比赛第二"那类土法度潜规则，因为它们所操控的，不仅仅是竞技体育。我意思是，在文学天地间，以独狼和孤鹰的形象起步开局，并非一定是困难的选择，因为那亮相常常也时髦并荣耀；独狼孤鹰的艰窘在于，在没有尽头又危险重重的跋涉途中，得安于独孤特有的尴尬宿命：苦闷的徘徊盘旋期无比漫长，优美的奔跑飞翔期异常短暂。对这样的宿命我略有心得，我知道，单单如履薄冰的恐惧和孤军奋战的寂寞，有时就能让人崩溃。固然，可能所有的人都比我豪迈，比我自信和比我坚强，但我仍然愿意相信，就像足球的精彩也取决于少有干扰的单纯踢球者人数多一样，小说的精彩，与每一匹独狼和每一只孤鹰，又有并驾的伙伴与比翼的友朋也有关系。这是抱团取暖的需要，也是比学赶帮的需要，尤其是繁衍和保护基因的需要。当然，前提是，这与"任个人而排众数"（鲁迅语）并不矛盾。

好了，进入"叙""事"。请先随我体会一下下两节文字：

K到村子的时候，已经是后半夜了。村子深深地陷在雪地里。城堡所在的那个山冈笼罩在雾霭和夜色里看不见了，连一星儿显示出有一座城堡屹立在那儿的亮光也看不见。K站在一座从大路通向村子的木桥上，对着他头上那一片空洞虚无的幻景，凝视了好一会儿。

一七八〇年底的一天傍晚，在韦斯切斯特郡的一个山谷里，兀然出现了一个骑士。寒气刺骨，东风狂吹，一场暴雨无疑就要来临；这儿经常都是如此，暴雨临头总要绵延几天。雨已经下了起来，和浓重的夜雾融成了一片。为了找到一个合适的避雨之处，骑士两眼烁烁地往黑暗里窥望了半天，可是枉费工夫。他只遇见一些低贱人家简陋的小屋。由于想到军队就在附近，他认为在这些房子里歇宿不大恰当，甚至相当危险。

这两节文字，分别是卡夫卡《城堡》和库柏《密探》的开头一节——我故意从每个人书架上都可能翻到的老经典里摘录引文，是为此文的读者着想：他们手头，大概没有发表牛健哲们作品的杂志，甚至牛健哲们的名字，他们有的还都陌生。还说引文。乍一看去，它们的意思差不太多：一个旅行中的人物，在某种相对恶劣的自然环境中，对行将抵达的目的地心存疑虑。可如果你是个略有训练的小说读者，既有一定的阅读经验，又对二十世纪以降的现代主义美学精神与写作技法有所了解，那么，对上引的两则开头，你就有可能从前者的遮遮掩掩与后者的坦坦荡荡中，隐约悟出一点什么——不是预判故事的脉络，而是辨识精神的气质。作为一个资深的小说读者，如果让我去悟它们，我会首先把它们分别想象成重"叙"的与重"事"的小说，尽管，我很清楚，"叙"与"事"是圆融的一体，根本不该人为地割裂，而分别侧重两者的小说，也都既有精品又有垃圾，拆分它们有无聊之嫌。但在这篇文章里，我不想掩饰自己的态度，不介意由于力挺牛健哲们，暴露出我对"叙"的偏向。因为长久以来，我们的小说观念总抹黑小说，通过偷梁换柱，把擅长"讲故事"的它瘦身为没有水分的干瘪"故事"，于是，在我，对我们以"事"废"叙"的文学主潮拨乱反正，便成了加诸己身的一项使命——这一使命的西西弗特点，是我敢于正剧化它的唯一理由。

对于小说我揣摩有年，越来越认为，唯有从"叙"的角度谈论小说，我们才是谈论小说，从"事"的角度谈小说时，我们谈的往往是别的，至少主要在谈别的，比如社会、政治、新闻、历史、伦理、生物……一般来讲，从表面看，小说只把"事"带给了我们，把人物勾连着的情节和情节牵引着的人物带给了我们，它的任务，只是以结论式的、定评式的、肯定式的口吻去安抚众生：悬念能够破绎，困局可以化解，真相也终将得到还原。但是，照此逻辑建构小说，便如同以流行唱词为知人的福音书，认春晚小品作论世的启示录，对小说的艺术和读者的智力，无异于是双重羞辱。一个小说家，不是心灵鸡汤的炮制者或精神鸦片的贩卖人，而是读者深度旅游时的特聘导游，他之所以够格"特聘"，即在于导游时，他并不就"事"论事于人造的悬念人为的困局人工的真相，而是在夹"叙"夹议的详描细解中，能帮旅游者辨识出和体味到生命的悬念生活的困局生存的真相。小说属于感觉世界，不同于狗仔队的八卦蛊惑，越到现代，它追求的越是淡过程而浓状态，轻结果而重情绪，因为它清楚，过程和结果不论如何花样翻新，都必然要趋向雷同，唯有状态和情绪，即使为同一读者所感受体验，也会因时空之异而异彩纷呈。了解过程与结果只是猎奇，欣赏状态和情绪才是审美。是的，拿小说说事时我们总是说"事"，但事实是，主宰"事"的其实是"叙"，并且"叙""事"交融的那个过程，完全是"事"因"叙"而生成和"事"以"叙"而生动的过程。也就是说，小说的生成出来和生动起来，取决的是它那业已成为形式的内容，而不单纯取决于在内容方面，它是否"准确地"表现了社会环境与"真实地"塑造了人物性格，或在形式方面，它有无"恰当地"运用了什么技巧或"典型地"依附了什么主义……

　　唔——形式？内容？怎么不知不觉间，在"叙"与"事"

的产床上，竟生出了"形式"与"内容"这对饱经沧桑的孪生兄弟？看来，作为"怎么写"与"写什么"的另一张面孔，"叙"与"事"，也还是难逃陈窠旧臼呀。没办法，太阳底下没新鲜事，既然行文至此得揭橥它们，我也只能期望，在老调里，尽量弹出几缕新声。

把"写什么"与"怎么写"作为对立的矛盾体加以分说，据我所知，比较早的，是一八八〇年代的俄国小说家屠格涅夫，这个饱受"斯拉夫派"指摘的"欧洲派"，毫不含糊地强调后者。中国小说人染指此说，大约只是先在一九三〇年代早期过渡一下，然后，直到一九九〇年代中期，才摆上桌面有所论争——因为仅仅局限为"有所"，至今在许多文学人眼里，它还是个陌生的题目。

中国新文学的历史过于短暂，并且在鲁迅身后的一九三〇年代到一九七〇年代，又是漫长的空白时期。沙漠上倒也偶现新绿，但面积广阔的，还是救亡的愤慨口号和内战的骂街檄文，是争夺权势和巩固统治的政治宣传，写什么意识形态已通令命题，自然的，怎么写也就无须写作者操心。而一九八〇年代尾期之前的十来年里，文学革命昙花一现，虽然热脸不时会贴到冷屁股上，但怎么写尚未被理解为大逆不道，写什么也就没吃醋撒泼提什么抗议。及至一九八〇年代尾期以后，行政宽容度骤然降低，向来兼有颓废、自由化、个人主义、资产阶级趣味、暴露阴暗面和不知所云的伪现代派等多重原罪的文学革命，远在此后商业大潮的冲击到来之前，就先自觳觫和暧昧起来。结果，在这样的背景之下，文学革命的思想余脉与技术遗产仿佛成了走私的水货，若再想跻身艺术的柜台，就得先接受一番改头换面的过度包装——固此，"展览私欲"的"欲望化写作"浮出了水面。这样的情状有些尴尬，对写作者来说，其主客观理由，可能包括如下两点：一方面，不好意思重拾愤慨的口号和骂街的檄文，另一方面，不方便继续深入地介入社会真实和自由地探索写作技法。于是，回刀自剖玩味自我，就有了自欺自保又自慰的多重意义。

当然，文学写作，应该是精神率先接受剖解，或唯有精神才值得剖解。可精神麻烦，它不自成一体，而紧紧依附在肉体之上，结果一不小心，小说案板上的泥沙俱下就丰富起来，心肝脾肺包括性器，血淋淋地全都有了。心肝脾肺包括性器，确实人人必不可缺，对此本不必大惊小怪，即使它们生命力太强，把精神的地盘给挤占了，该指责的，也是精神自己生命力孱弱。但人类这种着衣的动物，太热衷粉饰和伪装自己，久而久之，竟真的相信，自己是石雕泥塑没有内脏，而那些肚腹里边有内脏的，包括有不内脏的外挂生殖器的，都是秽物龌龊下流。不可否认，有些案板上的心肝脾肺包括性器，的确就是龌龊的脚注，可这与有些案板上的崇高与神圣系下流的标签，又并无区别。但不论怎样，一九九〇年代的小说案板上，"欲望化写作"就这样阴差阳错地成了春药，撩拨起了写什么与怎么写的经典问题。不过，这一问题也像许多艺术问题一样，很快与艺术就无关了，它被引逗出来不为讨论，只为充当批判的标靶：雕虫小技（怎么写）一学就会，玩这个花样有什么出息？真正的文学，得超越"小我"拥抱"大我"（写什么），这样才能无愧于日新月异的伟大时代与天翻地覆的崭新社会。

很快，新旧世纪的交接手续就办完了，大部分小说家审时度势，把别人嘴里的日新月异和天翻地覆纳入了"写什么"的金口玉言，只有小部分不识时务者，让几乎只与自己内心有关的日新月异和天翻地覆，在"怎么写"的疑虑困惑中艰难裂变。

就我个人来说，如果新异的日月和翻覆的天地只与别人的嘴而与我自己的心没有关系，对我它就没什么价值；那新异日月与翻覆天地的意义所在，只在于能带给我神秘的诱惑和惊诧的刺激。我愿意认为，神秘的诱惑和惊诧的刺激，也是唯一一条连接牛健哲们与日月天地的价值纽带。

艺术上的神秘与惊诧，不归组织分配，不为集体共享，是极端个人化的私密体验。私密体验可以从小说的"事"即内容中生出，不过，与"事"即内容没什么关系也很正常；但肯定的和必然的，它能从小说的"叙"即形式中生出，并且与"叙"即形式休戚相关。李月峰把玩的伦常悲剧，也惨不忍睹也骇人听闻，可更多的时候，却能让我们的愤怒与同情偏离轨道，去接受认同那所睹所闻，仿佛那"惨""骇"只是蛀牙，虽然偶尔也引发疼痛，却不影响我们大快朵颐；鬼金拷贝的那个"朱河"，或游手好闲，或身有残疾，出入于他的多篇小说，其共同特点是耽于幻想，这些朱河，以及其他非朱河们的日常生活，似乎因了幻想的关系，总是孤立地悬在空中，呈现给我们的飘浮的真实，便总像仿假拟假似假的幂景；牛健哲热衷于涉猎的物理化学机械医药，都隶属于呆板的教条，不易鲜活小说的情感，有碍灵动小说的精神，但是，如果我们追随作者的滔滔雄辩，到他梦呓般的逻辑演绎和驳难化的哲理推导中去爬罗剔抉，又能发现，那种被推向极致的理性智趣，竟能不着痕迹地发酵出幽默，发酵出滑稽以及荒诞……显然，单从"事"看，三位作者的小说材料，制造神秘和惊诧的元素都稀薄寡淡：一出出的伦常悲剧，是媒体天天渲染的快餐新闻；一个个的类型化人物，出入于所有低智商的肥皂剧里；而一门门物理化学机械医药，其当行本色，更为工厂医院科研单位，去接受小说的格物致知，那完全就风马牛了。可李月峰鬼金牛健哲，却都善于沙里淘金，以"叙"为水，从"事"的沙里，淘洗出神秘与惊诧的灿灿黄金：在她笔下，悲剧失去了惨烈的特质；在他眼里，人与物皆以虚幻为真实的底片；而在他口中，枯燥的学术论文宣读，居然能有莎士比亚戏剧对白或马三立单口相声的袅袅余音。

这种以扭动和颠覆为主要表现形式的淘金能力，是好小说家的必杀绝技：通过扭动达至改变，借助颠覆实现解放。那么，它意欲改变和解放的是什么呢？我以为，就是让非存在成为存在，让存在重新成为存在。

存在即是关系的建立，是物质的也是精神的关系的结构与解构，而小说，天然地精通针对一切关系的制密之因、探密之策、泄密之术、解密之道，所以，我愿意把踏上小说的玩乐之途，视为走上确认和把握和解剖事物间诸关系的便捷之旅。现实生活沿可行性前进，虚构故事靠可能性发展，小说作为存在的勘探器，往远了说从庄子开始，从近处讲自塞万提斯以降，其实，从来都不仅仅满足于充当镜子去映照复制已知的现实，它更乐于成为的，事实上也确实成为了的，是现实的发掘者和创造者：赋虚无以形状，化虚有为实在。至于在某些时候和某些人那里，小说被简化成了镜子甚至更加不堪的传声筒功德碑，受到粗鄙化教条化和功利主义的歪曲伤害，那罪不在小说，是另一码事。小说作为百科全书，尤其作为情感生活和观念世界的百科全书，其使命只是，表达还没被意识到或只被意识到个别侧面某些局部的存在景观，以帮助读者的认知不断走向广阔和深入。粗鄙教条功利的文学理念也讲认知，但那多指对事物表象的了解和知道，一个自视全知全能的写实主义小说家会刚愎地相信，他对世间生活的记录，他对各色人等的描摹，真的可以逼真翔实，真的能够客观准确。而现代文学的认知内涵，已经得到了极大拓展，不光大彻大悟是认知，似有所悟也是认知，还是更重要的认知。一个真正浸淫过修养过现代主义精神的小说家轻视现实，不信任真理，质疑一切明晰确切稳定的事物，他视人人可见的现实为不值一提的陈词滥调，相信只有经过小说家选择处理过的现实才有价值，因为他知道，虽然"生活中充满了不可思议，可小说却对此拒不承认"（毛姆语）。所以，一个小说家的本领更在于，不论他对身边的物质生活与物理世界望闻问切到什么程度，落笔时，他的兴趣所指热情所在，也是那些物质生活里和物理世界中所匮乏鲜见的异样感受与独到经验。

所有小说家，包括最平庸的小说家，都渴望自己的小说里有异样的感受独到的经验，之所以那渴望常一厢情愿，原因多半在于，他只把"事"奉为圭臬，而不懂得或没能力把"叙"

打造成成就小说的魔法密钥。人们写小说的原始动因，一般的解释都很"及物"：是人世的生老病死与柴米油盐，爱恨情仇与喜怒哀乐，诱发了人的百感交集，又促成了人的有感而发，于是这"感"，帮人做出了写作的选择。这肯定没错，但也肯定不够，因为它揭示的只是写作小说的浅表理由，如果只满足于这样的理由，那么，把虚构简化为模仿，将叙事缩减为说明，让小说与"故事梗概"的区别只以字数的多少为衡量准绳，也就没什么不正常了。但写作小说，又实在还有深层理由，这理由，也是一切艺术创造的原因和目的，我们不妨称之为"艺术意志"——哦，我不敢掠美，得申明一句，这理由是德国艺术理论家威尔汉姆·沃林格提示给我的。沃林格认为，制约所有艺术现象的最根本和最内在的要素，其实是人的艺术意志，而一个人从事何种艺术活动，只取决于他有怎样的艺术意志。艺术意志与生俱在，与表现对象无关，与展示内容无关，作为创做主体意欲将内心世界客观化形式化的冲动与欲求，它是艺术创造的根本动力和内在本质……

不好，这沃林格，竟把我引诱得有点学院派和理论家了。我没说学院派理论家不好，可我不是，就不该假装那个非我的我。为了不非我，多年前我乍一接触沃林格时，就把一个并非只有抬杠意义的问题抛给了他：先验的艺术意志既然固有于生命之中，那么，若一个人自小被关在黑屋子里，他的艺术意志还存在吗？但是，很快，我就自行收回了这一诘问。如果一个人，从不记事起就被囚于密室，或者，始终甘于无知和被无知，那他还能算是人吗？若不算人了，只能与鸡鸭猪狗，哪怕与猩猩猿猴同智商共情感了，那他有无艺术意志还有意义吗？

再学院派理论家一句。沃林格还认为，至于那天然存在着的艺术意志如何走向，则取决于日常生活中，人在应世观物时的那种态度，那种由客体对象所引起的，包括了人对世界的感受、印象以及看法等主观内容的心理态度，被沃林格以"世界感"名之，他说，当这种"世界感"内在地转化为"艺术意志"时，便会在艺术活动中得到显现。

世界感？对，世界感，我这里学院派理论家半天，似乎就为把它筛选出来。

世界感的说法口气挺大，但我仍然认为，它是一个谦逊的组词，为此，我想借助它的谦逊，对一个较难表述的问题强调一句——我相信它有真理的性质。我问题的缘起是，既然一个小说家的"叙"对他的"事"影响巨大，那么，该如何保证只让"叙"点石成金而不是乱点鸳鸯谱乱弹琴呢，该怎样做到只让"叙"化腐朽为神奇而不是画地而趋画脂镂冰画虎不成反类犬呢……当然，无他，这需要写作的才华，和才华之外勤勉的训练，以及训练之余神秘的运气。但还有一条，貌似与写作无直接关联，可我看它却更重要，那就是，虽然表面上"叙"只是个技术活计，出于艺术意志的超验天赋，但骨子里，它关乎的，却是一个写作者阅世识人的观点态度，和处世为人的立场原则——有些人，以鸡鸭猪狗至多以猩猩猿猴作为榜样，没有观点态度，没有立场原则，或者，只以他人的观点态度立场原则为自己的观点态度立场原则，我认为，这表露的，同样是一种观点态度和立场原则。观点态度立场原则，是思想意识的深广度和精神气质的强劲度，是进退的路径与取舍的格局，是价值观方法论，是世界感……任何叙事，最终书写的都是真实的自己，而自己的真实存在，亦是对自己作品的中肯叙事，所谓"心生而言立，言立而文明"（刘勰语），说的就是这个意思。

对自己进行真实的叙事，我说这话，取的是其引申意义。而事实是，这一说法，也的确只有引申意义，在非引申的实在层面，统摄一切的唯有谎言，真实的叙事并不存在。在所有叙事性文字中，我只信任小说，我认为只有虚构能孵化真实，而其他文类，新闻或传记、书信集或回忆录、历史档案或田野调查，假设也有真实可言，那也因为，是叙事作品的虚构属性，架构了它们又支撑了它们。多年以来，有几部一半政治一半文学一半海水一半火焰的长河性散文作品，一直小说般地让我着迷，我享受它们的方式之一，就是把它们的叙述人，把夏多布里昂或赫尔岑或卡内蒂，想象成虚构的小说人物，然后追随着他们，分别以法国俄国奥地利为中心，去身临十八世纪后期到二十世纪前期的欧洲之境……哦，你猜对了，我所说的长河散文，正是译成汉字后，分别达一百五十万字和一百三十万字和七十万字的《墓后回忆录》上中下，《往事与随想》上中下，以及被称为"自传三部曲"的《获救之舌》《耳中火炬》《眼睛游戏》；但有一点你肯定猜不出来，就是为什么，我要引出这三人三作？我不卖关子，如实相告，就像我已通过艺术意志引出了世界感一样，我要通过这三尊大神的三大水系，引出董学仁以及他的长河散文《自传与公传》。

"公传"这词别处没有，应该是董学仁的发明创造，就冲这点，七八年前，我一接触《自传与公传》便眼睛一亮，然后，心也亮了，再然后，为了尽情享受那悦目的文字与悦心的思想，就一直虔敬地期待着它的逐月而来，再再然后就是现在，一个月暗星黑的不祥的秋夜。两小时前我关闭电脑，与"艺术意志"和"世界感"道了再见，躺到床上翻新到的《西湖》，看董学仁的长河在上面流淌。这一期，连载到了记叙一九七五年的第四部分，这部分的第一小节，题为"一个疯人与我同行"。"疯人"大约两千多字，我几分钟就看完了它，但看完后，我开始上天入地地胡思乱想，没进入"历史学家不要预测什么"的下一小节——尽管，我已注意到，董学仁要拉出来开涮的历史学家是汤因比，而我案头，有本读到一半的对话录，正是《汤因比论汤因比》。我放弃汤因比仍陪伴疯人。辗转反侧两小时后，我穿衣下床重开电脑，写关于夏多布里昂赫尔岑卡内蒂董学仁的这节文字。我如此叙写这节文字，并非因为鞍山人董学仁也系我"身边"的亮丽风景，我便私心泛滥，以"长河"作伐，推他与夏多布里昂赫尔岑卡内蒂平起平坐。不，与他有仇我也要这么写他。据我所知，开端于董学仁出生的一九五五年的《自传与公传》还远没写完，但我愿意提早结论，它是一部伟大的作品。它以小说的纯粹和虚构的削切，对人性与社会，对耻辱与灾难，对疯狂，对暴虐，对悲和卑，对罪和丑，有着堪称完美的真实述说，而这一切，又成功地实现在他为洗涤汉语言的嚣张戾气和重塑汉语言的内敛品质的努力之中。也许由于原因种种，除我之外的世上之人，再没谁会将他与夏多布里昂赫尔岑卡内蒂相提并论。这不重要，重要的是，作为以社会写实和哲学思辨为特点的长河散文的写作者，董学仁有资格像他的任何伟大前辈一样骄傲地宣称，他对自己时代所做的评骘是诚实的，而我认为，也是生动和准确的。

打住，我插上这段，不为给董学仁的文学"鸡的屁"拔高指数，我没那兴趣也没那能耐。我只想说，董学仁那个疯人与疯人院意象的启示，虽然并非多么新鲜独特，却毋庸置疑，比之于牛健哲们的小说作品，更易深化我对世界感与文本间关系的感性理解，我顺手牵羊它，主要基于申论的需要。我连续七八年读董不辍，自然与《自传与公传》的宽广有关，但更有关的，是它的师心使气，坚卓极端。董学仁是个柔韧的人，却又有着"旁若无人，布衣麻鞋，径行独往"（章太炎语）的执拗与偏激，他不论去这宽广世界的哪个角落拣砖拾瓦，所致力的，都是把一座恶的墓穴垒砌得完美。而现在，作为董学仁疯人院里的忠实"疯友"，我置身于恶的墓穴，沿着他头上那顶疯人的荆冠放眼望去，竟得以把《自传与公传》的一项副产品也收入囊中，这实在是幸运之至：我欣赏到了一场世界感与文本默契配合的互动表演。一般情况下，在文本生产中，世界感的参与极其微妙，常常作者都难以察觉，但《自传与公传》的师心使气和坚卓极端，却疯人般地踔厉张扬，把世界感照亮文本的过程给倒逼了出来，这不仅让我领略到了观念的意义，更掂出了信仰的分量。

再次打住，结束漫长的铺垫，宣喻我要强调的那个真理：你是个什么东西就能看到什么东西，你能看到的只是你能看到的东西；你是个什么东西就能说出什么东西，你能说出的只是你能说出的东西。

作为观察世界和理解生活的一种手段，小说帮助牛健哲们，看到了一些东西也说出了一些东西。那是一些新鲜的东西，像一束光突兀地闯进了漆黑的屋子，结果，有些读者的眼睛就不适应了，因为他们无法理解，那些不是反腐守则也不是福利手册的小说，怎么能算好的小说。

小说的怎么算好怎么算不好，还真是个问题。

在我看来，好小说有千种万种，不定于一尊，唯在在彰显的都是其好；不好的小说则只有一种，就是不好——不好与坏不一定同义。在眼下这个闪婚闪离闪作文时代，牛健哲们的作品都数量不大，还佳评有限，但不可否认，他们又都出手过好的小说——谁都知道，更有无数收获过无数奖励的名流大腕，虽然作品无数，却篇篇平庸部部不好。小说的好或者不好，应由读者裁判，这么说原则上没有错误。但这种说法，又的确只是个空泛的原则，因为只要你没法像商家那样，确定自己商品的目标人群，那来自"上帝"的批评或赞扬，驴唇就可能对不上马嘴：要么武侠小说的爱好者贬低了感伤的言情小说，要么代言百姓的底层小说受到了官场小说的排挤冲击……读者与读者是不一样的，但那不一样，又并非有着行政级别上的尊卑差异，而只是口味嗜好上存在着偏颇。一个食客的口腹快乐，不在于他吃川菜还是用沪菜，而在于，他的味蕾和肠胃更欢迎什么。也就是说，一个读者的精神享受，只在于何种气息的"艺术意志"与"世界感"更刺激他，而不在于他所钟情的东西"悲"还是"喜"，"雅"还是"俗"，"大"还是"小"，"正"还是"邪"，以及名目为何出处在哪：萨特的读者，不一定就比萨德的读者格调高修养好，而柯南道尔的读者，也未必就比麦尔维尔的读者头脑简单思想苍白……依此而论，一个小说家若心里总是装着读者，恐怕连喜欢他的读者都要骂他投机，倒是那种目中无人的、我行我素的、自扫自家门前雪的小说家，更可能邂逅自己的"目标人群"。

李月峰是个傲慢的作者，从不介意读者是否与她心心相印，仿佛她的乐趣和快感，只在于引发读者的抱怨和责备。可与牛健哲比，她倒算得上亲善大使，作为一个远远走在游客前边的导游，她还知道等等游客，尽管眼神里的不耐烦有点伤人。牛健哲则干脆忽略读者的存在，或者说，他的自说自话，只服务于一个读者：他自己。作为导游，有时他也能记起身后的游客，还知道，置身于沈阳大南门张氏帅府的游客们，更想听的，应该是张作霖官匪集于一身与张学良忽而不抗日忽而抗日的故事，可是，讲解时，他却偏要装傻充愣，只津津乐道刁斗与他曾先后供职的《鸭绿江》文学月刊社，何以一度鸠占了帅府鹊巢。姜涛温雨虹与读者的关系会顺溜些，揶揄是绅士般的，嘲弄是同僚似的，并且那揶揄和嘲弄都适可而止，不至于让读者与自己反目成仇。这种若即若离的关系模式，十数年后，为鬼金较好地承继了下来。他时刻手捧旅游指南，一丝不苟地朗诵和背诵，只是，他诵出的结论却不那么着调，要么说本溪水洞的神奇只在于灯光照耀，要么说任何树的叶子，不论杨树的榆树的梧桐树的，只要生长在关门山旅游区，便每临秋霜都能转红。

　　接受如此一些作者的导游，读者能够玩得好吗？填反馈意见表时，能给他们评高分吗？这我可说不好。作为接受他们导游的游客，包括我，并非就一定有资格给他们打挑画圈，而小说的读者除了作者本人，也未必就一定是捧读那小说的每一个人。但有一点我敢断定，牛健哲们对读者是否因自己笔下人物的悲欢离合而歌哭笑骂无动于衷，把拒绝讨好读者当成自己的行为规范，这表明的，不是失礼，而是对读者智力活动的珍视与尊重。写作是朝向交流沟通的一种努力，但吊诡的是，交流与沟通只属于具体的生活领域，在存在的领域没法完成。因此，当小说去开启人的直觉、去透视人内心的空疏与黑暗、去理解人类的认知困境时，只适宜于单向表达的它，看重的更是情感的唤醒，强调的更是精神的激活。有些写作者急于"交流沟通"，喜欢粗鲁地、唐突地、不得要领和不负责任地，打读者泪腺与痒痒肉的主意；牛健哲们则欣然承认交流沟通的无法对接，只喜欢从自我的兴趣出发，以自我为中心地引导着读者，去文字的丛林里和故事的海洋中玩味什么。也许，那被玩味的什么既说不清又道不明，只是隐约的不安，只是朦胧的骚动，但我以为，唯有它们才是"交流沟通"结出的硕果，因为在这种不安和骚动里，情感的唤醒是主观的唤醒，精神的激活是自我的激活。

也许正因为此，歌德才会诚挚地解剖自己说："作为一个作家，我在自己的这一行业里从来不追问群众需要什么，不追问我怎样写作才对社会整体有利。我一向先努力增进自己的见识和能力，提高自己的人格，然后把我认为是善和真的东西表达出来。"

也许同样与此有关，罗伯-格利耶才要刻薄地教导别人说："你们从巴尔扎克那里直接来到我这里当然不行，你们得经过普鲁斯特与卡夫卡的过渡。"

我的手头，有两篇未刊的牛健哲小说，为呼应我的这篇文章，我原想举其中之一作为例子：《谈谈小说〈个人阅读〉》，以进一步细化"叙""事"问题。虽然，这篇小说如同他的多数小说一样信马由缰，既不顾忌故事形态的稳定均衡，又在形式技巧方面故意暴露出玩票的痕迹，甚至破绽，可它在传递他小说的语言风格方面，比之于其他都说服力更强：作为一篇谈论小说的小说，自然得转述小说，于是，这个东拉西扯的故事，就至少得容纳三套语言系统。

好小说家都以语言为尊，在牛健哲这里，对语言的顶礼膜拜更超于常人，语言是他所有小说的第一主角。他的小说，讲什么故事谈什么话题都无所谓，有所谓的，只是他的"说"得不同凡响。但荒唐的是，他的说里，即使涉及的是一次看望朋友的普通旅行(《药酒》)或对一段恋情的零碎回顾(《不再降落》)，也要戒备什么或挑衅什么似的，对我们所习见的一切投以审视的目光，并且，还要顾左右而言他地对那习见的一切歪批谬解，直到把人说成非人，把物说成异物，把情说成无情——对了，或许就因为牛健哲总左支右绌或左右逢源地顾左右而言他，这才打乱了我的举证计划，让我几乎毫无理由地，就丢开了相对容易臧否的《谈谈小说〈个人阅读〉》，而拣起了基本不知所云的《左右》。

《左右》是牛健哲发给我的另一篇未刊稿，不长，近五千字，缺失所有的小说元素，不仅拒绝再现现实，连再造现实都缺斤少两，它的特点是与文科学术论文比，更像理科的学术论文。显然，作为小说，它里外不是人的地方触目皆是，写完好几年也没地方发表，除了能证明我们百花齐放的文学园地终于被规训成了一言九鼎的学术阵地，更能证明的，是这篇作品的不合时宜。那我就只能无奈地"呵呵"一声了，否则，若把这种四不像的东西放出笼来，非气歪某些人鼻子不可。当然了，像我这种不关心别人鼻子的人，倒可以无拘无束地叹服它的运思奇崛，激赏它的叙述有力，把它外在的简洁干净与内里的复杂多义的相得益彰，摆上好小说的展示台悉心赏析。但不好意思，现在我还无暇布展。现在，我得赶紧思忖琢磨，为了结束此文，我该摘引多少字和哪部分的《左右》较为合适。《左右》的自然段计二十一节，最短的不足五十个字。按我本意，是将其全文纳入彀中，但知道不妥，至少，发表后是否和如何向牛健哲支付稿费就是个问题。权衡再三我最后决定，为了不惹版权麻烦，只随机摘引三个小节，来呼应我文章并以飨读者。我摘引的文字，源自《左右》的首节和末尾两节，至于我为什么这么引而没那么引，只摘了这些而没摘那些，我自己也说不明白。抱歉，我是真的说不明白，什么都说不明白，一如我不明白这篇研究牛健哲小说创作的文章，何以就写成了这副模样。

人类转向无性生殖以来，世界开始盛行新的秩序。旧有社会体系中诸多问题的源头——男女婚姻被彻底抛弃只花了区区几百年时间，可见它在当时就让人们厌倦透顶。与此同样快捷的即是两性性征的退化，两种性器官的外显部分在失去原始作用之后即便没有立即消失，也很快混同起来，像曾经的先天畸形。被称作乳房的女性哺乳器官是隐退的先驱，这也从视觉上促进了人类对无性角色的认同。接下来，男女特征被视为返祖现象。虽然那段历史里出现过几次利用医学手段炮制的性别化的复古风潮，但历时短促影响浅近，最后一次只牵扯到几个极端小众化的时尚明星。那毕竟是一个羞于重复的圈子。人类在很多领域的进步远远低于预期，务实之风大行其道，先进的繁衍方式成了他们共识水平最高的方面。

　　……

　　至此，唯一让人们感到不快的就是人体表面位置不确定的多处伤口，长在手肘或膝盖等处的伤口使对生殖并不总是经过慎重考虑的两种类型的人，互相挤揍就可能制造胚胎细胞。很多左型人体内正在培育的胚胎被怀疑与名义上的右型基因搭档毫无关系。在御寒目的之外，部分左型人开始穿戴只为遮盖伤口的衣物，即使是在夏季。趋势蔓延开来之后，少数右型人为这种不方便而恼火，两类人的平等权利时而成为话题。

　　人们开始倾向于选择身体伤口较少甚至单一的基因搭档，这与进化的走向互相牵引。逐渐地，人们觉察到，伤口单一并且处于腹股沟附近的人更有繁殖吸引力，而常态下软组织便有所鼓凸的右型人能更加便利地送出遗传物质。一切有了明朗的方向。左型人慢慢发展出排出幼小后代后向其传递有营养的体液的器官，这对后代健康和双方关系的发展相当有益。该器官略微隆起，在七成左型人身上定位于腹部，参考多种动物的生理结构，学术界认为这个位置相当合理。但让很多人觉得可笑，有两项研究声称长期来看，这种输出体液的器官有从小腹向上移动位置并且一分为二的趋势。

乐不思蜀

——红柯和《天下无事》

红柯兄：

在电脑上给你写信请勿见怪。如今通讯事业太过发达，害得我等以写字为生的人写信的手艺也基本废了，写的话也多是电报文体的公函便笺，这样，不写公函便笺，想多说几句与小说有关的话，便觉得不做文章那般依赖电脑就无从下手。这也是毛病。对待文学，我常以阿斗那样的通达目光层层看去，心下也认可那种通达，可一做起来，却已不会不把个诸葛孔明的酸架子端上台面，弃笔而执电脑给你写信就是例证。这或许亦是我的局限。但寻求解放之心的强烈程度，则可以从我喜欢《天下无事》这件事情上看出来的。

顺便说一句，虽然我一直对生养孩子没有兴趣，但还未成婚时，偶尔想想繁衍之事，就已先期为我的孩子取好了名号，而他们的名字，皆出之三国：若男儿全名刁阿斗，若女子全名貂蝉。以中国人的取名习惯，这显然太无厘头了，但这也正是《天下无事》般的找乐心态使然。可惜心下早已深知世道艰难，人命微贱，便不敢邀刁阿斗貂蝉真与我同玩名讳游戏，这样，我的一双蠢笨儿妖冶女，就只能偶尔现身于我小说中承接父爱了。

《天下无事》我一字不落地一天半读完，你以如此笔墨沾沾自喜地解说（我拒绝"戏说"这个谄媚之词）三国人事与世间人事，实在让我乐不可支，开心异常，犹金圣叹关起门来裤裆中挠痒般直呼快哉。那些或耳熟能详或一知半解的英雄名士以这等面目与我重逢，那些或神乎其神或质朴本色的掌故事件以这等方式供我重温，真真让我爽身爽心，愉悦之余，唯每每怪你展开不够，铺排不足，挥洒得还欠淋漓恣肆狂放疯魔。

这本小说，若再厚些当更过瘾，另外，后三分之一阿斗的具体介入若再多些也会更加圆融。有阿斗在其间搅动着的三国浑水，才称得卜货真价实的性情之水、本真之水、凡尘之水，于浊中见清，那水方可以明洁得剔透晶莹。本来在小说前三分之二给列位前辈派戏份时，你是有高明招法让阿斗于无所事事中也插进一双臭脚翻波浪的，可在小说后三分之一的许多时候，你总让前辈事迹兀自跳到台上去生旦净末丑，却削弱了后生阿斗的调度权威导演机会，这不免让人心中悻悻。在我看来，读者不以接受罗贯中的方式接受你这台三国大戏，就是因为你在让阿斗调度导演指点江山时，那英雄之歌与社稷之舞能活现出又一路数的美不胜收和妙不可言来，也就是说，只有可爱的傻瓜阿斗，才有资格充任三国这个股票交易所里最具瞎猫抓死耗子天赋异秉的总分析师，读者最看重的其实是他的表演。可阿斗一沉默，整个舞台上便全无了大珠小珠落玉盘般的锣鼓铙钹声，这是不是你写到后来就行色匆匆着急收场了呢？

我喜欢小说中的挤眉弄眼，装傻充愣，似是而非，阴阳怪气，尤其是那东西与神龛圣仪紧密相连时，其声其色更别有洞天。小说当然有微言大义，有亘古至理，有哭有笑，有爱有恨，但百十年来，我们的小说都太以史诗化或情诗化为追求样板了，总体倾向是踏步于道貌岸然与装腔作势那条路上，要么铁肩担道义（自诩的），要么甘苦寸心知（自恋的），于是就只能制造大言微义和时尚知识，成了真善美与假恶丑的大盘点，成了主旋律与私人化的小摩擦。昆德拉在《被背叛的遗嘱》中盛赞《巨人传》，初识不以为然，《巨人传》除了历史地位的意义，又有什么好？那般拉杂粗糙，全无规矩，只是小说的原始雏形嘛。但稍稍多想也就领悟了，那启示我们的不在小说技艺小说手段，而应该是以小说方式发现生活的一种态度和精神：信马由缰，天真未凿，寻欢作乐，率性而为，嬉皮笑脸，含糊懵懂，以假乱真，化真为假，因趣生味，由味养趣，外行看热闹，内行看门道，一本正经时带些坏坏的恶作剧，没有正形时道些哀哀的苦情账。在这点上，二十年来的中国同行里，王朔的努力有开创性意义，王小波的实践取得了斐然的成绩。

你说：要一点小流氓，搞一点不正经，我以为此言极是。戴紧箍咒翻跟头太别扭，按社交场合的要求穿着打扮太拘束，大概还是光了屁股撒尿和泥才更能自得其乐。我想，要让自己乐不思蜀，不妨就一路阿斗般混沌下去傻瓜下去；当然了，最终会混沌和傻瓜成个什么样子，那则要看每个写作者自己的天缘命数了。

祝笔健！

欲罢能不能
——我写《欲罢》

我又讲了一个悲凉的故事，真对不起。

对不起谁呢？有朋友说，你小说总讲些悲凉的故事，让人感伤难过。朋友是几个月前讲这话的，是针对我的其他小说讲的这话，特别针对的是我其他小说中那些女主人公的命运际遇讲的这话，她讲这话时，我的《欲罢》已接近尾声。朋友建议我，再写小说时，应该尽量让故事明亮一些，以舒畅读者淤塞的内心。可当时我就说，真对不起，我手头正写的这个长篇，讲述的故事又挺悲凉，恐怕仍然会让读者感伤难过，而且，格外能体验到那种感伤难过的，大概还是你们女性读者，因为我的主人公就是个女人。对了，我这里提到的朋友也是女人。

那么，我需要对我的朋友说对不起吗？或者，对因了我小说而感伤难过的读者们，尤其是女性读者们说对不起？也许需要吧，但千万别指望我知错能改。

讲述悲凉的故事，惹得读者感伤难过，我说不好这算不算过错。但不论对错，我都得申明，这样做并非我刻意为之，我从来都像警惕笑靥一样警惕眼泪。

我知道生命有多么宝贵，幸福又是多么稀缺，为了尊重生命，留住幸福，我追逐的目标总是快乐。快乐多好呀，肉体的欢愉与精神的喜悦，能使今天不虚此生，能让明天死而无憾。可现实是个冷酷的杀手，不知为什么，它每每会破灭我的希冀，让无奈和绝望常伴我左右，虽然我追逐的目标始终是快乐，但飞蛾扑火却总成为宿命。对此我无法不感伤难过，无法不任悲凉凝成心头的死结。也许，我对生命和生活这样的理解，只属于一叶障目的偏颇发现，只属于小人之心的肤浅认知，只属于井底之蛙的狭隘诠释，但既然它们占领了我的感官王国，主宰了我的理性世界，也就说明它们有资格成为受到我拥戴的英明君主，尊重它们的存在和听命它们的指引，自然成了我的责任和义务。

但生命的本质不在于幸与不幸，索取才是它唯一的属性。基于趋利避害的人性本能，生命实现的过程只能是一次索取的万里长征，幸与不幸不过是索取的派生物而已。这与飞蛾扑火并不矛盾，甚至，正是有了欲壑难填，也才有了不知餍足。占有金钱，攫掠权力，收获爱情，吸纳知识，满足自尊，赢得荣誉……不论其表现的形式怎样曲折迂回，花样翻新，无一不是索取的征伐。不过别把索取看成无耻的偷盗，索取其实是磊落的竞技，以索取为基础建立起来的游戏规则，才更有助于人生的幸从而避免不幸。说到底，人生一世实在简单，诱惑索取我们的欲望，欲望索取我们的热情，热情索取我们的生命，然后，我们的一切就重归于零了。

唯一让我猜不出结果的，也是一个挺幽默的问题，有一天，当我们重归于零之前算总账时，若掐一掐我们是否已经满足了我们的索取，我们得出的答案能满意吗？嘻，恐怕只有天知道了。

这样想来，我竟从悲凉中找到了笑料，而感伤难过也改变了性质。或许这也是一种明亮与舒畅吧。于是，作为一个诚实的小说写作者，除了讲述一个诚实的故事，我大约已别无选择。

当然，别无选择的选择也是选择，甚或还是更深刻的选择。我必须承认，对《欲罢》的写作，正是一次严肃选择所得的结果。

我严肃地选择了对《欲罢》的写作，我敢断定，《欲罢》对苏菲的选择也无半点草率，而苏菲的选择，她对她生存态度和生活方式的决绝选择，更是认真得一丝不苟。也就是说，即使我的小说里，仍有悲凉能引发感伤难过，那也是不依任何人的意志为转移的，小说它是一个自洽的世界。是的，苏菲的选择确乎惨烈，如果可能，我真不希望她大开杀戒，我真愿意她爱情美满，我真想让她万事顺遂。可苏菲她诞生于我的脑海却独立于我的笔端，她的选择，是她生命的必然，只能根源于她自己心念欲求上的冲突、困惑迷惘时的焦虑、绝望无奈中的挣扎，对此我和她一样无能为力。

也许我和苏菲面临着同样的选择：欲罢，能还是不能？其实，我的朋友，我的读者，我的同类们，又何尝不都在时时面对这样的选择。如果这的确是我们共同的处境，那我的那句对不起还是留给苏菲更好一些，因为是她替我们承担了罪愆。

关于《回家》

贺彩虹你好！

 我是这几天才看到《当代小说》第二期上我那个"档案"的，自然也便才看到你的《说刁斗》，不过我看的不是那期刊物，而是刘照如寄我的复印件。这事说来颇为怪异。由于这期刊物有与我有关的内容，我便很想早些得到，可几个月里，刘照如先后给我寄过三次，也不知哪个环节出了毛病，我竟都未收到。后来我让刘照如从杂志上撕下那份"档案"，以信的方式寄来，至于样刊，何时我去济南玩时取来便是。可刘照如手头的样刊已所剩无几，他不忍心撕，我读到的便是复印件了。我认为这几个月里邮路的阻隔有些天意的成分，或许天意是以这样一种方式在提醒我，要珍惜我的"历史档案"，包括珍惜你文章最后涉及到《回家》的那一节文字。

 我认为《回家》是我最重要的小说，这种感觉，产生于写作的过程之中。现在完成它已两年半了，这期间我又多次读它，当初的感觉并没变化，甚至还隐约地强烈了起来：这十几万字，应该属于我写作历史上格外高妙的神来之笔。当然我也早看到了它在今日文学市场上的不合时宜之处，用一个朋友的话说，在这篇小说里你没有好好地说故事。朋友的意思是，我是一个很会讲故事的人，如果我能"正常"地使用《回家》的材料，完全能写出一个圆润周延的好看的长篇。可你费力不讨好了。朋友的前一个判断我表示认同。写这篇小说，我的确很用力，就说对语言的使用吧，我故意追求一种凝滞繁缛的言说效果，还安排长段落，少分行，使得节奏异常缓慢，用你的话说就是"走一步退两步"了。这对一个写作者来说，肯定比读者要吃力得多。但我不认为我没讨好。我早就明白，在这世上，没什么东西可以讨得所有人的好，所以我做的一切，便都只以讨得我自己的好为目的。而《回家》，我写它的时候如神灵附体，飘飘欲仙，待时过境迁了反复读它，仍感到快意彻骨妙不可言，这样的好谁能轻易讨得到呢？我知足了。记得在它难以发出时，我对林建法说过，如果这东西被退稿十次，我就自费出它，送朋友。

好在它发了出来，省我笔开销。在发表之前，它经历了三家杂志社的退稿，在发表以后，它又已经受到了三家出版社的否定，现在它的单行本还没有眉目。让我觉得有趣的是，杂志社对它的拒绝皆因为内容：有一点性的因素，主要是第四章涉及城市雕塑的部分文字，似乎容易让人敏感到什么东西；而出版社不接受它的理由则都是文体：一篇如此写法的小说连"中心思想"或"故事梗概"都难以提炼，又怎么能提炼出经济效益呢。但对它的命运，我已经很是满意，毕竟在它的游历途中，邂逅了敏锐的谢有顺和果决的宗仁发，当它出现在二〇〇〇年第六期的《作家》上时，即使它那个微妙的第四章被小施了刀斧，有了点伤痕，它也仍然可以被视作一座全须全尾的"城市雕塑"。现在，通过它，你又看到了我对"'家'的虚妄不实和精神救赎的无可实现"的认识与理解，并且在对我有过较为广泛的阅读之后，做出了"《回家》是刁斗智慧和思想的集大成之作"（我不敢妄领"智慧和思想"，想替你改作"技术和想法"）的判断，我简直都喜不自胜了——在一个济南至沈阳的邮路那般障碍重重的世界上，小说架起了写作者与阅读者间沟通的桥梁，这多好呀。不瞒你说，当"智慧和思想"换成"技术和想法"后，我确实是如你那样看待《回家》的，这也是我重视你文章的最后一节和写这封致意回信的唯一理由。当然了，近来我心中也时有悲凉，不过你别误会，我不是为《回家》的缺少关注和单行本的无法出版耿耿于怀。固然写作需要关注更需要出版，可没写到马原那份上怨不得别人，我只有权利对我自己耿耿于怀。

我说我心中时有悲凉，针对的仍是我的写作，我是担心，老天恩赐了我一篇《回家》后便弃我而去，不再给我启示，使我无法再写出能让我长久愉悦的小说。可我多么希望上苍能时时眷顾我呀。

话已经说多了。你搞评论，我写小说，从行规道德的角度讲，原本应该保持距离。可作为《回家》的作者，我没法不对《回家》有了知音感到小小的喜悦，同时，我也很想代表《回家》，通过对你的致意，顺便向耐心阅读了它并对它有过中肯评价的林舟、乔世华、吕新等大方之家一并致意。

我记得听谁说过你是吴义勤的研究生，那这封信就寄吴义勤转你吧。我的意思是，若我没记错，你会很容易收到它的；若我记错了，以吴义勤认真负责的做事态度，他会找到任何一个在济南从事文学评论的人的，并把这信转交过去。也许这样给吴义勤添了麻烦，但免去了我给刘照如或吴义勤挂电话问你地址的麻烦，这能让我生出一丝小小的得意。

祝快乐！

《三界内》点滴

对《三界内》，像对我的其他小说一样，我难以做出理性的解读。我写作多半凭的是直觉，一篇小说，在手眼心里掂量来掂量去，觉得舒服了，熨帖了，是那意思了，也就成了。尤其这《三界内》，最初我起意想写的只是三个短篇：《女杀手》，《用一只手拥抱》，《红墙》——这读者一对照《三界内》就知道是哪三篇了——可刚写完一个半，我就觉得这三个东西并非互不搭界，它们不应该是分别的"它们"，而应该是统一的"它"。于是，像每回预感到要写的东西可能会"出彩"一样，我开始兴奋、紧张、躁动、闹心，这么琢磨琢磨，那么鼓捣鼓捣，就一篇篇地写了下去，直至将九个"它们"搅成了个"它"。

但光这么回顾《三界内》的写作显然不够，也违编辑约我这则短文的本意，那我就把我写这篇小说时所产生的一些关于形式的想法整理出来，供读者一哂。

将《三界内》的九个故事搅在一起的，是个外在的形式。也许有人认为这种连缀是随机的讨巧，是"小说九题"的别一种说法，是可以一笑而过的蒙人把戏。我不这样认为。我读小说，一向喜欢把星号空行白纸页都当成小说的组成部分赏析把玩的。我觉得，所谓叙事，除了对故事的讲述，也包含了讲述那故事的方式方法，勾连那故事的招数手段。在《三界内》，首先刺激到我兴奋点的是"三"这个数字。"神""人""鬼"这三种境界或者叫三种状态是三，每一"界"内的"政治""科学""艺术"这人类为自己铸造的三大支柱或者叫三大基石也是三，另外在我个人的属群划分系谱中，通神的女人、为时势所造或造就时势的彪炳史册的人、鬼气弥身的"我"这种凡庸之人，归一归类，还是三。"道生一，一生二，二生三，三生万物"，我希望我的这三个三也能生出点什么。再有一点我能想到的是，时间的维度在这三"界"里，应该表现出不同的形态。第一界的三个故事，一个从一九六〇年代到现在，另一个从一九八〇年代到现在，再一个就发生在现在；第二界里的三个故事，一个孤立地发生在近两千年前，另一个孤立地发生在四百多年前，再一个同样孤立地发生在现在；第三界里的三个故事，则都发生在现在，并且都是"我"的故事。至于那九个故事为什么是"那"九个而不是其他九个，我就说不好了，我能提供的背景情况是，它们是我从构思中的十三四个短故事中筛选出来的。

为了让我这则短文虚实兼备，我还想再多啰唆几句。长期以来，一直有人把酷爱形式者的努力指责为技术美学泛滥，认为这样的追求是精神基石不够坚牢的标志。这我不同意。由于人性中天然存在的惰性和为整个社会的急功近利情绪所驱策的集体无意识，至少在我目力所及的范围之内，一般读者的阅读趣味阅读心理，是普遍趋于被动保守的，对自由的艺术精神有种本能的恐惧感与排斥心。正是这样的结果，才导致了技术美学之花在中国很难找到开放的园地，使得中国小说的 T 型台上，令人瞠目的奇装异服不是太多而是太少。把精神的贫弱归之于技术的滥用，显然是拉不下屎来怨茅房的心态在作怪，难道放弃技术就有了精神吗？我倒觉得，在一个个性毁损意志破碎思想寂灭的精神空间里，也许技术的整合还能榨出一点新的汁液，否则便只能一片干涸。这就好像，为防止一座房子的坍塌，在周边加几根柱子，至少可以暂时缓解危局；如果这时房子仍然塌了，却把责任推在柱子身上，那实在是欲加之罪。我不是技术至上主义者，但我迷恋技术，我也不是形式决定论者，但我相信形式即内容。

最后还可以交代的一句是，"三界内"这个题目化自那句取之于佛教用语的俗语：跳出三界外，不在五行中。

无"的"的《的》

　　关于先锋写作，百多年里，中外同行已言说多多，有些阐述特别精彩，对我影响深刻且深远。我也知道，对"先锋"的理解言人人殊，更始终有人视它为怪物，乃至灾难，要么轻蔑它嘲弄它，要么否定它仇恨它，就像在许多人的性观念里，异性恋爱天经地义，同性恋爱大逆不道。但这对我没什么影响，包括如何教条地定义"先锋"和机械地操作"先锋"，对我的阅读和写作都没影响，我只听凭直觉的引领意趣的指挥。有节小小的古希腊逸事是这样说的：有个哲学家，仰头漫步琢磨天时，没留意掉进了脚下的坑里。一个妇女笑话他说，你连脚下的地都弄不明白，还操心什么头上的天？这里的隐喻浅显直白，却很说明问题，那妇女的意见有代表性。我们活着，光关心GDP，关心职称级别等"有用"的东西就可以了，去关心与真金白银无干的事情，岂不就是白痴的行径？或者，我们写小说，也只该写"真实"的生活、"好看"的故事、"鲜活"的人物，若把小说写得不三不四不阴不阳，难道不是吃饱了撑的？我没想指责那个妇女对精神活动的无知和武断，只想告诉她，假设她真的处理好了地面的问题，那正是因为，有人不惜栽进坑里，替她关注了天上的问题。我没想引申别的微言大义，说先锋是高远的天，传统是逼仄的地，我只认为，乾坤朗朗的文学天地，应该并且必然地，要由先锋和传统共同建构。

其实，任何一个明白小说写作只能是一项文学活动的人，都大体明白，先锋写作意味了什么。这就好比，尽管每个人都有自己对正义、幸福、纯洁、尊严、爱或者美的认知与界定，但还是能够趋于一致地，为它们归纳出基本的指向通行的含义。按我理解，有"先锋即自由"这个概括性判断就足够了，若具体些，也可以进一步强调，先锋是对固有的思维模式的冒犯与背叛，是对多样的写作可能的实验与探索，通常的情形是，它长着一张异端的脸，上面挂着挑衅的表情。可能基于某种天性，对异端我总充满好奇，对挑衅我总怀有热情，于是，我愈益执迷的美学趣味，便是信赖为艺术而艺术、艺术标准第一的主观追求，便是服膺形式即内容、形式大于内容的客观实践。

但我又深知，表面上的异端与挑衅，与它致力反抗的陈词滥调和俯首帖耳一样，也容易为伪善和平庸同化与利用，甚至，由于它很难摆脱某种外在的标签化特点，更方便模仿适宜复制，它的几乎无以规避的命运之一，便是更容易被鱼目混珠和滥竽充数，被自行消解和自我颠覆。众声喧哗与喁喁私语，官能骚动与灵魂开悟，中间那道鸿沟并不一目了然，如果连通其上的飘摇浮桥再披挂起混淆视听的迷彩伪装，没有一双透视的眼睛，还真就难以辨清两岸风景的哪异哪同。时尚常常是先锋蜕去的鳞片，潮流往往是先锋溅起的余沫，当时尚和潮流借先锋之名哗众取宠招摇撞骗时，无疑就是驱逐良币的最佳劣币。从这个意义上说，孤立地品咂艺术和把玩形式，具有的，又很可能只是赝品的先锋通行证，如何抵御艺术泛滥，怎样警惕形式媚俗，或许才更能保证先锋的一路畅行。

我不认为先锋是个刻意的结果，但写作，又从来都是"刻意"的事情，标新立异出人意表的创作，不光先锋推崇，传统也钟情。刻意是诚恳和做作共同的结果，关键是，"刻意"之后，渗入我们肺腑的，是诚恳的琼浆还是做作的毒液。好多年前，我了解到英年早逝的法国小说家乔治·佩雷克写过一篇"避字小说"，即通篇小说里，绝不出现某个特别常用的法文单词。我没看过那篇小说，也不懂法语，不知道佩雷克"避"掉了什么，但单单这个"避字"的想法，就足够让我兴奋不已。我相信写作的第一要旨即是游戏。记得一九九九年初，我接受已故批评家张钧访谈，就说到了也要写一篇这样的小说，要避掉的，是中文里最常用的"的"字。但我一直没有下笔。即使写一条长点的短信，绕过"的"字也没法想象。二〇〇三年"SARS"季节，喜欢漫游的林建法出不了远门被困在沈阳，我俩有许多机会东拉西扯，其中谈论的主要话题，就是先锋精神，就是我俩共同服务的杂志《当代作家评论》，该怎样为先锋写作摇旗呐喊。我们打算自下一年起，每期发一篇很可能被判定为不三不四不阴不阳的中篇小说，并决定，以我构思有年的《的》来抛砖。于是，在以后的大半年里，林建法陆续组来残雪、刘恪、李洱、王小妮等人的稿件，我则埋头《的》的写作。那可真叫艰难，除了题目，近三万字的篇幅里没一个"的"字，这无数次让我陷入绝境；但也足够刺激，完成了它，注定也是完成了我艺术理念的又一次跃迁。

当然，先锋并不徒有其表，它精神的内核，从来都定型为表里如一。那枚内核的种子是怀疑和反抗，不论接受理性的灌溉还是感性的滋养，它结出的果实，都以发现和创造为主要成分：在观念的陈列馆里发现观念，在方法的博物架上创造方法——在此，纯属有意为之，我没为发现和创造分配"新"这个限定词语。我当然看重"新"，推崇"新"，支持"新"，但又知道，"新"的蛊惑性和欺骗性也格外强大，为了抵御艺术泛滥和警惕形式媚俗，当我主张标新立异时，我鼓吹的，更是特殊、别致、奇妙与惊诧那一类东西，我强调的，更是先锋并非唯新是举。先锋不是空穴来风，在一个人性永恒伪善生活永恒平庸的世界里，它所发现的观念，再醍醐灌顶也要以陈腐僵化作培养基，它所创造的方法，再独备一格也要用俗不可耐当原材料，并且，时刻面对陈腐僵化和俗不可耐的吞食消化，亦是先锋几乎无以规避的又一重命运。这样的现实过于冷酷，但也刚好能证明，先锋不是一劳永逸的盖棺定论，而先锋写作，也只能是一场找不到出口的个人突围，是一次走不到边际的自我放逐。

履历表

　　大约是在十年以前，为了弄个业务职称，按要求，我填过一份履历表。忘了因为哪不合格，交上去后，审评的人又让我重填，这样先填的那份，过后就剩在了我的手里。数年之后，我整理旧稿，重新看到了那份表格。可一看之下，我头大如斗，为了填满那些乱七八糟的类项条款，我居然能找出那么多话说。接下来的一天，在妈妈家，聊天时我提起了这个话茬。妈妈却说，你才填了那么几页，就嫌烦啦，你那顶多算微型小说；我把你爸履历表的底稿找给你看看，都赶上中篇小说了，可他这辈子，哪回填表都不敢怠慢。为了重温爸爸的历史，那天我跟妈妈要来了爸爸的"中篇小说"，回家后，我把它和我的"微型小说"摆在一起，琢磨起这两篇"小说"中的主人公来。

　　两篇"小说"中的两个人物，一个我，一个我爸，生命的轨迹迥然不同。可不知怎么回事，这两个年龄相差三十多岁的人，渐渐地，在我案头的履历表里，竟合二为一了。先是重叠式的合二为一，接着是溶解式的合二为一，我中有你，你中有我，终于让我分不清我和我爸哪不同了。当时我的小说《新闻》行将完成，我对选择第二人称的观察视角进行叙述正迷恋不已，简直有点欲罢不能，我计划着，写完《新闻》这个青年人的故事后，要继续用第二人称再写一个老年人的故事。就是这时，爸爸的"中篇小说"和我的"微型小说"不期而遇了，它们还莫名其妙地被我看成了同一篇"小说"，而恰好此时，多年前曾读过的陈村那篇叫《一天》的小说，也在我脑海里活跃起来，给了我启示，使我灵机一动地做出决定，这第二人称的故事，我不能只讲两个，而要讲五个：少年人的，青年人的，中年人的，壮年人的，老年人的，合在一起，就是人这一生的五个主要阶段。而且，在这五个故事的后边，还要有一个第"X"个故事占一页空白，让那张名为"结局或开始"的空白页，提示出下一个少青中壮老和许多个少青中壮老的轮回的故事。这样的想法让我兴奋，我仿佛看到，我的第一部长篇小说，正以一种别具一格的姿态站立了起来。那时候，除了《新闻》和我尚未动笔的《纪念日》，对另三个故事要讲什么我还一无所知，可即使这样，我仍然自得其乐地为这部作品画好了版式，甚至设计好了用"起止年月之×"这样的节断法，去代替别人的"卷×"或"第×部"，同时还选择了塞缪尔·贝克特《逐客自叙》那篇小说中一段意味深长的话作为题记。从那时起，我这部将由五个故事六个部分组成的长篇小说，题目就叫《履历表》了。

或许你要说，这《履历表》的结构方式不过是拼盘式的讨巧行为，并指出，谁谁谁谁早这么干过。是的，《工程》《新闻》《资格认定》《取景器》《纪念日》，这关于少青中壮老的五个故事，似乎并不是同一个故事，似乎也算不上同一个人的故事，硬把它们拉扯在一起，也勉强只配叫个系列小说。可我却要固执己见。我认为，自从它们被《履历表》这个名字统领起来，在乱七八糟的类项条款中，它们那种错位的衔接便获得了意义。作为部分，互相不能取代，彼此缺一不可；作为整体，它们既是同一个人在不同的时间段里经历了一生的故事，也是不同的人在同一个时间段里经历了一生的故事。在这里，"历时"与"共时"进行了一次理由充分的交叉换位，时间与我们玩了一个姑且可以称之为同类项合并或异类项拆解的魔幻把戏。其实，流水豆腐账的线性时间并非坚不可摧，在爱因斯坦那里，它已经被弯了个弯，在我这里，它也完全可以被撺成个撺。要知道，对我这样一个每天都要与时间纠缠不休的小说写作者来说，能够有备而来地与时间论剑，至少会让我个人的心智得到享乐。于是《履历表》不仅轻易解决了在履历表中，我和我爸为什么会合二为一的问题，也顺理成章地被制作成了我个人观念柜里的一截标本，一节形式即内容的美妙标本。

需要说明的是，当我的《履历表》填完以后，它是以《私人档案》的名目交读者审评的。

窗外事

　　我年少时遭逢的时代，没有个体只有集体，没有私见只有公论，人人都与社会勾连紧密，像蜘蛛网黏上的蚊子苍蝇。那时候，谁与当时的时代主旋有所游离，就会被指斥为"两耳不闻窗外事，一心只读圣贤书"，轻则挨批评，重则被斗争。那时作为小学生和初中生的我，已经迷恋"圣贤书"了，但为了不挨批评不被斗争，我小小的社会形象，仍然过早地与热衷于假大空的成人没有了不同。所以，关心"窗外事"，一直是我体内难以剔除的基因。

　　可写了多年小说，我笔下却尽是些一己小我的磨磨叽叽，即使拣来轰轰烈烈的"窗外事"充当作料，也总弄得不咸不淡，好像翻江倒海并不比我的杯水风波更汹涌壮阔。不好意思，我真这么认为。当然，我同样认为，二战以后，直到今天，整个世界上，最方便滋养小说的绿色肥料，就是我母语国度的窗外之事，它们之热闹好玩，之怪异诡谲，之荒诞感陌生化，之超现实非理性，绝对是为小说这门虚构艺术所量身定做的长袍马褂。比如吧，"贵妇人怒杀英籍情侣，莽警头智闯美国领馆"，仅这新近生成的窗外风景之一隅，就有本事轻易支撑起一部后现代小说。其实，近一年来，无聊的我还真反复地打过它主意，连参考比照的蓝本都选定了：唐·德里罗的《天秤星座》，罗伯特·库弗的《公众的怒火》——两本能把孤立事件化为普遍真实的美国小说……打住，以情节设计和故事梗概冒充小说，是对小说和写作者的双重亵渎。

类似"贵妇人怒杀英籍情侣，莽警头智闯美国领馆"这样的"窗外事"，我电脑资料库里库存丰富，玩味它们，是我"深入生活"的方式之一种。它们中的大部分，永远不会成为我雕琢的对象，但它们的气息、音色、滋味、质地，又会永不止息地，源源润泽我所有的小说。

我有个小朋友非常优秀，政治上有资质，学历中没水分，业务能力和应试能力，都够格体现我们这个时代的育人成果。可两三年里，居然在公务员考试中三度落马，其失败的细节，又能俗套成匪夷所思的别致新颖。我惊愕之余，有感而动，决计在我小说里，让这身边的"窗外事"仪态端庄地亮相一回，以证明我也会把"窗外事"烹饪得咸淡适宜。我先写《身源》(《上海文学》二〇一二年第一期），觉得并不端庄，又写《整风》《山花》二〇一二年第六期），仍没端庄起来，最后写完这篇《公务》（《天涯》二〇一二年第五期），我气馁了。也许，我与端庄的距离，真的比咸与淡的距离更远一些。

"德国对俄国宣战。——下午游泳。"这是卡夫卡的一则日记，也是我为我与"窗外事"建立的关系模型。

碎片

　　我手头正写的一篇小说，题目叫《小说》。这命名显得不太正经。本来，若本分地导入线性叙述，严格地设置因果关系，再让一系列起承转合丝丝入扣，它也可以雅驯端庄，适合向亨利·詹姆斯的《阿斯彭文稿》脱帽致敬。它不乏"正经"基因。可我厌倦"正经"。从现在写完的两万多字看，我这《小说》把许多常规性的叙事手法都省略掉了，散乱无序，顾此失彼，基本由一些碎片组成，就像一块彩色玻璃，打碎后，重新组合时，已无法合牙地对接起来。色彩倒还是原来的色彩，可幻化出的，已是新的光泽。它是件半成品。我不知道完成以后它将怎样。

　　对我的写作，我总心里没底，为激发情绪唤醒感觉，写作时，我常把与我作品风格相近的他人著作放在手边。不为细致阅读，只备随时翻翻。这一阵子，写作《小说》，我手边放的是《白雪公主》。也有别的。

《白雪公主》是"正经"题目，似乎滋养不了我的小说。不是这样。我说的不是格林童话，而是唐纳德·巴塞尔姆那部调侃原型戏谑经典的冒犯之作。它的瞎胡诌风格与大杂烩特点，刚好也近似于一块重新组合的彩色玻璃，虽然杂乱零碎，但却晶莹犀利，以它似是而非的诡异色调，十多年来，一直吸引着我反复观赏，且每每呈示给我不同的图案。

　　我案头这本《白雪公主》，是包括多篇作品的小说集，十四年前在哈尔滨出版，是大陆最早译介的巴氏专著，可能也是迄今唯一的一本。从扉页的购书记录看，我在出书当年就买了它，从内里眉批脚注的笔迹看，它的某些部分，我至少读过三遍以上。巴塞尔姆不是最早把小说化为碎片的人，却是最早让我领悟到碎片妙处的人，后来，我把那些忽略故事后并不影响阅读快感，从任何一页读起都能搅得我内心不安的小说，统统称为碎片式小说。

　　几十年里，只计长篇小说，我读过的有两千本了。它们大多像新闻报道的扩展与延伸，像电视剧的原始脚本：有头有尾，有始有终，有鼻子有眼，有高潮有戏剧性，有典型环境典型人物，有教化功效道德寓意。它们完整。扶老携幼一路走来，一如由重视胎教开始到提倡火葬结束的《公民守则》。完整的小说有个好处，方便归纳"内容提要"或"故事梗概"，时间紧迫的话，那些有经验的读者溜它们几眼，去研讨会领红包就不至于脸红。那类小说，也曾让我如醉如痴。后来我不了。后来我迷另一路小说。另一路小说的最大特点，是挑战完整。它们也完整。它们当然完整。可在我眼里，它们又有种说不清道不明的不完整性。它们提炼不出明确的"关键词"，还主题多义难下定评，故事不悲不喜，情节不跌不宕，结构不三不四，语言不阴不阳。它们是些奇异的碎片，闪烁在我精神世界的最幽暗处。有些小说，说它们不完整没有异议，像《城堡》与《审判》，像《没有个性的人》，皆因作者亡故未能写完；可许多完成品，甚至篇幅长得像中国戏曲的拖腔或西洋歌剧的咏叹，比如《项狄传》，比如《追忆似水年华》，那种东鳞西爪的零碎，那种不得要领的散乱，说它们完整倒成了亵渎。当然，天下没有绝对的事物，完整与零散是相对的，齐眉举案叫夫妻恩爱，吵吵闹闹未必就不是恩爱夫妻。我不是刻板的二元论者。我只想说，当完整越来越成为掩盖真相的尖端数码新技术时，我倒宁可费劲巴力地拣选碎片，让它们作为古老的哈哈镜与多棱镜，供我辨识虚假透视病弱。完整的小说就像完整的人生，更应该存在于托尔斯泰以前，随着八旬托翁像十八少年那样，与安逸的波良纳庄园挥手诀别，这世界上，完整的历史就结束了，小说的与人生的完整历史都结束了。生活不再是凤首熊腰豹子尾巴，而是中断、休止、切换、变异、停顿、位移、间隔、偏离、扭曲、错失、混淆、延宕……是另起一行。

被现代主义滋补过的读者，最大的进步是懂得了怀疑，面对貌似完整的小说，他们的悲欢，已越来越与故事的戏剧性与人物的传奇性没有关系。很简单的道理，置身于一个表面真实漏洞百出的现实世界，却认同虚构世界对现实世界表面真实的抄袭模仿，顶多算它多了点提炼加工，那可能吗？毕竟小说除了用于打发时间的消遣，也有别的功效，比如，可以用于浓缩时间的认知。糊弄读者首先是糊弄自己，也只能是糊弄自己。读者需要的不是给定的结论，而是一些方法，一些线索，一些暗示，一些影响，循着那方法线索暗示影响，他们要得出自己的结论。而在我看来，那些五花八门的方法，那些纠缠不清的线索，那些似是而非的暗示，那些若有若无的影响，即是一块块光怪陆离的玻璃碎片，它们彼此相似，却能各炫其彩，它们彼此不同，却又交相辉映。不确定的光芒是最真实的光芒，因为它与我们心灵的光芒有着同一质地。

但我的意思，不是要说"碎片式"是小说的最佳形式，小说也不存在最佳形式。不论塞万提斯式还是曹雪芹式，不论贝克特式还是博尔赫斯式，不论莫言式还是残雪式，包括我越来越厌倦的"完整式"，运用得好，都能写出好的小说。而且，与碎片有关的就只是形式吗？形式与内容，不是泾水和渭水，不同的内容呼唤不同的形式，不同的形式也创造不同的内容，小说的责任，只如巴塞尔姆所言，"以不同方式让事物敞开"。我的意见仅仅在于，一味迷信巴尔扎克的灵丹妙药，病入膏肓的将不仅仅是艺术。

多说一句，我在小说《小说》里写到了鲁迅，论及鲁迅时，我小说中的一个人物是这么说的："谁说鲁迅没有长篇？叫我说，鲁迅那些杂文，就都是长篇碎片，是貌离神合的长篇碎片，把它们放一块读，它们就是《清明上河图》式的长篇小说……"那个人物建议，如果为鲁迅的长篇命名，不要叫《匕首与投枪》，而要叫《呐喊与彷徨》。

心中无妓

今日的文人与妓女之关系究竟怎样，这不好说。并不在于没嫖过，而在于没有什么专论能系统介绍。因为即使嫖了，也不过管中窥豹，盲人摸象，浅尝辄止不足为训。要认真了解，还需有人做一些专项研究，请课题费设调查组，撰博士论文般精细而深入。不过眼下似无哪位博导可以成全如此之弟子。

倒是手中一册《妓家风月》，可以让人知道些往昔情形。

最动人的当然是八百年前那个让人耳熟能详的香艳故事。多愁善感的姜夔在友人范成大处做客结束，不光尽享了多日好酒好肉的款待与诗词唱和的乐趣，临行时又接受了绝妙的馈赠——色艺俱佳的妓女小红。于是雪后行船，梅香浮动；才子把酒，佳人弄弦。真是绮丽景观，妩媚韵致了。无怪乎诗人笔下，能水流般泅出来迷人的诗句："自酌新词韵最娇，小红低唱我吹箫。曲终过尽松林路，回首烟波十四桥。"如此风情万种，仪态妖娆，真不知让多少后世文人惊叹不止，艳美不已。

谁都知道，那些烟花柳巷中的红粉佳人，肯定多的是托尔斯泰笔下的玛丝洛娃或雨果笔下的芳汀一般的命运。可在源远流长的风月史中，偏偏又有薛涛柳如是小凤仙一般的优美事迹令人缅怀。比如一代词人柳永死后，由于家中贫困，乏有积蓄，无力下葬，竟是一群多情的妓女合金为之安葬送殡，且妓女们"每春月上冢，谓之'吊柳七'"。这真乃生前怜花惜草，死后为花草独钟的空前断后之绝唱了。无怪乎晚唐艳体诗的开山大师杜牧不惜"十年一觉扬州梦"，偏要"留取青楼薄幸名"呢。

在中国的文人妓女风流史上，有许多故事令人感叹，其间最具情趣的掌故逸闻，当推周邦彦在李师师家邂逅宋徽宗的悲喜剧了。话说这一日，词人周邦彦正在师师卧房颠鸾倒凤，忽闻皇帝驾到，匆忙之中，只好藏匿床下。于是，徽宗与师师的调情笑闹，恰好灌满了他的耳朵，把他听了个不亦乐乎，回到自家不禁填词《少年游》记录此事。结果，日后事发，触怒龙颜，徽宗把他流放出都城。可这么一来，却害得李师师愁眉泪眼，憔悴可怜，在皇帝面前也打不起精神来，还胆大包天地在皇帝耳边为皇帝的"情敌"说情。这等事情，虽然万变不离英雄美人的陈模旧式，但只要稍稍调整变形，也是足以让天下情种借其光彩而由衷自豪了。联想后世那些一手钱一手货的皮肉女子，恐是不论如何的棋琴书画，到了师师面前，也要透着粗鄙和下作的。至于后来徽宗听师师介绍了邦彦才华，由妒而爱，复召邦彦为官，那就是皇帝老儿的肚量了。当然，倘无徽宗这样爱才的皇帝，光有师师这样爱才的妓女，大约也是枉然。但谁敢否认徽宗的爱才没有师师的影响呢。要知道，徽宗对师师的喜爱有加，就在于"其一种幽姿逸韵，要在色容之外耳"。而那个怒沉百宝箱的杜十娘，如果爱上的是周邦彦姜白石杜牧之柳耆卿者流，换上一种命运也是未可知的事。

　　或许就此，《妓家风月》的作者东郭先生才敢于大胆声称："原来中国的妓家，竟是音乐的传人，文学的化身，亦是社会繁富的象征。"这样的结论，倘有热衷于望文生义者，怕是不好对付的。好在东郭先生的早早辈先人，宋代大理学家二程中的哥哥程颢曾道出过妙语："只要心中无妓，不妨座上有妓"，似聊可释然。只是有一点不知其详，倘若文人才子们真的也如官宦商贾们那等心中无妓了，那么，他们的座上之妓，还会是那般有情有义有血有肉的小红或者李师师了吗？

等待库切

在库切获得二〇〇三年诺贝尔文学奖的十个月前，我读到了他的《耻》，是译林版的。那之前我没接触过他的作品，在我印象中，他只是一道淡淡的名字的划痕。记得那是在飞机场待机的嘈杂时刻，我一进入卢里与索拉娅的关系网络，一种好的叙事所特有的力量就攫住了我，将我带入了一个隐隐孕育着某种莫名不安的宁静之境，就好像，机场大厅成了我夜读的书房。在当时，从读了一页半后产生感觉到读至十页左右感觉定格，我就认定，该人是个充满智性的写作者，沿着他简练瘦硬的文路前行，我定然会从他的信手点染与不动声色中，发现更多让人一言难尽的深意与妙趣。我喜欢那种让人一言难尽的小说和小说家。当然了，我也并未就此便断定，接下来库切将成为诺奖得主。在我有限的阅读范围里，我心目中比他更理想的获奖人选是存在的。况且，我也从来没觉得诺贝尔文学奖就一定应该说明什么。

库切成了中国的明星后，对他的介绍多了起来，但人们津津乐道的，总是他的南非背景与殖民地出身，使他落入了如同鲁迅那样尴尬的境地：先是硬骨头，然后才是别的。这也没办法，毕竟国内只有一部库切的译本，而《耻》的故事对于近年才终结种族隔离制度的南非来说，恰好是特别"现实主义"的。

在如今的世界上，没有什么人或事可以不被意识形态"绑定"，近日南非不是又获得了二〇一〇年足球世界杯的主办权吗。但任何事情，又都需要一个堂皇的前提。南非操办世界杯，首先它得有一支能把足球踢得是那么回事的足球队，如果它的足球只配与中国的足球称兄道弟，它意识形态优势再明显，估计也不敢大言不惭地打申请报告。记得当初中国队"轻易"杀进日韩世界杯后，也有人张罗着要让大力神杯来中国走一遭；好在中国的足球决策层比较谦虚，没脑子发热地鼓起二〇〇八的奥运余勇再上层楼，否则，实在容易把世界杯足球赛变成春节电视晚会上一个歌星一句的歌曲联唱。这话说远了。我的意思只是，库切作为好小说家被人关注，首先应该因为他小说写得是那么回事。

果然，没用我等待太久，证明库切作为一个好小说家"是那么回事"的佐证就来了，浙江文艺版"库切小说文库"的五部小说的同时面世，让我看到了他可以不是"南非小说家"（事实上在获得诺奖之前他就已经移居澳大利亚了）的一面。他是小说家，这足够了。

我手头的六部库切小说，不是他的全部作品，但这六部书足以证明，库切是一个不折不扣的艺术至上主义者，是个对简约风格运用得出神入化的文体家，是个在形式结构上痴迷于为自己设置变化难度的好工匠。也许，他也是一个一针见血的社会批评家，是一个善于剥开公众眼前遮羞布的解剖师，但他的批评之所以发人深省，他的解剖之所以精准犀利，那只能仰仗他艺术感觉的超拔与艺术手段的出色。别忘了，他的批评和解剖都是在小说这个艺术空间里进行的。小说的批评之职与解剖之功，是生长在艺术这张皮上的毛，皮之不存，毛将焉附？

小说里可以有社会问题，甚至离不开社会问题；但小说永远不是社会问题的传声筒，它是透视黑白黄棕各色人等所共同面对的精神问题的显微镜。所以，对伊丽莎白·科斯特洛的四处游说，我更愿意把之看成是一个垂暮老妇对艺术与生命的深刻怀疑与绝望挽留（《伊丽莎白·科斯特洛：八堂课》），而对丧子之中的陀思妥耶夫斯基的躁动与冥思，我也更乐于从对精神信仰与肉身目的的痛苦探究上进行理解（《彼得堡的大师》），即使面对卢里在女儿被黑人强奸后表现出来的愤怒和无奈，我也不单单把它看成是黑人白人间冤冤相报的轮回怪圈，那里边更打动我的，是作者对尊严和耻辱那种敏锐的特殊的感受方式（《耻》），至于迈克尔·K的经历际遇，如果我说那也是作者为许多中国人写的传略，起码是为许多中国人写的精神传略，大概不应该受到牵强离谱的指摘与驳难，虽然，中国是个"五十六个民族五十六朵花"的国度（《迈克尔·K的生活和时代》）……当然我也知道，对库切做出"意识形态作家"的定位，一如那样定位米兰·昆德拉一样，是比较顺手的事，因为他们都太容易被人从那样的角度曲解甚至利用了。但我拒绝对一个艺术家做"内容提要"式的简单化处理。

"库切小说文库"中有一部书叫《等待野蛮人》，我很想套用这个题目提示自己，要心怀惊喜地继续等待库切，等待这个只有六十四岁的、须发花白的缄默男人。因为等待他就是等待好的小说，等待迷人的审美时刻。我以为，他已经写得这么好了，再让他写得不好，反倒难了。

略说略萨

近些年，好几回与人说拉美文学，我发表意见时都脖子粗脸红——替略萨吃马尔克斯的醋：就知名度说，后者比前者大太多了。我无事生非地替两个遥远的同行为虚名操心，也许显得挺小心眼，没准略马两位大人大量，从没计较过在世的拉丁美洲小说家里，他与他谁该坐头把交椅，尽管，这对曾经的好友哥们，也曾经反目成仇拳脚相加。

其实，文无第一武无第二。同样是好小说家，完全可以有不同的好法，风韵妇人与青春少女，都可以成为美的注释，而不同看客的见仁见智，更属于上帝都无权干涉的主观评价：萝卜白菜各有所爱嘛。至于我的吃醋，实属无聊，顶多在无聊之外，又添加了点我对文学价值的个人化理解。

从二十世纪八十年代前期开始，拉美文学一如那一时段畅行中国的走私汽车，驶进我们的文学生活时风驰电掣，其尖兵，正是略萨和马尔克斯。他们对中国文学界的强力冲击意义特殊，除了送来一批精品养料，更让我们找到了参照的坐标——原来，在欧美之外，好小说也可以在落后的经济禁锢的政治贫瘠的思想中脱颖而出。自那以后，对我来说，我相信对我的许多中国同行也没两样，陡然间，就长了几分写作的信心。并且经过挑挑拣拣，在或精或粗地持续领略了十数位拉美小说家的风姿以后，我约略确定，略萨马尔克斯与博尔赫斯最吸引我。但继续掂量他们与我关系的亲与疏时，一般情况下，我会略过博氏只比较略马，原因很简单，我眼里的博尔赫斯是神的化身，略马两位才是人的英雄。我也是人。人只能挑剔人，对神光顶礼膜拜就可以了。顺便坦白一句我的偏见，我心目中的大小说家，都得写过过硬的长篇，连不过硬的长篇都没留下的博尔赫斯，大概是个唯一的例外；同样没长篇的鲁迅在我眼里，是个伟大的启蒙先知。还说略马。马尔克斯的《百年孤独》，是二十世纪的辉煌收获，但一个仍在行内的在世作家，基本靠一部作品支应左右，总让我觉得，有点像对国计民生麻木不仁的体育明星当政协委员，有点像只擅长溜须拍马的贪官污吏当人大代表。我这样说不够厚道。马尔克斯作品没腰，也多系佳制，比较之下，略萨虽然佳制也多，甚至作品及胸，但毕竟少了部旗帜般的《百年孤独》——如果把他介绍给外行，我提《世界末日之战》呢，还是《潘达雷昂上尉与劳军女郎》，还是《酒吧长谈》或《天堂在另外那个街角》？

早年我也像别人那样，在略马之间更看重后者。我不知别人为何轻看略萨，反正我的理由很多：比如，他长得太帅了，对英俊的男人我不大信任；再比如，他那部广被传扬的《胡利娅姨妈与作家》，几近于靠贩卖私生活夺人眼球的艺人勾当；还比如，尤其让我失望的是，作为一个以社会批判见长的好小说家，他居然去参加总统竞选，欲把自己混同于以遮掩社会疮疤为己任的无良政客——再顺便申明一句我的陋识，我不是对知识分子参政一概反对，但为党派之争，光直抒胸臆就可以了，只有为人权而战才值得身体力行。像写剧本的捷克前异议分子哈维尔，在极权政治垮台后出任总统，我就能够理解认同。其道理在于，哈维尔不"根红苗正"，是个天然的"国家公敌"，只要他想有尊严地活着，就没法不被裹挟进意识形态的漩涡之中。我的意思是，为更迭一种非法统治可以舍我其谁，为延续一个官僚体制，首当其冲则没有必要……另外，略萨以秘鲁－西班牙这个双重国籍设定身份，也让我心里挺那个的：至少这容易制造麻烦！比如，诺贝尔文学奖的黄袍终于加他身了，可秘西两国，该如何为他欢喜或郁闷呢，难道那军功章也得一家一半？记得后来入了法国籍的前中国作家高行健摘取诺奖时，就让先后两个管理过他户籍的部门都不无尴尬，没望子成龙般地分享他的赫赫军功不说，反倒是中国政府很不高兴，法国政府也没喜出望外。

略萨在我心目中地位渐高，最终高于了马尔克斯，现在想来，大约就开始于他新户口到手的那个时候。当然了，我评价他们，主要依据艺术标准，间接参考政治态度，没考虑他们都是谁的公民。

我喜欢的小说家品质，是艺术追求的执拗与艺术表达的专一。我不极端，承认精神也像物质一样，流动与变异是允许的，更是应该的，我不认为一个人调整和修正自己的艺术观念与艺术行为就是不负责任。但我更看到，的确又有许多写作者，甘愿让精神依附于物质，像一个幼稚的社会那样动辄"转型"，以投机取巧和见风使舵为艺术伦理，模仿妓女与嫖客的关系。鉴于略萨的个性特点与生活态度，我很担心他太"与时俱进"，只当"时代的作家""社会的作家"，而忘记小说首先是艺术，而早早成为晚年的萨特——让我一直对之兴趣浓厚的法国哲学家与文学家萨特，曾有着充满思想魅力和诗意生命的青壮年时代，可他的晚年，被政治涂抹得不三不四，而略萨，"小萨特"正是能传他神采的响亮绰号。所幸的是，"小萨特"没被自己热爱的老萨特蒙蔽双眼，他对自己热爱对象身上的优劣短长有清醒的认识，特别是在政治的泥淖里崴了脚后，他居然能东山再起，强势重回艺术的怀抱，回到他一以贯之的艺术探索与社会关怀双拳齐出的轨道上来，让他"结构现实主义"扛旗者的一世英名继续光芒四射。"小萨特"的老而弥坚，让我愿意对他另眼相看，一种历五十年而初衷不改的"结构"热情，是我读到的最好的小说。

说心里话，略萨的"结构"稍嫌花哨，甚至不无生硬，不如马尔克斯的"魔幻"深厚浑然。但正因为他身后有一条由凡人而英雄的成长轨迹供我辨识，能让我看到瑕疵被光芒所照亮的过程，我才觉得他亲切可感；而马尔克斯，早已成了定型的英雄，他凝固了美也终止了美。我尊重偶像，但喜欢活人。

五魅娘

　　她们中，我最晚结识的是安·兰德。二〇一二年第四季度，她的哲学随笔集《自私的德性》，意味深长地来到我手里，并让我一读之下便为之着迷——许多书都让我喜欢，着迷，是强调喜欢的非理性一面。我非理性地喜欢上了致力于传播理性精神的《自私的德性》，和视理性为人类最高美德的安·兰德女士，这让我生出一种冒犯的快感。尤其让我难忍窃喜的，是兰德这位二十世纪最坚定的理性主义捍卫者，在思想生活和世俗生活的许多方面，常常自己的刀削不了自己的把，会将她的各种非理性之把柄，在光天化日之下暴露出来，这至少又拉近了她我的距离，让我们如同难姐难弟：我也自诩理性强大，可也每每感情用事。这是后话，前话是，对她我越好感膨胀，便越觉得似曾相识。赶紧检索书架。结果显示，二〇〇八年九月，我曾在杭州买过她的《阿特拉斯耸耸肩》，一部两大厚本里塞了一百三十万汉字的长篇小说。当然没读。现在想来，买它自然出于一个成熟读者对有价值作品的直觉把握，但四年来，我一直未与这位"大力士"过招交手，肯定又与它篇幅过分的浩瀚有关，而更有关的，则是它的对话太多：几乎翻开任何一页，我耳边都会充满聒噪。

一晃，读书与写作也几十年了，也知道，评价小说好坏的标准有无数条，唯独没有对话多少这样一条。可我的偏见，使我对不少好小说家都有保留——我没想暗示，兰德是我心目中有保留的好小说家。她不是，作为小说家的她，在我眼里段位不高。如此，"阿特拉斯"篇幅长对话多的"毛病"一目了然，它的作者我一无所知不说，还想当然地不认其为好小说家，那么，我又该如何解释四年以前，我没什么道理地，请"阿特拉斯"来我书房呢？我只能大言不惭地认为，这恰好证明了我有预见：《阿特拉斯耸耸肩》虽然是砖，却能把《自私的德性》，尤其是把兰德这样的玉引到我身边。

我与她们中别人的结识，都没这样，都没用先摩挲一块引玉之砖，再把玩之后的珠圆玉润——或许汉娜·阿伦特稍有例外，我是先了解了她与马丁·海德格尔的师生恋情，再了解到她的《极权主义的起源》与《艾希曼在耶路撒冷———份关于平庸之恶的报告》的，但仅冲这两本书所论及的问题，在我这里，海德格尔作为一道特殊的背景，就已然变得无足轻重，并且从做人的格局上说，他的使命，也只能是以自己的狭隘衬托阿伦特的宽广。

固然，西蒙娜·德·波伏瓦的情况与汉娜·阿伦特有类似之处，她的身后，也有让－保尔·萨特作为特殊的背景。但这对法国同学之关系，与那对说德语的师徒又本质地不同，倒不在于他们相恋终身而他们只私会两年，主要区别是，即使萨特与谁或谁相爱再相爱，而波伏瓦与谁和谁热恋又热恋，萨娜也是三观五观十八观观观一致的志同道合者，而海娜，很难说徒弟对师傅在才华崇拜之外，绝望的爱情不有点盲目。不过，这种事外人是说不好的，有时当事者自己都搅不清楚。比如吧，虽然我一直坚信，她们中那位最让我难做定评的苏姗·桑塔格，之所以十七八九岁就恋爱结婚生子，一气呵成地为自己盖上了绝不山寨水货的性别角色检验图章，可那只是年轻的她，由于下意识中的排斥与惧怕，便有病乱投医地，给自己的同性爱取向下的猛药；但是，我从不试图以这种合理性不低的逻辑推测去印证什么。对于她们四个，阿伦特和波伏瓦和桑塔格，再加上她们中唯一生于十九世纪的弗吉尼亚·伍尔夫，我都是先闻其人再读其书的，读书前，就直觉到了她们的好，而读书后，又认定了她们比想象的还好。

我愿意别人也欣赏她们的好。这样，前段时间，有朋友请我开设讲座，我就依循序齿分为五次，向我的听众介绍了她们，并分别以她们代表作的名字，为各讲的小题目做了命名：一间自己的屋子；自私的德性；平庸之恶；第二性；反对阐释。我讲座的总题目有点轻浮：二十世纪的欧美五魅娘。

"武媚"娘，或其他娘，比如"甄嬛""芈月""老佛爷"，于丹、倪萍、邓亚萍，以及在电视里抗日的国共美妞，是我们文化语境里的女性明星，我很担心我的听众因先入的观念，对我推荐的"最强大脑"没有兴趣，所以，我祭起标题党的下三烂招法也是无奈之举：以人们熟悉的武则天当敲门砖，"五魅娘"的登堂入室或许能顺利——可首场讲座尚未开始，我就意识到，我这样做是另一概念下的趋炎附势：与"五魅娘"隔膜是他们的缺憾，而接触"五魅娘"是他们的荣幸，她们作为二十世纪思想史上的巨人，怎么可以去俯就他们？如果他们没能力聆听和阅读她们，那只表明他们得学习，而不能就此便无理地要求，她们的兴趣点应该转移，转移到他们的语境中去家长里短。

顺便说一句，"他们得学习"，至少在电影里，是阿伦特对公众提出的有益建议。在那部以她名字命名的人物传记故事片里，一个朋友，好意地提醒她，思考不要那么深刻，或者，表达不要那么尖锐，再或者，文章不要写得那么思辨——我忘了那朋友具体针对什么，反正，是要求她迎合低端、照顾狭隘、屈从无知，从精神贵族的殿堂迁往精神乞丐的茅屋，如此，才不会受到公众的误会与曲解。否则，朋友的意思是，公众跟不上你的步伐，弃你而去还算好的，若是群起而攻之地给你使绊子对你捅刀子，那你可就麻烦大啦。作为公共知识分子，阿伦特当然需要公众的理解支持，可她不想通过牺牲自己据守的良知与认定的真理去讨好他们，她希望，公众信赖她追随她是出于理性，至于怎样提升理性的能力，她几乎是冷酷和不耐烦地，指出了唯一的必由之路：他们得学习。

　　我倒始终信奉学习，即使没有《汉娜·阿伦特》那部电影我也信奉，可他们呢？我的听众呢？我不知道，我口干舌燥的五次讲座，是把他们拉向了她们还是相反，反正，我几乎是站在心理分析与狗血八卦的边界线上，为帮他们寻到她们自由、理智、爱与恨、沉默与表达……的蛛丝马迹，而不惜把她们的同性恋、婚外情、疾病、自杀……都摆上了桌面。我也猜不出，他们从她们的私生活里都发现了什么，倒是我自己，有点意外地，从她们身上看到了以前未曾留意到的一些共同特征——不，不是指"二十世纪"或"欧美"或"魅娘"，是在那之外，我发现，她们都曾凭借孱弱到近于乌有的一己之力，挑战过这世界上最坚硬蛮横顽固的东西。

这个世界上，坚硬蛮横顽固的东西比想象的多，但总括起来名叫"正常"，据我查验它们的成分，主要是权威的定论和集体无意识驱策下的公众趋向。至于那些冒犯和得罪"正常"的挑战，事实上，也并不指向多么庞杂，至少其端倪，往往只显现于个体的日常生活中与习性癖好里。"五魅娘"的经历正是这样。作为权威的逆子公众的叛徒，她们的挑战，都顺理成章地首先向内，自己充任自己的标靶。身为女人，她们五个虽然只有一人终身未婚，却又只有一人生了孩子，坚定不移的拒绝生育者倒有三个，并且，那个生了孩子的还是同性恋者，而其他人里，又至少有两个，会允许自己的性取向在两性之间活泼地摇摆；她们中有两个最"放肆"的，在固定配偶之外，都公开拥有长期情侣，还会把与情侣的恩爱与摩擦，如实地"汇报"给固定配偶；她们中有一个还恋爱呢，就直白地提醒未来的丈夫，她可能满足不了他的性欲；而另一个也是正值热恋之时，就与恋爱对象签署了合同：做永不结婚的自由恋人，尊重对方包括出轨劈腿在内的一切选择……不好，我的表述，似乎在心理分析与狗血八卦间有了倾斜。其实我想说的挑战，更是那种公共事务中的尸横遍野，私人生活中的短兵相接，即使也遍体鳞伤了，我也不喜欢过多置喙，它们只是通往我兴趣点的逻辑台阶，我踩踏着它们移步换景，只为避免凌空蹈虚。

一九四〇年，已连续执掌两届总统帅印的富兰克林·D·罗斯福，破坏了美国一百多年的宪法惯例，第三次参与总统竞选寻求连任。兰德是政治领域的门外汉，甚至作为犹太人和新移民，还是挽救美国经济的"罗斯福新政"的受益者。但也正是"新政"的某些条款，特别是为了声援反法西斯斗争，罗斯福政府和苏联的结盟，让她以一个自由主义知识分子的敏感，意识到了某些灾难性问题出现的可能：许多欧洲人，已经向富有蛊惑力的社会主义敞开了怀抱，而从性格、手段、能力等一切方面来看，都具有成为独裁者可能性的罗斯福，也正试图在美国制造同样的局面。在来自苏联的新移民兰德的青春期记忆里，极权主义的恐怖与荒谬触目惊心，她一向把资本主义制度视为最合理的社会制度，更认定美国式的资本主义完美无瑕，她认为斯大林的社会主义比希特勒的法西斯主义还要邪恶，帮助斯大林就是帮助魔鬼。她对许多媒体短视地、肤浅地、断章取义和为我所用地把苏联描绘成民主的天堂深恶痛绝，指出这是不负责任的公然撒谎。于是，虽然对现实政治一无所知，她还是表示要"力挽狂澜"，为捍卫罗斯福提出的著名的"四大自由"，而向如日中天的罗斯福发起挑战。她放下手头的小说、电影、演讲等工作，花去大量的时间和金钱投笔从政，并不惜跟许多原来的朋友分道扬镳，而为另一位个人魅力远不及罗斯福、性格特点她也并不喜欢、并且基本上还没有胜算的总统候选人温德尔·威尔基奔走呼号——她更希望，利用这种形式和这个机会，去揭露苏联，去保卫美国。当时，有罗斯福的拥趸指责她是外国人，不配对美国说三道四，她的回答是："我是自己选择做美国人的，而你，只不过恰好生在了美国。"结果当然是贻笑大方，罗斯福不仅连任了总统，四年后，还破天荒地有了第四次当选；而兰德的重要"收获"，只是"从政"尚且不足一年，家里的数万美金，就消耗得只剩九百元了。

好在，兰德的与多数为敌，还只是价值观之争、意识形态之争，一般不会更具体地触及某些约定俗成的"政治正确"。阿伦特则不是这样，当她把主要由极权主义出手剪裁的"平庸之恶"的帽子戴到艾希曼头上，又从人性的角度，将纳粹与其他人等量齐观时，她就成了一个为法西斯开脱、为刽子手开脱、为罪恶开脱的反动分子，成了全世界的正义之士尤其是千百年来饱受迫害的她的犹太同胞的道德敌人。

阿伦特是出生于德国的犹太才女，她刚由第一个流亡地法国逃至第二个流亡地美国时，英语说得十分笨拙。倒不是在她多年的学霸生涯里，没有机会学习英语，而是她上小学时，接触的第一个英语老师长相难看，从此她便厌恶了这种语言。但转眼二十年过去以后，她厌恶过的这种语言，却负载着她的思想，让她成了这个世界上最重要的世道人心的揭示者，而使用这种语言的一个重要国家的一份重要出版物，则委派她去耶路撒冷，作为特约记者，撰写与阿道夫·艾希曼有关的报道。纳粹党卫军的官员阿道夫·艾希曼，曾负责策划和执行针对犹太人的"终决方案"，是个手上可能并无鲜血的"案牍凶手"，逃亡多年后被以色列特工从阿根廷抓获，于一九六一年四月接受了公审。在这一事件中，从法理上，阿伦特认为以色列法院有资格审判艾希曼并对其处以绞刑，这一点，与绝大多数只从感情上考虑问题的人没有冲突。有冲突的是，在她的系列报道中，尤其是两年后出版的《艾希曼在耶路撒冷——一份关于平庸之恶的报告》中，她把人们心目中的杀人魔王俗常化了，把他描述成了一个和我们区别不大的人：个性平庸、思想愚钝、满嘴假大空的陈词滥调、全部理想就是成为服从上级领导的一砖一瓦一齿轮一螺钉。这，让艾希曼的邪恶程度打了折扣。可与之同时，她又由艾希曼说开去，对战时许多犹太人，尤其是许多犹太名流，尤其是许多犹太社团组织，助纣为虐式地与纳粹合作以求自保的行径做了道义指控，倒好像，某些被动地加害了自己同胞的犹太人，比主动加害者法西斯更罪大恶极。

一石激起千层浪，连续几年，在舆论漩涡中，阿伦特都是"犹太公敌"乃至"人民公敌"。至少到二战结束以前，即使在美国这样的文明之邦，犹太人也是二等公民，于是，或因自卑或为避祸，许多犹太人都尽量模糊自己的种族身份，起码没必要时不提不念。大概，聪明的兰德就是如此。可汉娜·阿伦特与安·兰德不同。倒不是她不聪明，而是她聪明的方向另有指归。她视自己的种族身份为存在之家，她认为舍弃个别性去奢谈人权没有意义，她把她的出身事实看作生命中的"天赐之物"。这样，当许多犹太朋友与她友谊破裂，几乎全世界的犹太社团都疏远她敌视她，并且关于她高傲自大、藐视他人、冷血偏激、没同情心、自我仇视、反对犹太复国主义……等指责谩骂铺天盖地时，她那种因不被理解而难过伤心的程度可想而知。但她的观点从未动摇，直至十年以后她离开人世前，还在深化和完善自己的观点——而半个多世纪后的今天，作为我们这个世界上最重要的思想资源之一，"平庸之恶"一说，为我们拓开的已是一片意义极为特殊的阐释空间。

哦，且慢，依从时尚，或许阐释应该缓行。大概就在"平庸之恶"一纸风行的那个时代，横空出世的也有"反对阐释"，甚至，由于它跻身文化领域，跻身于游客熙攘的流行文化或者叫大众文化领域，它的影响模式与受关注程度，某种意义上，让正襟危坐于政治交椅上的"平庸之恶"都相形见绌。幸好，顶多让人侧目而视的文化没政治血腥，不必受到人人喊打。当然了，"反对阐释"的产权拥有者苏姗·桑塔格也不在乎别人侧目，她做文也好行事也罢，并不为惹人嗤鼻或招徕骂声，可如果对她的我行我素，有人愿意以声讨和指斥做出反馈，哪怕在声讨指斥时，搬出她那更加令人侧目的大师兄尼采"没有事实，只有阐释"的高论作为唇枪舌剑，她也不会多么介意。她很善于借力打力，有办法顺势将某些枪啸剑鸣化作扬名立万的助威锣鼓。

"平庸之恶"是政治命名，一旦激化容易血肉横飞，"反对阐释"是美学批评或哲学讨论，可以被孤立地理解为技巧之辨与修辞之别，有资格混同于文化口水，再剑拔弩张，溅起来的，仿佛也只是杯水风波而非拍岸惊涛。同样的道理，面对强大的男权壁垒，弗吉尼亚·伍尔夫那间"自己的屋子"，也没被试图将其击垮的傲慢力量视为摆脱奴役甚至颠覆强权的前沿阵地，他们看到的，只是它的狭小单薄，而忽略了它也固若金汤，于是，打击它时便有点心不在焉，未能手起刀落地斩草除根。这很好，我是说，文化领域没有政治领域血腥很好，"反对阐释"和"自己的屋子"有欺骗性很好，而它们那个名为"正常"的敌人只把它们放在杯水的尺度下去讨伐追杀，更是好之又好。

其实，杯水风波的水和滴水穿石的水是同一样物质，虽然一个世纪和半个世纪都过去了，"屋子"还常常被征用为公共空间，"阐释"也一如既往地热衷于信口雌黄，但拥有自我，拒绝灌输，也越来越成了这个世界上蔚然的风气。当伍尔夫把她的两次剑桥演讲整理成《一间自己的屋子》时，也许并没意识到，她更是在通过介入每个个体的自由问题，去卸载"普天之下莫非王土，率土之滨莫非王臣"的精神禁锢，是在以文学预先呼应兰德的哲学。而初出茅庐的桑塔格，在用她指点江山般的断语判句装填《关于"坎普"的札记》时，装填《一种文化与新感受力》时，则明显是有备而来，面对较量的对手她清楚地知道，她倾力装填的文化炸弹"反对阐释"，锁定的第一袭击目标从来都是精英主义的思想碉堡。她从未否认阐释是世间最不可或缺的一把刻刀，她只是希望，那雕琢我们的刻刀，能自由地掌握在我们自己手里，而不是由他人越俎代庖，即使那代庖之人是师长或友朋、是权威或专家、是一言九鼎的圣人或万众一心的群众、是阿伦特笔下那种垄断了真理的极权主义独裁暴君……

所以，反对阐释只是反对宣传、反对洗脑、反对强加于人，而不是反对写一本"有史以来讨论女人的最健全、最理智、最充满智慧"的书以晓示世人："一个人之为女人，与其说是'天生'的，不如说是'造就'的。"可是，坦率的西蒙娜·德·波伏瓦因为质疑旧理古例，因为不甘心这个世界上的女人话题只被男人霸在手里，便尽量仪态端庄又文体雅驯地，与这个把女人造就成"第二性"的社会讨论商榷，这有什么不妥当吗？没有，但不幸的是，既然你不认为女人低人一等是劣质生命，就只能招来口诛笔伐。自由而浪漫的波伏瓦便成了众矢之的，在自由的法兰西，在浪漫的巴黎，她几乎溺毙于诘难之潮。对此，我始终有点想不明白，这种表面上的性别偏见乃至歧视，在那个时代，是妇女尚无资格以投票的方式参与民主政治的因呢？还是果？以至于，包括弗朗索瓦·莫里亚克这种获得过诺贝尔文学奖的前辈小说家，訾议酷评时都那么粗鄙，气急败坏毫无风度，不仅很不负责任地放言这个晚辈同行那种学术化的表述"达到了下流的极限"，还轻薄地贬抑这个女性同行的经历只是"阴道的事"；而另一个文人安德烈·卢梭的阴阳怪气，展示的同样是一种并非师出有名的男人的傲慢，他说波伏瓦"写的'永恒的女性'，是'丑恶'灵魂的写照……这个由一个女作家表达的女人的破坏企图，不仅使我感到恶心，还受到厌倦的折磨。"凡此种种，助推着《第二性》成了罪恶的禁书，而它的创作者个性鲜明的私人生活，更是成了那些谈《第二性》色变者向她发难的口实。

好在如今已时过境迁，《第二性》早成了"女性圣经"，不论波伏瓦还是她们中的她或者她，也都成了思想英雄。固然，她们当初面对的问题仍是问题，她们意欲摆脱与摧毁的东西还在蘖生枝丫，但毕竟，她们往昔开辟的道路，已经通达顺畅了许多，即使踏着她们足迹的后人需要继续面对荆棘，面对权威与公众软硬兼施的双向夹击，其挑战故事中那个风险的部分，也多半化作了脚注间的点缀配搭。这同样很好，值得庆幸，值得我们感念文明的脚步虽然前移得不快，可大幅度的倒行逆施终究少了。

在我关于"五魅娘"的讲座结束之时，借伍尔夫之口，我曾引用两个男人的话，充任她以及她们行为的总结。可提问环节，就我的总结，有位女士迟疑甚至胆怯的一问，却让我旋即就对自己的总结不笃定了："可不可以没有理由，"那位女士问，"就那么莫名其妙地，一个人，便当了逆子成了叛徒？"

一八八二年，弗吉尼亚·伍尔夫以弗吉尼亚·斯蒂芬之名出生，成年后，曾转述过一件发生于一八八五年的、肯定是别人讲给她的、关于她早夭的小哥哥索比的故事。那时候，作为传记作家，他们的父亲莱斯利·斯蒂芬历时数年编写的《英国名人传记辞典》刚开始出版，这能表明，在小兄妹从来都没离开过读文字和听故事的童年生活里，也朝夕相伴过无数纸上的名人。有一天，面对又厚又重的油墨飘香的《英国名人传记辞典》第一卷，比妹妹大上几岁的小哥哥，把自己的一只玩具盒子摆在了书旁，并把"反辞典盒"几个字写了上去。你这是什么意思？一向鼓励孩子们独立思考的爸爸好奇地问。"装这里的，"索比说，"全是废物。"说话时，他眼睛里边闪着嘲讽，那目光投向的，不知是"名人辞典"还是"反辞典盒"还是二者都包括了。伍尔夫在转述这故事时，口吻里边充满遗憾，似乎是为三岁的她还不会嘲讽，更不敢说"装这里的全是废物"而表示遗憾。可后来，当年近六十的她已誉满文坛，已经什么都会说也都会写时，却仍然像借助死去多年的小男子汉索比一样，又借助死去年头更多的老男子汉乔纳森·斯威夫特，去表达自己的感受与情绪。当时，德国人的飞机常轰炸伦敦，伍尔夫夫妇在乡村避难，有了机会大面积长时间近距离地接触底层民众，结果，过去想象中的纯朴与诚实与渴望教育，很快被市侩和野蛮和拒绝启蒙所替代了。于是，以"思想就是我的战斗"为信条的她，在"极度的厌烦"中，让《格列佛游记》中布洛丁奈格国王对格列佛说过的那句名言，几乎幸灾乐祸地，占据了她工作笔记中重要的一页："我只能得出结论，你的同胞中的大多数，乃是大自然不得不容忍其在地面上爬行的最丑恶的害虫中最有害的一类。"

数月之后，她投河自尽了。

答王千马问

王千马 你应该是一九六〇年代出生一九九〇年代写作的作家吧，很多文艺批评家都认为"泛'性'化"是你们这样一批六十年代出生九十年代写作的作家的一个重要特点，而且你在小说集《重现的镜子》（浙江文艺二〇〇二年九月第一版）的自序中也主动提到了"情欲主题"，另外集子里的同名作品干脆就是以"刁斗"作为主人公，我不知道这是你故意而为以假乱真，还是真如他人所说，一些作家的写作，在很大程度上是建立在"私人"的"性"的生活上的？

刁斗 我出生于一九六〇年，一九七七年十七岁时即开始发表文学作品，一九八九年以前主要写诗，一九九〇年之后专事小说写作。

批评家为哪些作家总结出了"泛'性'化"的写作特点我没关心过，我一般只关心我的写作如何才能让我快乐，因为我的写作首先是针对我自己的。如果我的小说在我一向看重的故事、语言、形式上都能恰如我意，那我就会获得智力上的愉悦与感官上的满足。

《重现的镜子》与我所有的小说一样，都出之于虚构，"刁斗"的使用只是修辞手段，如果它恰好带来了以假乱真的戏谑效果，我是要为我这样一个即兴之举颁发奖状的。

至于写作者的私人经验，那当然是写作最主要的一块基石，它的意义是根本性的；而公共经验，则多半虚假可疑，不足为训。在此，为了避免对"私人经验"一词的庸俗化理解，我想补充两点：一，没有人能两次迈进同一条河流；二，有一种水果，在淮河以北叫枳，在淮河以南就叫橘了。我还想说的是，经验与经历是两个不同的概念，对小说发生作用的那个东西，不是经历而是经验。

王千马 大江健三郎先生也写性，如《个人的体验》《性的人》，虽然来自作者的个人经验，但这种经验被人认为是充分介入社会、介入人类当下的生存处境的，是高尚、形而上的。而你也提到，要通过情欲主题，获得一种超越于情欲主题及自己个人趣味之上的意义和价值，你是否认为，自己和大江健三郎在处理"性"上具有相通之处，都是由此来达到或指向人性的重建？

刁斗 无论多么个人化的经验都有普遍意义，都有流布社会成为公共经验的理由，因为人本身就是社会动物。但在小说中，哪些人的哪些经验高尚且形而上，哪些人的哪些经验低贱还形而下（我如此行文并非在制造二元对立），那除了取决于写作者对人性和世相发现的眼光与剖解的技法，也与阅读者见仁见智的接受能力与接受趣味密切相关，这就如同鲁迅论及《红楼梦》时所言，"经学家看见《易》，道学家看见淫，才子看见缠绵，革命家看见排满，流言家看见宫闱秘事"。再具体说到大江健三郎，我个人对他的《性的人》非常喜欢，可也同样多次听到有人以低俗下流污染社会为理由对这篇小说刻薄訾议。

我没有比较过我与大江健三郎在小说中对性的处理有无相通之处，我也不以为我与一个有世界影响的作家"通"了就如何，"不通"又怎样。我在写作中尽力想"通过情欲主题获得一种超越于情欲主题及自己个人趣味之上的意义和价值"，只与我个人的生活理念和我对小说的理解与冀望有关，我更愿意从一滴水珠里看太阳的光辉。

说到重建人性，我想到的是，难道人性是美国的世贸大厦吗？让恐怖分子用飞机一撞就破碎了，就坍塌了，就毁损了，只有重建才能再度矗立。人性这东西恐怕不同于世贸大厦，也许飞机不撞它也会破碎坍塌毁损，没准，破碎坍塌毁损本来就是它应有的样子。

王千马　在"性"越来越多地被一些作家在作品中纯粹以一种私人生活的面目裸露和展示，尤其是以卫慧为代表的美女作家干脆实施"身体写作"、用下半身写作时，你认为当今中国文坛和你同时代的作家中，谁在描写情欲的同时较好地把握了人文价值的追求？你又是如何评价以上所提到的"文坛怪现状"的？

刁斗　在一般写作者写作的原始动机里，大约不会有追求人文价值这一项目；但任何写作都必然包含着人文意义上的价值追求，这又不能否认。对于我来说，喜欢一个作家的理由不是他是否"较好地把握了人文价值的追求"，而是他的作品是否能带给我某种智性的享受，能给予我这种享受的，不论属于"身体写作"或"下半身写作"还是属于"衣服写作"或"上半身写作"，我一概对之表示敬意。由于我需要脱帽致敬的当代同行颇有几位，考虑到版面的字数限制，在这里恕我不一一罗列。

另外，我并未觉得上问中涉及的问题是"文坛怪现状"，如果是，我会觉得现在的"文坛怪现状"未免太内容单调，形式保守，"怪"得平庸。我想，若什么时候我们的"文坛"有了一种见怪不怪习怪为常的宽阔胸怀，那我们这个"文坛"也就该出现真正的好小说了。

王千马 一九九〇年代的物质主义和享乐主义时尚使人日益物化，你的"情欲主题"以及对肉体的尊重，是受这个外在环境的被动影响呢，还是一种主动迎合？如果是主动迎合，对这种在文艺批评家眼里所呈现的"写作的世纪末倾向"，你又是如何看待的呢？

刁斗 我对于"情欲主题"的兴趣根源于我对生活的理解和人性的认知，而我生存的时代与身处的环境肯定会对我的这种理解与认知发生作用。如果说这时代与环境为我的理解与认知提供了更为丰富更为精彩的原料素材，那我只能说谢谢，这算我有了些涸鱼得水雪中得炭的好运气吧。

我一向要求自己的写作必须对自己的艺术观念负责，而我的艺术观念是建立在个人主义与游戏精神的基础上的。个人有个人的立场，游戏有游戏的规则，在我的个人立场与游戏规则里，都没有"迎合"这个不速之客的立足之地。

食与色，生与死，世世代代的写作都会涉及，何以单划出一个"写作的世纪末倾向"呢？那么"写作的世纪初倾向"又是什么呢？时序的递进对我的写作从来也没有导向性影响，即使在我的有生之年我偏巧赶上了西元时序的千年交接，也是如此，因为我没有任何基督教的文化背景。

王千马 谢有顺在主编《爱情档案》（其中有你的一部作

品《为之颤抖》）时，本意是想看到可歌可泣的爱情故事，但没想到最终看到的却是病态的、尴尬的、荒唐的当代爱情。另外据我所知，你的又一部力作《欲罢》被收录在"布老虎"丛书里并将在二〇〇三年一月份推出，这意味着在前几年一直强调做"有古典情调的现代爱情故事"的"布老虎"也悄然"变脸"，你是否认为浪漫主义爱情已经沦落为情欲的奴隶，经不起现实的检验？你是否还认为，当代作家在爱情美学上都是把现代爱情看作一种"残缺的情感"的？你在《古典爱情》中说，"恰恰相反，我觉得我对生活对爱情都有了越来越对头的理解和认识。"这个"对头"又作何解释？

刁斗　"爱情"一词歧义丛生，不同的人有不同的解释，我倾向于接受这样的界说：精神依恋加感官享受。如果说我对爱情有了更对头的理解和认识，那就是它在我这里已不再大而无当虚无缥缈，它终于成了人的事情而不再只是神话里传说中的天方夜谭，更不是道德教父对善男信女实施精神麻醉的蒙汗药了。

就此，我以为，在灵与肉两者中，既没有奴隶也没有奴隶主，它们二者是并行不悖的爱情双轨，人为地把它们的关系对立起来、割裂开来，是对人性的不尊重和对社会存在决定社会意识这一常识性哲学命题的无知。如果我在我的小说里出示的当代爱情是"病态的、尴尬的、荒唐的",那只能证明在我的视域中,我们古老的爱情文化已把我们当下的爱情生活毒化到了何种程度。当然,我不认为是我的视力出现了问题。

爱情的浪漫主义与爱情的现实主义是一枚硬币的两面,它们之间并不矛盾,它们其实是和谐的整体。但不幸的是,理论与实践并非不能矛盾,必然和谐,因而,给予爱情"残缺"的观照也不能说不顺理成章。这种情况自古而然,而非当下的新鲜课题。

王千马 对你的《人类曾经有多少种性别》很感兴趣,这是文学介入到同性恋题材的一次尝试,在中国文坛并不多见。你曾说过,这世上最可疑的东西就是"正常",它恬不知耻地把非我族类的其他一概指斥为畸形、变态、异端、反常,这部小说是不是根基于你对可疑和可怕的辨析与反抗的本能而创做出来的呢?在你另一部作品《捕蝉》中,也出现了乱伦与相互偷窥的描写,但也没给它强加道德意义上的评判,你是如何评价自己这些"非'正常'"(相对前面所提"正常"而言)写作的?

刁斗 小说家的道德是写好小说,而不是判断他的小说人物及其行为是否"道德"。写好小说的要件之一是选择好故事,我觉得那些"非'正常'"的故事能更为方便地代我发言,我就写下了它们，仅此而已。

想写一个同性之间恋爱的故事，这念头在我脑子里转好几年了。不能说没有题材意义上的猎奇成分，但这不是主要的，主要还是因为我对情欲这件事情兴趣浓烈。同性恋爱这种情欲形态，其极端性和超常规性是最为显见的，我用《人类曾经有多少种性别》来透视它诠释它，与我一贯的写作态度一脉相承，并无什么特殊之处。倒是颇费周章地发表这篇小说的过程，让我能够更强烈地体悟到，为了"正常"地活着，"非'正常'"的写作是何等必要；同时，在那小说的发表过程里，我得以快意地欣赏到了自己身上那种堂吉诃德式的愚拙与冥顽，也甚觉有趣。

王千马　你的《回家》和陈染的《声声断断》曾被《作家杂志》似乎有意识的发表于一起，不仅在纸张颜色的区别上（一半白页一半黄页）让人记忆犹深，而且你们对待爱情时的态度迥然相反也使这两部小说很有"看点"。《回家》通篇只见性，而陈染却是相信爱情的，"爱情是应该有的。"在极力强调情欲主题的你的眼里，你又是如何看待陈染这种爱情观点的？有人认为，你的作品和陈染的作品合在一起，才能让人感受到完整的人性，那么你是不是得承认自己笔下所反应的情欲主题并不能完全定义现代的爱情，现代的爱情其实还有其美丽的一面？

刁斗　"爱情是应该有的"，就陈染这个陈述句中字词的选择和组合来看，没比较过与大江健三郎是否"相通"的我，倒看到了我和陈染间的某些"一致"：无奈、困惑、迷惘、疑虑、欲言又止、欲说还休、欲罢不能、欲仙却死。

在我的写作中，我从无"定义现代的爱情"的奢望，更从未否定过爱情是一样美妙的东西。我甚至认为，除了小说，也就只有爱情才能让我活得津津有味了，若它不好我何至于这样。我在小说里对爱情进行的剪鼻毛修指甲工作，其实只是表达了如下意思：爱情不是一个冠冕堂皇的定义，而是一个五味杂陈的事件。

王千马　你的笔下揭示了这么多的爱与欲、情与性、精神与肉体，从而得以完成表达你的"情欲主题"。而在现实生活中，你自己需要的又是什么样的爱情呢？

刁斗　只可意会，不可言传。

王千马　作为一个在文本实验上做出贡献的当代作家，你曾尝试过多种写法。在谈及《回家》时，你坦然承认曾追求一种凝滞繁缛的言说效果，还安排长段落，少分行，使得节奏异常缓慢，虽然让你时过境迁反复读后依旧感到快意彻骨妙不可言，但是在出版上却连连受挫。你是否认为先锋派文本形式的探索，在这个时代已如"有古典情调的现代爱情故事"那样讨不得人欢迎了？爱情速食，小说是不是也要速食？或者就像马原告诉我的那样，纸质本小说退出历史舞台已经大势所趋？像你那种"还能再写出这样能让自己长久愉悦的小说"的愿望以及在文本实验上孜孜以求的努力，还会得到读者的认同么？你如何评价你的这种愿望和努力呢？

　　刁斗　具有形式探索意义的小说在它所面世的时代大多只能拥有少数读者，甚至到后世了，那作品确实仍然生命力强大，未被时间淘汰，它真正意义上的读者也许还很有限。但小说作为一种精神消费品，和者盖寡不一定是它的羞耻，而所谓雅俗共赏只是痴人说梦。

　　对于我个人来说，我信奉精英主义，相信光荣孤立，创造性地寻找新途和挑战难度，始终是我写作的主要动力之一。我完全相信抽烟有害健康，却并未因此就计划根除这一恶习。我当然愿意赢得尽可能多的读者，但我的写作兴趣永远不会任他人左右。我的写作，首先要给我个人带来心智上的快乐，若我个人的心智快乐刚巧与钱袋丰盈和美誉佳评不期而遇了，那肯定是件搂草时打到了兔子的好事，我当然愿意接受。

　　说到小说与爱情都寿有几何，我倒是个乐观主义者。在承认寿命长短是个相对概念的前提下，我认为小说和爱情几乎都会长生不老，因为这两者的生存根须都深埋在人性基本需求的土壤里。也正是由于有了这样的判断，我认为纸质本小说退出历史舞台并非大势所趋，马原的悲观论调必然破产。